MEL WALLIS DE VRIES
SCHNICK, SCHNACK, TOT

Weitere Titel der Autorin:

Da waren's nur noch zwei

Titel in der Regel auch als E-Book erhältlich

MEL WALLIS DE VRIES

# Schnick, schnack, tot

Übersetzung aus dem Niederländischen
von Verena Kiefer

(one)

Der Titel ist auch als E-Book erschienen

Titel der niederländischen Originalausgabe:
»Klem«

Für die Originalausgabe:
Copyright © 2012 by Mel Wallis de Vries

Für die deutschsprachige Ausgabe:
Copyright © 2016 by Bastei Lübbe AG, Köln
Umschlaggestaltung: Cornelia Niere, München
Einbandmotiv: © Cornelia Niere, München
Satz: Dörlemann Satz, Lemförde
Gesetzt aus der Quadraat
Druck und Einband: GGP Media GmbH, Pößneck
Printed in Germany
ISBN 978-3-8466-0029-0

11 10 9 8 7

Sie finden uns im Internet unter: www.one-verlag.de

Ein verlagsneues Buch kostet in Deutschland und Österreich jeweils überall dasselbe.
Damit die kulturelle Vielfalt erhalten und für die Leser bezahlbar bleibt, gibt es die gesetzliche Buchpreisbindung. Ob im Internet, in der Großbuchhandlung, beim lokalen Buchhändler, im Dorf oder in der Großstadt – überall bekommen Sie Ihre verlagsneuen Bücher zum selben Preis.

Für Teun
»Liebe dich!«

… Prolog

# NACHT VON MITTWOCH AUF DONNERSTAG

## 01:58 Uhr

Der stürmische Nordwestwind bläst mich fast um. Er fühlt sich kalt und herbstlich an, obwohl es doch Ende Mai ist. Was für ein Sauwetter. Ich könnte jetzt auch im Bett liegen, aber nein, ich latsche hier durch die Dünen auf Vlieland. Und stockfinster ist es auch noch. Haben die auf dieser blöden Insel etwa die Straßenlaternen vergessen? Man sieht hier echt gar nichts! Zum Glück leuchtet mein iPhone.

Der Dünenpfad schlängelt sich nach oben, und die Absätze meiner Stiefel versinken im Sand. Noch keine Spur von dieser dämlichen Vogelbeobachtungshütte. Ich muss bescheuert sein, nachts um zwei hier herumzulaufen. Warum habe ich mich bequatschen lassen? Es klang alles so perfekt. Wir wären ganz allein. Es wäre nur ein kleines Stück mit dem Rad. Blabla. Ich hätte nicht hinhören sollen.

Auf einmal stehe ich oben auf der Düne. Es ist, als hätte einer das Licht angeknipst. Wie eine leuchtende Silberschliere windet sich das Meer um die Insel. Meterhohe Wellen türmen das Wasser auf. Fast erwarte ich, das Piratenschiff von Kapitän Jack Sparrow aus *Fluch der Karibik* auftauchen zu sehen. Aber leider wagt sich nicht einmal Johnny Depp bei diesem Hundewetter vor die Tür.

Fröstelnd verkrieche ich mich im Kragen meiner Jacke. Der Dünenpfad teilt sich. In welche Richtung muss ich? Nirgends ein Schild – bin ich irgendwo falsch abgebogen? Nein, oder? Im Kopf gehe ich noch einmal die Strecke ab. Ich bin mit dem Rad zum Hotel Posthuys gefahren, genau wie beschrieben. Dann habe ich den Wanderweg nach Bomenland genommen. Ich sollte nur dem Pfad folgen, dann würde ich die Hütte nach zehn Minuten schon von selbst sehen. Von wegen. Mist! Plötzlich sehe ich ein Holzschild, im Dünengras verborgen. Ich leuchte es mit meinem iPhone an.

**Vogelbeobachtungshütte Dodemansbol**
**250 Meter**
Schwein gehabt, nicht verirrt. Nach rechts also.

Vorsichtig steige ich hinunter, in die Dunkelheit der Dünen. Es war so einfach vorhin, mich davonzuschleichen. Keiner hat was gemerkt. Und ich werde ihnen mein nächtliches Abenteuer auch bestimmt nicht auf die Nase binden.

Plötzlich ist der Pfad zu Ende. Ein paar Sekunden starre ich orientierungslos vor mich hin. Was jetzt? Aber dann erkenne ich die dunklen Umrisse eines Schuppens. Das muss die Hütte sein! Schnell laufe ich hin. *Oh my God*, mehr als ein paar Holzbretter sind es nicht. Welcher Irre setzt sich tagelang hierhin und beobachtet Vögel? Hier will man nicht mal tot überm Zaun hängen. Vorsichtig betrete ich die Hütte. Drinnen riecht es muffig, und der Sturmwind dringt durch die Fensteröffnungen.

»Hallo?«, rufe ich.

Keine Antwort. Ich bin allein.

Ich schaue auf die Leuchtzeiger meiner Uhr. Zwölf Minuten nach zwei, und wir waren um zwei verabredet. Verdammt, so schwer ist es doch nicht, pünktlich zu sein. Noch fünf Minuten und ich bin weg. Plötzlich höre ich etwas, über den donnernden Wind hinweg. Ein knarrendes Brett und ein Hüsteln.

»Aha, endlich«, murmele ich. »Was dachtest du denn? Dass ich eine Viertelstunde zu spät komme? Das kannst du echt nicht bringen.«

Gereizt drehe ich mich um. Mitten in meiner Bewegung wird es auf einmal totenstill. Als hätte sich der Wind gelegt, und als wäre das stete Tosen der Brandung verschwunden. Ich höre nur noch meinen eigenen Herzschlag. Und ich spüre etwas um meinen Hals. Warm und stark. Zwei Hände.

»Lass mich los«, sage ich.

Die Hände bleiben, wo sie sind.

»Hör auf mit dem Unsinn«, schnauze ich. »Das ist nicht lustig.«

Ganz langsam schließen sich die Finger um meinen Hals, wie eine Kette, die festgezurrt wird.

»Nein«, keuche ich.

Ich spüre, wie sich der Griff um meinen Hals verstärkt. Wie das Blut in meinen Ohren wummert. Panisch sauge ich kleine Luftströme in die Lunge.

»Los!«, krächzt meine Stimme.

Als Antwort drücken die Finger meine Luftröhre zu. Angst explodiert in all meinen Zellen. Luft! Ich brauche Luft! Meine Hände versuchen, die anderen Hände wegzuzerren, aber sie finden keinen Halt. Mein Stiefel tritt nach hinten, ohne etwas zu treffen. Ich zappele wie ein Fisch am Haken.

Heißer Atem in meinem Ohr. Haut an Haut. Es wird hell und schwindelig in meinem Kopf. Rote Blitze zucken vor meinen Lidern, kriechen wie Öltropfen aufeinander zu, verschmelzen miteinander.

Ich fühle mich eingeengt, ich habe Angst.

Etwas Warmes zwischen meinen Beinen. Mache ich mir in die Hose? Ein pfeifendes Geräusch aus meiner Brust. Und dann klappe ich vornüber. Frei! Ich bin frei! Oh lieber Gott, danke. Ich will meine Lunge mit Luft füllen. Aufstehen. Wegrennen.

Aber ich kann es nicht. Ich kann mich nicht bewegen. Stattdessen schwebe ich nach oben, zur Hüttendecke. Aus der Entfernung sehe ich mich auf dem Boden liegen, die Beine seltsam angewinkelt unter meinem Körper. Und meine Augen sind wie zwei große Murmeln. Kalt und leblos.

Das kann nicht wahr sein!

Mit aller Kraft, die ich in mir habe, versuche ich, in meinen Körper zurückzukehren. Ich rudere mit den Armen, strampele mit den Beinen. Aber es ist, als würde ich gegen einen Strom schwimmen; ich treibe immer weiter davon.

NEIN! Oh nein, oh nein, oh NEIN! Oh Gott, NEIN!

Verzweifelt versuche ich, mich an etwas festzuhalten. An einem Brett in der Hütte. Am Fensterrahmen. Aber es ist wie Wasser, das mir durch die Finger rinnt. Der Wind bekommt mich zu fassen, nimmt mich mit, höher und höher. Teile von mir schweben im Sturm, als wäre ich ein Häuflein Sand. Ganz langsam löse ich mich auf. Nach und nach löst sich die Welt um mich herum auf. Es wird dunkler. Stiller. Ich spüre, wie ich davongleite. Das ist es also, denke ich. Kurz bevor mich die Schwärze verschluckt, zuckt noch ein letzter Gedanke durch meinen Kopf. Sterben auf einer Klassenfahrt nach Vlieland. Dümmer geht es wirklich nicht.

# MITTWOCH

# 14:45 Uhr

# Juno

Vom Deck der Fähre aus sehe ich, wie der stürmische Wind das Wasser des Wattenmeers in kleine, gemeine Wellen aufpeitscht. Im Tiki-Erlebnisbad in Duinrell sind die Wellen sicher zehnmal höher. Habe ich mich davor so gefürchtet? Ich fühle mich wie ein kleines Kind, das dahinterkommt, dass im Kleiderschrank keine Monster lauern.

»In den nächsten Tagen bekommen wir es mit den Ausläufern von Orkan Ferdinand zu tun«, hatte die Meteorologin am Abend in den Acht-Uhr-Nachrichten gesagt. »Der Wind wird im Laufe des Tages stürmisch auffrischen, Windstärke 8, hier und da bis 9. Im Wattengebiet und auf dem Ijsselmeer können die schweren Windstöße sogar eine Windstärke über 10 erreichen. In den nächsten Tagen bleibt uns das stürmische Frühlingswetter erhalten. Am besten bleiben Sie zu Hause!«

Am liebsten hätte ich das lächelnde Gesicht vom Fernseher gewischt. Zu Hause bleiben? Sie hatte leicht reden. Sie musste morgen nicht auf eine Fähre nach Vlieland. Mein ganzes Leben lang habe ich schon Angst vor Wasser. Meine Mutter sagt, ich hätte mich schon als Baby nur unter Schreien baden lassen. Und seither ist es nur schlimmer geworden. Am liebsten hätte ich mir eine Ausrede ausgedacht, damit ich nicht auf diese Klassenfahrt muss. Kopfschmerzen, meine Regel, Magen-Darm-Virus, Halsschmerzen; bei uns an der Schule glauben sie einem alles.

Aber meine Mutter war heute Morgen erbarmungslos. »Ich denke ja nicht im Traum daran, dir eine Entschuldigung zu schreiben. Natürlich gehst du. Glaubst du wirklich, die Schulleitung würde eine verantwortungslose Entscheidung treffen? So ein bisschen Wind hat noch niemanden umgebracht.«

Sie hat mich gezwungen, eine Tablette gegen Seekrankheit zu nehmen und mich anschließend mit dem Auto zur Schule gebracht. Wie ein Gefängnisaufseher hat sie gewartet, bis der Bus vom Parkplatz fuhr. Wahrscheinlich befürchtete sie, ich könnte sonst aussteigen und abhauen. Und genau das hätte ich garantiert gemacht, wenn sich die Gelegenheit dazu geboten hätte.

Die Busfahrt nach Harlingen war grässlich. Mit jedem Meter, den wir dem Meer näher kamen, stieg mein Panikpegel. Ich konnte die Schlagzeilen in der Zeitung schon vor mir sehen: DRAMATISCHES ENDE EINER KLASSENFAHRT. ALLE FÄHRPASSAGIERE ERTRUNKEN. Während ich voller Panik auf die Wipfel der Bäume entlang der Autobahn starrte – bogen sie sich jetzt noch mehr im Wind oder sah das nur so aus? – kippten sich Nynke und Kiki neben mir heimlich ein paar Klopfer. Ob ich auch wollte? Nein, vielen Dank. Nicht dran zu denken, ich war ja jetzt schon seekrank vor lauter Nervosität.

Aus den Augenwinkeln sah ich, dass Lotte still vor sich hin starrte. Ich kapiere nicht, was Kiki an der Langweilerin findet. Oder eigentlich schon: Lottes Vater führt dieses Jahr Regie bei unserem Schulmusical. Als Lotte im Januar nach einem Umzug in die Klasse kam, hatte Kiki ihr keinen einzigen Blick gegönnt. Lotte ist der Typ Mädchen, den Kiki immer »die Mücke« nennt: klein, nervig und vollkommen überflüssig auf dieser Welt. Und dann die Klamotten! Wahrscheinlich strickt Lottes Mutter alle Pullover selbst, so hässlich wie die sind.

Aber als Lottes Vater die Rollenverteilung im Musical übernahm, war Lotte plötzlich keine »Mücke« mehr, sondern Kikis »beste Freundin«. Denn Kiki lässt sich natürlich keine Gelegenheit entgehen, im Mittelpunkt zu stehen. Kotzübel wurde mir bei all den Bemerkungen über Lotte. Es sei so gemütlich bei Lotte zu Hause. Lottes Vater sei so nett, und es gebe immer was zu lachen mit ihm. Ach ja, und Kiki konnte echt nichts dafür, dass sie letzte Woche die Hauptrolle im Schulmusical bekam und ich nur eine kleine Nebenrolle, obwohl ich wochenlang dafür geprobt hatte und sie nicht mal einen Tag lang. Ich war wütend. Kiki wusste, wie viel mir die Hauptrolle bedeutet hätte.

»*Hello, anybody at home?*«, unterbricht Kikis Stimme meine Gedanken.

»Hä, was?«, rufe ich über den tosenden Wind hinweg.

»Ich habe schon dreimal gefragt, ob du dir eine Kippe mit mir teilen willst.«

Ein paar Sekunden studiere ich Kikis Gesicht. Sie wirkt gereizt. Ich unterdrücke den Impuls, ihr eine zu verpassen.

»Entschuldige, ich hab dich nicht gehört.« Ich lächle, als wäre alles in Ordnung.

»Brauchst du ein Hörgerät?«

»Nein, keine Sorge.« Mein Lächeln wird noch breiter. »Ich habe nur nicht aufgepasst. Mach die Kippe ruhig an. Ich nehme gern einen Zug.«

Kiki fischt aus ihrer Wildlederjacke ein Päckchen Marlboro Light und ein Feuerzeug. Das goldene Gliederarmband um ihr Handgelenk klimpert im Wind. Sie hat es zu Weihnachten von ihren Eltern bekommen. Für mich wäre es nichts, viel zu auffällig und glänzend.

»Wir haben ein kleines Problem«, murmelt sie, während sie im Schutz ihrer Hand eine Zigarette anzündet.

»Welches denn?«

»Na ja.« Kiki inhaliert tief. »Es gibt nur zwei Viererzimmer in De Vliehorst. Das habe ich gestern Abend im Internet überprüft.«

»Ja, und?« Ich bekomme die Zigarette von Kiki und nehme einen kleinen Zug. Fast augenblicklich schnappt sie sie mir wieder aus der Hand.

»Du glaubst doch wohl nicht, dass ich mich in so einen ekligen Schlafsaal lege? Nicht in diesem Leben«, sagt sie, ohne meine Antwort abzuwarten. »Wir müssen uns also als Erste ein Viererzimmer sichern, klar?«

Sie schaut mich mit zusammengekniffenen Augen an, als wollte sie ausloten, ob ich wohl noch auf ihrer Seite stehe.

»Ja«, sage ich seufzend, aber ich denke: Warum muss es immer nach deiner Nase gehen?

Ein harter Windstoß bläst mich fast um. Erschrocken greife ich nach der Reling.

»Hast du gesehen, dass die dicke Harriet Aarsman auch dabei ist?«, fragt Kiki, die offensichtlich immun ist gegen den starken Wind.

»Ja«, sage ich heiser, während ich prüfend auf die Wellen schaue. Nichts zu sehen, alles unter Kontrolle.

»Welcher Idiot will wohl Harriet Aarsman dabeihaben?«, redet Kiki weiter. »Die Alte ist echt eine Schlaftablette. Ich bin froh, dass ich sie nicht mehr in Bio habe.«

»Ja«, sage ich, ohne meinen Blick vom Wasser zu heben.

Schweigen.

»Was ist denn mit dir los?«, höre ich Kiki dann fragen. »Du kannst nur noch Ja sagen und bist kalkweiß im Gesicht.«

»Nichts. Ich bin nur …«

Ein greller, lauter Piepton schallt über das Deck.

»Hallo!«, ruft Kiki. »Kann vielleicht mal jemand diesen Scheißton abschalten?«

Der Piepton verschwindet, und aus den Lautsprechern auf der Brücke kommt eine knarrende Stimme. »Funktioniert das Mikrofon?«

Eine andere Stimme ertönt leiser: »Es ist bereits eingeschaltet, Herr Kapitän.«

»Ah, schön. Schön. Liebe Passagiere, ich bin Frank Berendschot und heute Ihr Kapitän.«

Ich weiß sofort, ohne den Rest seiner Ansage gehört zu haben, dass er keine guten Nachrichten hat.

»Wie Sie wahrscheinlich schon bemerkt haben, weht es zur Zeit kräftig. In wenigen Minuten drehen wir ab nach Vlieland. Dieses letzte Stück über die Nordsee kann ziemlich stürmisch werden. Darum möchte ich Sie bitten, alle unter Deck zu gehen. Im Voraus besten Dank für Ihre Mitarbeit. Ich wünsche Ihnen weiterhin eine gute Reise.«

Ein lautes Klicken, Knacken. Der Lautsprecherton erstirbt im Windgetöse.

Ein paar Sekunden bleibe ich wie erstarrt stehen. Stürmisch? Sagte er wirklich stürmisch? Meine Hände verkrampfen sich, und ich schaue mich voller Panik um. Wo sind die Rettungsboote? Gibt es genügend Schwimmwesten?

»Flippst du jetzt aus, oder was?«, fragt Kiki.

»Ich suche die Rettungswesten«, sage ich mit gepresster Stimme.

»Die Rettungswesten? Warum? Hast du Angst, wir sinken, oder so?«

Ich nicke nervös.

»Das ist nicht die Titanic.« Sie verdreht die Augen. »S. O. S. We're going down, down, down.«

Hör auf, denke ich. Hör bitte auf.

»Kleiner Scherz«, wiehert sie. »Stell dich nicht so an.«

Mit Mühe kriege ich ein »Haha, sehr witzig« raus.

Kiki hakt sich bei mir unter. »Komm schon, über das letzte Stück brauchst du dir keine Sorgen machen. Schau mal, da hinten ist schon Vlieland.«

Ich folge ihrem Finger. In der Ferne sehe ich einen Streifen Land.

»Aber, wenn der Kapitän warnt, wir sollten reingehen, dann, dann ...« Meine Stimme überschlägt sich.

»Dann bedeutet das nur, dass wir rein müssen. Sonst nichts. Sie gehen wirklich kein Risiko ein.« Kiki hört sich an wie meine Mutter. »Komm, wir gehen.«

Ich werde am Arm zur Tür mitgezogen. Kiki läuft vor mir die steile Eisentreppe hinunter. Aus dem Treppenhaus steigt Stimmengewirr auf. Mit dem Gefühl, mein Todesurteil zu unterzeichnen, gehe ich hinter ihr nach unten.

Lotte und Nynke sitzen an einem kleinen Tisch in der Ecke.

»Hi *girls*«, begrüßt Kiki sie, während sie sich neben Nynke auf die Bank schiebt.

Ich setze mich neben Lotte.

»Habt ihr auch gehört, was der Kapitän gesagt hat?«, fragt Nynke. »Das letzte Stück soll sehr stark ...«

»Jaja«, unterbricht Kiki sie. »Das haben wir auch gehört. Ach, wird schon nicht so schlimm werden.«

»Hoffentlich«, sagt Nynke leise.

»Komm schon, Nynke«, sagt Kiki. »Wenn hier eine keine Angst zu haben braucht, dann doch wohl du mit deinen 400 Schwimmdiplomen und deinem Segelunterricht.«

Das Schiff beginnt zu drehen. Ich höre es an dem stampfenden, heulenden Geräusch der Motoren. Ich sehe es an dem grauen Tageslicht, das über unseren Tisch wandert.

»Siehst du?« Kiki lächelt mir zu. »Kein Problem. Das Schiff liegt so gerade wie ein Brett.«

Noch während sie spricht, sehe ich durch das Fenster eine Wasserwand auf uns zurasen. Die Welle donnert mit so großer Gewalt gegen die Fähre, dass der Stahl erzittert.

»Was passiert da?«, ruft Nynke panisch.

Die zweite Welle folgt wenige Sekunden später. Das Schiff neigt sich nach links. Durch das kleine Fenster sehe ich, wie das schäumende Meerwasser pfeilschnell auf uns zuschießt. Auf dem Unterdeck wird es totenstill. Kurz bevor das Wasser das Fenster erreicht, taumelt das Schiff wie ein Stehaufmännchen in die Waagerechte zurück.

In der Ferne weint ein Kind. Leute lachen nervös.

Wumm. Eine neue Welle versucht uns umzukippen.

»Wir werden kentern!«, jammere ich.

»Hör auf zu spinnen«, schnauzt Kiki. Aber ganz so souverän hört sie sich nicht mehr an. Unter anderen Umständen hätte ich das witzig gefunden. Offenbar muss man Kiki bei Windstärke 9 auf eine Fähre nach Vlieland verfrachten, um ihre Selbstsicherheit ein bisschen ins Wanken zu bringen.

Die Nase unseres Fährschiffs taucht wieder in die Wellen. Meerwasser schäumt an unserem Fenster vorüber.

Ich muss an die *Herald of the Free Enterprise* denken. Auf Discovery Channel habe ich mal eine Dokumentation über die Fähre gesehen. Weil ein Matrose verschlafen hatte, die Bugtore zu schließen, sank sie vor der belgischen Küste: 193 Tote.

Die nächste Welle rammt unser Schiff. Das Licht geht aus und irgendwo höre ich das Klirren von zerbrechendem Glas. Plötzlich habe ich das Gefühl, im Wasser zu liegen. In einer eiskalten, dunklen Tiefe zu versinken. Keine Luft mehr zu bekommen.

»Wir sinken!«, schreie ich. »Wir sinken!«

Es ist mir vollkommen egal, dass Kiki, Lotte und Nynke mich anstarren. Es ist mir scheißegal, dass die ganze Klasse zu mir rüberschaut. Ich will nicht sterben!

# 15:10 Uhr

## Kapitän Frank Berendschot
## Reederei Doeksen

Die Nase der *Vlieland* taucht in die Wellen. Das Wasser reicht bis zum ersten Deck und läuft über die Gatten im Bug wieder ab. So aufgewühlt wie heute Nachmittag habe ich das Meer selten erlebt. Der Wind kommt aus einer verräterischen Ecke, aus Nordwest. Dadurch kann das Wasser der Nordsee über eine endlose Fläche aufgejagt werden, bevor es mit Karacho auf das ruhige Wasser des Wattenmeers prallt. Auf der Scheidelinie der beiden Meere, wo die Fahrrinne nach Vlieland verläuft, sind die Wellen heute extrem hoch und unberechenbar. Sie dürfen nicht höher werden als jetzt.

»Sind alle Passagiere unter Deck?«, frage ich.

»Ja«, sagt Peter. »Ich habe gerade noch einen Rundgang gemacht. Das Außendeck ist leer.«

Peter. Schon seit drei Jahren mein fester Steuermann. Er ist der beste Steuermann, den ich in meiner fünfundzwanzigjährigen Laufbahn bei der Reederei Doeksen hatte. Aber ich merke, dass er heute große Mühe hat, das Schiff auf Kurs zu halten.

»Ist das Barpersonal auch gewarnt, dass wir eine raue Überfahrt vor uns haben?«, frage ich.

»Der Ausschank ist geschlossen, und zerbrechliche Gegenstände sind verstaut.«

»Gut.«

Schweigend starren wir auf die schäumenden Wassermassen. Windstärke 7 war es heute Morgen, als wir von Vlieland nach Harlingen fuhren. Windstärke 7 ist prima, dafür ist dieses Schiff ausgelegt. Für mittags war Windstärke 8 vorhergesagt. Das ist eine ziemlich kernige Überfahrt, für die Passagiere nicht ganz ohne, aber machbar. Als wir in Harlingen anlegten, spürte ich schon, dass der Wind mittlerweile mehr als Windstärke 8 erreicht haben musste. Ich war also auch nicht erstaunt, als ich auf der Brücke die aktuelle Wetterlage überprüfte: Windstärke 9 mit Schwankungen bis 10 oder sogar 11. Ich wusste, was das bedeutete. Alle Abfahrten würden gestrichen werden. Aber die Meldung hatten wir noch nicht bekommen. Wenn wir uns mit dem Laden beeilen würden, könnten wir vielleicht doch noch rechtzeitig ablegen. Zehn Minuten früher als sonst fuhren wir raus. Ein paar Minuten später kam die Anweisung rein: Alle anliegenden Schiffe sollten an Land bleiben. Aber wir lagen nicht an Land, sondern waren auf See, auf dem Weg nach Vlieland. Auf dem Weg zu Sara.

»Dass sie das nicht vorher haben kommen sehen«, sagt Peter kopfschüttelnd. »Was für ein Wind – und diese Wellen!«

»Nichts ist so schwer vorherzusagen wie das Wetter«, murmele ich. »Aber sie wird durchhalten. Die *Vlieland* ist eine kräftige Dame.«

»Ich hoffe es.«

In der eintretenden Stille schaue ich in eine andere Richtung, weg von Peters Blick. Ich muss nach Hause, ich habe keine andere Wahl. Morgen hat Sara Geburtstag. Sie wird sechzehn. Kleine Mädchen werden groß. Ich weiß, dass sie seit ein paar Wochen wieder einen Freund hat. Das habe ich von Leuten aus dem Dorf hören müssen. Es ist der Sohn von Kiemstra, der samstags manchmal in der Metzgerei aushilft. Wann hätte Sara es mir wohl selbst erzählt? Sie hat natürlich Angst, dass ich sauer werde. Den Fehler habe ich bei ihrem letzten Freund gemacht, vor jetzt fast drei Monaten. Als ich sie knutschend in der Küche fand, habe ich rotgesehen und ihn vor die Tür gesetzt. Sara hat zwei Wochen lang nicht mit mir geredet. Ich hätte das anders anpacken müssen. Aber manchmal, wenn man etwas mit aller Kraft beschützen möchte, geht es erst recht kaputt.

In letzter Zeit kann ich kaum noch zu Sara durchdringen. Manchmal erinnere ich mich daran, wie sie früher war. An das kleine Mädchen, das immer auf meinen Schoß kroch, wenn sie Angst hatte. Wann ist es schiefgegangen? Als meine Frau vor vier Jahren krank wurde? Als alles bei uns plötzlich im Zeichen des Krebs stand? Als wir vergaßen, dass Sara auch Aufmerksamkeit braucht?

Letzten Winter ist Mieke gestorben. Die Beerdigung war an einem nassen, grauen Tag im Februar. Nie werde ich das Bild unserer Tochter an ihrem Grab vergessen. Saras Gesicht war rot vom Weinen, und ihr ganzer Körper bebte. Ich wollte meinen Arm um sie legen, sie trösten, aber sie schob mich weg. Da wurde mir klar, dass ich sie beide verloren hatte: Mieke und Sara. Aber für Sara kann ich noch kämpfen. Morgen früh werde ich ihr höchstpersönlich ein Geburtstagsfrühstück zubereiten.

»Grundgütiger!«, schreit Peter plötzlich. »Schau da hinten, auf fünfundvierzig Grad Steuerbord.«

Mein Kopf schießt nach rechts. In der Ferne sehe ich eine gut zwölf Meter hohe Welle heranrollen. Es sieht aus, als hätten sich für diese Monsterwelle gleich drei Wellen übereinandergestapelt. Und diese Welle wird die *Vlieland* voll in die Flanke treffen, die empfindlichste Stelle des Schiffs.

Oh Gott, denke ich, das geht schief. Blitzschnell trifft mein Gehirn eine Entscheidung.

»Dreh die Nase rein! Jetzt!«, rufe ich.

Peters Hände führen das Kommando aus.

Ganz langsam, wie eine alte Frau, reagiert die *Vlieland* auf die Kursänderung. Jetzt können wir nichts mehr machen. Nur zusehen. Und beten. Die Welle trifft uns schräg von vorn. Es ist ein gewaltiger Frontalangriff der See. Rund 600 Tonnen Stahl und Aluminium verschwinden in der Wasserwand. Das Schiff ächzt und zittert. Überall sehe ich Wasser. Ob es sich so anfühlt, wenn man sinkt?

Im Kopf zähle ich die Sekunden. Eins, zwei, drei, vier.

Viel länger darf es nicht dauern. Fünf, sechs, sieben …

Und dann zieht das Wasser ab. Die Nase hebt sich aus der Monsterwelle. Wie ein Wasservogel richtet sich die *Vlieland* auf.

Gott sei Dank, denke ich.

»Verdammt«, brummt Peter. »Das wäre fast unser Seemannsgrab geworden.«

»Ja«, sage ich heiser. Und dann wäre es meine Schuld gewesen. An Backbord kommt der Leuchtturm der Insel in Sicht.

»Dreh ab in den Hafen«, sage ich. »Es wird höchste Zeit, die Dame sicher an Land zu bringen.«

Peter drosselt die Geschwindigkeit. Die *Vlieland* gleitet über die Wellen nach Backbord. Genauso plötzlich wie die hohen Wellen aufgetaucht sind, verschwinden sie auch wieder im Windschatten der Insel. Wir laufen in die Hafenmündung ein. Ich weiß, was jetzt kommt. Das Terminal, die Backsteinhäuser, das Gebäude der Fahrradvermietung. Ich habe alles schon so oft gesehen. Aber die Bilder haben mich noch nie so berührt wie dieses Mal.

Wir sind wieder zu Hause.

# 16:14 Uhr

# Lotte

Es ist warm und eng in dem Bus, in den wir eingestiegen sind. Es ist ein Bus des öffentlichen Nahverkehrs, aber außer unserer Gruppe gibt es keine anderen Fahrgäste. Ich lehne mich zurück. Es ist seltsam still. Keiner sagt etwas, nicht einmal Milan und Tony, die in der Schule immer die größte Klappe haben. Es scheint, als stünden alle noch ziemlich unter Schock von der Überfahrt. Es gab einen Moment, in dem auch ich dachte, wir würden sinken. Ein harter Aufprall und dann dauerte es so lange, bis das Schiff wieder waagerecht lag. Ich hatte Angst. Schreckliche Angst. Aber nicht so viel wie Juno.

Juno fing irre laut an zu weinen. »Wir sinken! Wir sinken!«, schrie sie total hysterisch. Die ganze Klasse starrte sie an. Ich wagte nicht, mich zu bewegen, aus Angst, sie würden dann auch alle zu mir schauen. Zum Glück haben Kiki und Nynke es geschafft, Juno zu beruhigen.

Ich schaue Juno an, die neben mir im Bus sitzt. Sie ist immer noch leichenblass. »Es tut mir leid«, will ich sagen. »Es tut mir leid, dass ich nichts gemacht habe, als du so in Panik warst.«

Aber die Worte kleben an meinem Gaumen. Ich will es so gern

sagen, aber ich kann es nicht. Was ist, wenn es falsch ankommt? Was ist, wenn sie mit Kiki über mich herzieht? Was, wenn die Schikanen wieder losgehen? Das würde ich nicht aushalten.

Viereinhalb Jahre lang haben sie mich auf meiner alten Schule schikaniert. Es begann mitten in der Orientierungsstufe. Zwei Mädchen hatten meine Schultasche in den Mülleimer geworfen, weil sie meine Hose hässlich fanden. Im Nachhinein betrachtet, hätte ich sie vielleicht ignorieren sollen, aber ich habe angefangen zu heulen. Ich war ein leichtes Opfer. Die Schikanen verbreiteten sich in der Klasse wie ein Virus. Alle wandten sich gegen mich. Beim Sport wurde ich geschubst, sie klauten mir meine Frühstücksdose aus der Tasche, zerstachen meine Fahrradreifen. Jede Aktion traf mich ins Herz, bis es vollends zerrieben war und ich nichts mehr spürte.

Und dann erzählten mir meine Eltern Ende letzten Jahres, wir würden umziehen. Papa hatte eine neue Stelle als Regisseur einer kleinen Theatergesellschaft in Amsterdam bekommen. Es wäre auch für mich ein Neustart, sagte er munter. Als würden meine Probleme nach dem Umzug auf einen Schlag verschwinden! In Gedanken sah ich sie nur immer größer werden: eine neue Klasse hieß neue Gesichter und damit neue Quälgeister. Papa sagte, er hätte angeboten, beim Musical an meiner neuen Schule Regie zu führen. »Dann kann ich deine neuen Freunde kennenlernen.« Gemeint hatte er natürlich: »Dann kann ich sehen, ob sie dich wieder hänseln.«

Aber die Spötteleien blieben aus. Im Gegenteil: Eines der beliebtesten Mädchen der Klasse wollte sich mit mir anfreunden. Mit mir! Erst dachte ich, ich wäre bei der »Versteckten Kamera« gelandet und der Moderator käme jeden Moment zum Vorschein, aber Kiki benahm sich weiterhin nett. Sie setzte sich in der Schulkantine neben mich, sie ging mit mir nach Hause, sie blieb zum Essen. Ich wusste nicht, wie mir geschah. Es war, als hätte Kiki das

Vakuum aufgestochen, in dem ich viereinhalb Jahre gelebt hatte, und als könnte ich zum ersten Mal seit Jahren wieder frei atmen.

Der Bus fährt jetzt auf den Parkplatz eines flachen Backsteingebäudes.

»Pfui Teufel, ist das De Vliehorst?«, höre ich Kiki fragen.

Sie sitzt vor mir, neben Nynke. Ich hatte gehofft, sie würde sich neben mich setzen, aber sie hat die andere Reihe gewählt. Wahrscheinlich war es keine Absicht, und sie hat sich nur auf den erstbesten freien Platz gesetzt. Aber es fühlte sich trotzdem so an, als hätte sie sich für Nynke entschieden und nicht für mich.

»Ich fürchte schon«, sagt Nynke.

»Tsss, was für eine Bruchbude«, murmelt Kiki. »Sieht eher aus wie eine Kantine. Sollen wir ein Hotel buchen? Hier schlafe ich bestimmt nicht.«

Ich lehne mich vor und sage durch die beiden Sitzlehnen: »Ein Hotel? Das erlaubt die Leitung im Leben nicht.«

Kiki dreht sich um und schaut mich mit gerunzelten Augenbrauen an. »Nein, natürlich erlauben sie das nicht«, sagt sie. »Aber die erlauben uns auch eine Menge anderer Dinge nicht, du Schlaukopf.«

Es klingt ein wenig herablassend. Ich spüre, wie meine Wangen knallrot werden. Plötzlich komme ich mir mit meiner Bemerkung blöd vor. Werde ich es je lernen, das Richtige zu sagen? Kiki starrt mich weiterhin mit einem seltsamen Blick an. Gerade, als das Schweigen zwischen uns anfängt, ungemütlich zu werden, tönt eine Stimme durch den Bus: »Test, Test, hört ihr mich?«

Erleichtert sehe ich, dass Kikis Blick zu Herrn de Vries wandert, der mit einem Mikrofon vorn im Bus steht. Alle Lehrer haben sich vorne hingesetzt. Neben Herrn de Vries sitzt Herr Rijsterbos, unser Niederländischlehrer. Und dahinter Frau Bruins und Frau Aarsman.

»Können mich alle gut verstehen?«, fragt de Vries. »Der Busfahrer war so nett, uns nach De Vliehorst zu bringen, weil das Wetter so schlecht ist. Und sein Mikro darf ich auch benutzen.«

»Wollen Sie ein Lied singen?«, ruft Milan. »Wie wär's mit *Moves like Jagger*?«

»Nette Idee, Milan, aber nein, da muss ich dich leider enttäuschen.«

»Soll ich es dann singen?« Milan stellt sich auf seinen Sitz. »*Take me by the tongue and I'll know you. Kiss me till you're drunk and ...*«

»Genug, genug«, unterbricht ihn Herr de Vries. »Wenn du in Sport auch so engagiert wärst, stündest du jetzt nicht auf einer Fünf.«

»Aber Herr de Vries, vom Turnen bekommt er einen Schlappen«, ruft Tony. »Das wissen Sie doch bestimmt?«

Eine Lachsalve rollt durch den Bus. Ich sehe, wie Milan und Tony die Hände zum *High Five* zusammenschlagen. Die Überfahrt scheint schon wieder vergessen.

»Vielen Dank für diese Information, Tony«, sagt de Vries lächelnd. »Ich habe immer schon wissen wollen, wovon Milan einen Schlappen kriegt. Ich dachte eigentlich, von Mädchen.«

Es wird noch lauter gelacht. 1:0 für de Vries.

»Aber jetzt hört bitte mal alle zu«, fährt er fort. »Ich habe ein paar wichtige Mitteilungen zu machen.«

»Ab nächster Woche sind Sie krankgeschrieben und Sport fällt aus!«, schreit Tony.

»Es reicht jetzt!«, schnauzt Herr de Vries. Sein Lächeln ist verschwunden, und sein Blick wird hart. »Wer noch was sagt, den bringe ich höchstpersönlich zur Fähre zurück.«

Die Drohung wirkt, denn es wird still im Bus.

»Gut«, nickt er. »Wenn wir gleich ins Haus gehen, müsst ihr euch einen Schlafplatz suchen. Wir haben einen Schlafsaal für die Jungen, einen für die Mädchen und zwei Viererzimmer. Wer als Erster kommt, mahlt zuerst. Aber ich will nicht, dass ihr euch streitet, denn dann teile ich jeden einzeln ein. Und geht nicht davon aus, dass ich eure Wünsche dann berücksichtige.«

»Siehst du sein T-Shirt?«, flüstert Kiki Nynke zu. »Wenn er spricht, bewegen sich seine Brustmuskeln unter dem Stoff. Ich glaube, der Kerl macht nichts anderes als Sport. Ich würde ihn durchaus gern mal ohne Shirt sehen.«

Sie spricht eine Spur zu laut. De Vries' Blick geht zu Kiki. Irgendwie erwarte ich, dass sie jetzt auch einen Rüffel abkriegt, aber er lächelt.

»Ist alles klar?«, fragt er.

»Aber ja.« Kiki kichert.

»Schön. Gibt es sonst noch Fragen?«, sagt er. »Wenn nicht, wünsche ich euch ...«

»Einen Moment.« Die hohe Stimme von Frau Aarsman fällt ihm ins Wort. »Du hast noch ein paar Sachen vergessen.«

Vor mir höre ich Schüler seufzen. Fast keiner mag Frau Aarsman, wahrscheinlich, weil sie Bio unterrichtet, das unbeliebteste Fach an der Schule.

»Was habe ich denn vergessen?«, fragt de Vries, während er sie mit hochgezogenen Augenbrauen anschaut.

Frau Aarsman steht auf und geht auf ihn zu. Ihr violettes Batikkleid flattert wie ein Müllsack um ihren Körper. Sie flüstert de Vries etwas ins Ohr.

Er nickt. »Oh ja. Ich habe tatsächlich ein paar Infos vergessen«, sagt er mit deutlichem Widerwillen. »Um halb sieben werdet ihr im großen Saal zum Abendessen erwartet. Und ich habe noch eine schöne Überraschung. Morgen vor dem Frühstück macht die Hälfte der Klasse einen Ausflug in die Dünen.«

Er studiert den Zettel, den ihm Frau Aarsman in die Hand drückt. »Mal schauen. Die Schüler, deren Nachnamen mit A bis einschließlich G anfangen, erwarte ich morgen früh um halb sieben beim Haupteingang von De Vliehorst. Milan de Groot ist der

Letzte aus dieser Gruppe, und Harriet Aarsman und ich selbst werden diese Gruppe begleiten. Der Rest geht morgen Nachmittag um halb fünf auf Exkursion, begleitet von Thomas Rijsterbos und Ella Bruins.«

»Das ist Diskriminierung, Mann!«, ruft Milan. »Ich will in die späte Gruppe.«

De Vries grinst. »Du hast nichts zu wollen. An deiner Stelle würde ich heute Abend einfach früh ins Bett gehen. Und noch ein letzter Punkt: Jeder von euch bekommt ein Mietrad, um die Insel zu erkunden. Der Fahrradverleih hat sie heute Morgen bei De Vliehorst abgestellt. Gleich bekommt jeder einen Schlüssel. Die Nummer auf dem Schlüssel passt zur Nummer eures Leihrads. Wenn ihr so blöd seid, den Schlüssel zu verlieren, haben wir einen Umschlag mit Reserveschlüsseln. Beschädigungen an den Rädern dulde ich nicht. Wenn euer Rad geklaut wird oder kaputtgeht, müsst ihr selbst für die Kosten aufkommen. Passt also gut drauf auf.«

Mit einem Klicken schaltet er das Mikro aus.

Plötzlich passiert alles gleichzeitig. Die Bustüren öffnen sich. Schüler setzen sich in Bewegung. Wie Kiki das schafft, weiß ich nicht, aber sie steht als Erste draußen. Nynke und Juno schlüpfen blitzschnell hinter ihr her. Perplex stehe ich auf. Warum haben sie nicht auf mich gewartet?

So schnell ich kann, versuche ich, zum Ausgang zu kommen. Aber der Gang wird von Mitschülern blockiert.

»Darf ich vorbei?«, frage ich.

Keiner antwortet. Niemand geht zur Seite. Sie tun so, als wäre ich Luft.

Ich versuche, mich zwischen ihnen durchzuzwängen. »'tschuldigung«, murmele ich, den Blick zu Boden gerichtet. »Tut mir leid, sorry, sorry, sorry.«

Endlich stehe ich draußen. Der stürmische Wind peitscht mir Regentropfen ins Gesicht. Wo sind Kiki, Nynke und Juno abgeblieben? Sind sie schon reingegangen? Sie halten mir bestimmt einen Platz frei, mache ich mir selbst Mut. Aber ich kann das Gefühl, mich beeilen zu müssen, nicht unterdrücken.

Mit Herzklopfen bis zum Hals renne ich zum Eingang des Gebäudes. Ich stolpere und stürze fast in eine große Pfütze. Hinter mir höre ich ein paar Schüler lachen – oder bilde ich mir das nur ein? Ich wage es nicht, einen Blick über meine Schulter zu werfen. Mit knallroten Wangen drücke ich die Tür auf und betrete eine dämmrige Halle.

Es kommt mir so vor, als wäre ich in einem 70er-Jahre-Museum gelandet. Alles ist aus Holz und braun. An der Decke hängt ein orangefarbener Lampenschirm mit Blümchen-Glasmalerei. Und dann die Luft! Es riecht nach Kartoffeln, die zu lange in einem feuchten Keller vor sich hin geschimmelt haben.

Ich gehe in einen Flur. Wo sind Kiki, Nynke und Juno? Ich ziehe eine Tür auf. Eine moosgrün geflieste Toilette. Hinter der nächsten Tür finde ich einen leeren Schlafsaal. Verdammt, wo sind sie geblieben? Ich öffne drei weitere Türen auf dem Flur. Noch ein Schlafsaal, der Waschraum, ein Doppelzimmer mit eigenem Badezimmer, vermutlich für die Lehrer. Der Flur macht eine Biegung nach rechts. Ich gehe an allen Türen vorbei und fühle mich immer verzweifelter. Eine Wäschekammer mit Waschmaschine, noch ein Doppelzimmer, gegenüber ein Raum mit Putzsachen. Aber wo sind Kiki, Nynke und Juno? Ich biege nach links ab, in einen anderen Flur. Ein leeres Viererzimmer, eine Toilette und dann, endlich, im entlegensten Winkel von De Vliehorst, hinter der letzten Tür finde ich sie. In einem Zimmer mit zwei Etagenbetten. Auf drei der vier Betten stehen Taschen. Das unterste Bett am Fenster ist noch frei. Aber darauf liegt keine Matratze und der Lattenrost hängt halb durch.

»Ah, da bist du ja«, sagt Kiki lächelnd. »Wir haben uns schon gefragt, wo du wohl bleibst.«

»Ich ... ich habe im Bus festgesteckt.«
Es klingt dumm und einfältig.
Kiki lächelt noch immer.
»Wo, äh, kann ich schlafen?«, frage ich.
Kiki zeigt auf das kaputte Bett.
»Aber das Bett ist kaputt«, sage ich.
»Oh, wirklich?« Sie schaut zu dem Bett, als würde sie es zum ersten Mal sehen. »Echt, jetzt wo du es sagst, stimmt. Wie blöd.« Eine Stille tritt ein.
»Weißt du«, sagt Kiki. Sie lächelt jetzt nicht mehr. »Vielleicht solltest du lieber woanders schlafen. Hier gibt es sonst keine Betten mehr.«
Sie klingt wie eine Königin, die keinen Widerspruch duldet. Nynke und Juno stehen mit verschränkten Armen neben ihr. Einen Moment glaube ich, mich übergeben zu müssen. Mein Herz schlägt so laut, dass ich es in meinem Kopf höre. Das kann nicht wahr sein. Aber Kiki schaut mich weiterhin mit stahlhartem Blick an.
Ich spüre, wie mir das Blut in die Wangen steigt. Ich muss etwas sagen. Irgendwas. »Äh, okay. Dann schlafe ich eben im Schlafsaal.« Meine Stimme klingt heiser und piepsig, als wäre ich schwer erkältet.
»Das scheint mir auch das Beste«, sagt Kiki. »Dann sehen wir dich gleich beim Abendessen.«
»Ja.«
Ich drehe mich um. Die ersten paar Meter gehe ich ruhig, aber dann renne ich los. Immer schneller. Den Flur hinunter, um die Ecke. Es ist mir egal, was Kiki, Nynke und Juno von mir denken. Ich muss hier weg. Ich muss allein sein. Irgendwo, wo keiner hinkommt. Ich ziehe die Tür zum Putzraum auf. Keuchend lehne ich mich an ein Regal mit Reinigungsmitteln. Was ist da gerade passiert? Mein Hirn scheint sich im Kreis zu drehen. Mir wird ganz schwindelig. Es lief doch so gut. Kiki war meine Freundin.

Weil sie die Hauptrolle im Musical wollte, flüstert eine Stimme in meinem Kopf.

Nein! Das stimmt nicht! Ich presse die Handflächen gegen meine Ohren, aber die Stimme fährt fort.

Warum, glaubst du denn, ist sie immer zu dir nach Hause gekommen? Nicht wegen dir, es ging ihr doch nur um deinen Vater.

Nein, nein, jammere ich innerlich.

Und jetzt, wo sie die Rolle hat, lässt sie dich fallen.

In meinem Kopf wird es still.

Meine Hände hängen schlaff herunter. Es fühlt sich an, als wäre ich gelähmt.

Irgendwo tief in mir spüre ich, wie etwas anfängt zu brodeln. Erst kann ich es nicht einordnen, aber dann weiß ich, was es ist: Wut. Wie Gift durchzieht sie meinen Körper. Wahrscheinlich hat sie schon jahrelang in mir geschlummert. Und jetzt ist sie aufgewacht.

Gott, wie ich Kiki hasse.

Sie hat mir Hoffnung gemacht. Hoffnung auf ein normales Leben. Und danach hat sie mich wie ein Insekt zertreten. Aber das wird ihr noch leidtun.

## 18:05 Uhr

## Floris

Zum Glück habe ich das untere Bett am Fenster ergattern können. Ich hätte wirklich nicht gern auf einem der beiden oberen Betten schlafen wollen. Warme Luft steigt nach oben. Und ich weiß jetzt schon, dass heute Abend ein betäubender Alkohol- und Zigarettendunst unter der Decke hängen wird. Ich weigere mich, wie ein Schwein in der säuerlichen Luft zu liegen. Milan und Tony haben jetzt die oberen Betten. Sie tun so, als hätten sie den Hauptpreis gezogen. Ich habe sie in dem Glauben gelassen. Das andere untere Bett ist noch frei.

Meine Hand fährt über die verschlissene karierte Tagesdecke. Es fühlt sich fast wie eine Strafe an: Der Wechsel aus unserer Villa am Vondelpark in Amsterdam mit den glänzenden Holzfußböden und dem wunderbaren Lichteinfall, in dieses dreckige, dunkle Loch. Es ist nur für zwei Nächte, sage ich mir.

Ich hole meine Kleidung aus der ledernen Reisetasche: drei Oberhemden, einen Pullover aus Lammwolle, eine beige Hose. Alles ordentlich gebügelt von unserer Haushaltshilfe.

»Was machst du denn da?«, fragt Milan, der auf dem oberen Bett mir gegenüber hockt.

»Tasche auspacken«, antworte ich.

»Ja, haha, das sehe ich auch, aber warum?«

»Weil meine Kleidung sonst knittert.«

»Knittert? Du bist doch nicht schwul?« Milan lacht, als hätte er einen grandiosen Witz gemacht.

»Nein, bin ich tatsächlich nicht.« Ich lache mit. Nicht weil ich seine Bemerkung witzig finde, sondern weil ich weiß, dass ich ab und zu mitlachen muss, weil sie sonst wieder denken, ich würde mich seltsam verhalten. Und ich habe keine Lust auf nervige Fragen.

Tony mischt sich jetzt auch ins Gespräch ein. »Unser Playboy hat natürlich Angst, er könnte heute Abend bei den Chicks nicht punkten«, sagt er mit seinem Möchtegern-Gangster-Jargon. »Hast du auch deine Hemden von Hugo Boss und Armani mitgebracht?«

»Nein, die habe ich zu Hause gelassen«, sage ich ruhig, während ich denke: Weil du sie mir sonst aus der Tasche geklaut hättest, um sie im Internet zu verticken.

»Apropos Chicks«, sagt Milan. »Ich habe schon mal abgecheckt, wo sie schlafen: in dem anderen Viererzimmer am Ende des Flurs.«

»Und wer ist dort?« Tony ist davon überzeugt, dass eh alle Mädels nur auf ihn warten.

»Juno, Nynke und, nicht zu vergessen ...« Milans Stimme sinkt. »Kiki.«

»Ah, die größte Schlampe der Schule.« Tonys Zunge bewegt sich schnell zwischen seinem erhobenen Zeige- und Mittelfinger. »Die lecke ich heute Abend, bis sie ausrastet.«

Milan schnaubt. »Träum weiter. Du liegst heute Abend mit deiner rechten Hand im Bett. Kiki will keine unerfahrenen Jungs.«

»Hör zu, Mann.« Tony klingt sauer. »Ich habe wahrscheinlich mehr Frauen klargemacht, als du in deinem Leben Bier gesoffen hast.«

»Weiß Kiki eigentlich schon, dass dein Schwanz beschnitten ist?«, fragt Milan. »Dass der Arzt deine Vorhaut wegschneiden musste, weil deine Eichel immer entzündet war? Die Geschichte gefällt ihr bestimmt!«

Stille. Tonys Fäuste, die sich zusammenballen. Das Zimmer scheint unter Strom zu stehen. Es kann nicht mehr lange dauern bis zur Explosion. Lautlos zähle ich die Sekunden. Als ich bei zwei bin, legt Tony los.

»Du Drecksack! Damals war ich sechs! Wenn du Kiki das sagst, mach ich dich kalt!«

Tony wirkt größer, jetzt da er so schreit. Seine braunen Augen sind noch dunkler geworden, und an seiner Schläfe zuckt ein kleiner Muskel. In dem Zustand würde ich ihm nur ungern in einer schmalen Gasse begegnen.

Milan scheint nicht beeindruckt. »He, Mann, war doch nur ein Scherz«, sagt er und grinst. »Natürlich sag ich Kiki nichts.«

Wieder Stille. Tonys Fäuste entspannen sich kurz.

»Hm«, schnaubt er dann. »Wer sagt, dass ich dir vertrauen kann?«

»Du kennst mich doch«, sagt Milan, noch immer grinsend.

»Eben«, gibt Tony zurück. »Du hast mich schon öfters verarscht.«

»Wie wär's, wenn wir eine Wette darauf abschließen?«, wechselt Milan blitzschnell das Thema.

Das ist offensichtlich zu schwierig für Tony, denn sein Mund klappt auf. »Was? Eine Wette? Wie meinst du das?«

»Wir wetten um Kiki. Wer sie heute Abend rumkriegt, gewinnt 150 Euro.«

Tonys Mund kräuselt sich zu einem Lächeln. »Das ist mal ein Deal. Bloß dass du den Kürzeren ziehen wirst. Kiki hat mich auf der Fähre angelacht. Sie will mich. Echt.«

Milan lächelt auch. An seinem zufriedenen Blick sehe ich, dass

Tonys Wutausbruch jetzt unter Kontrolle ist. »Wir werden sehen. Möge der Bessere gewinnen.«

»Hauptsache, du zahlst, wenn du verlierst.« Wieder sehe ich Aggression in Tonys Gesicht aufblitzen.

So ein Satz würde mich echt auf die Palme bringen, aber Milan bleibt die Ruhe selbst.

»Natürlich zahle ich, wenn du gewinnst. Versprochen ist versprochen.«

»Hand drauf?«

»Hand drauf.«

Milan und Tony schütteln sich die Hände.

1:0 für Milan. Ich muss zugeben: Das hat er clever abgewickelt.

»Und jetzt ... vorglühen!«, sagt Milan. Er zieht den Reißverschluss seiner Tasche auf, und der Inhalt einer ganzen Minibar kommt zum Vorschein: Fläschchen mit Wodka, Jenever, Rum, Whisky, Passoã.

»Wer will was saufen?«, ruft er.

»Lass rüberwachsen«, sagt Tony. »Ich nehm den Wodka.«

»Und was willst du, Floris?«, fragt mich Milan.

Ich antworte nicht. Mein Blick huscht durch das Zimmer, irgendetwas stimmt hier nicht ...

»Hallo?«, unterbricht Milan meine Gedanken. »Ich hab gefragt, ob du was trinken willst. Entschuldige, dass ich für dich keinen Champagner mitgenommen habe.«

»Wo ist meine Jacke?«, frage ich.

Milan starrt mich an, als wäre ich verrückt geworden. Tony schaut nicht mal in meine Richtung.

»Wo ist meine Jacke?«, frage ich noch einmal. Weil immer noch keine Antwort kommt, erkläre ich: »Mein Geldbeutel steckt in meiner Innentasche.«

»Woher soll ich denn wissen, wo deine Jacke ist?«, sagt Tony schließlich. »Sehe ich vielleicht aus wie eine Garderoben-Tusse?«

Höhnisch sieht er mich an. Ich spüre, wie sich die Muskeln in meinem Genick anspannen. Tony trinkt immer auf meine Kosten. Alle Runden, die ich schmeiße, trinkt er bis zum letzten Tropfen. Aber mir ein einziges Mal helfen? Vergiss es. Ich könnte ihn schlagen. Ich könnte ihm geradewegs in seine asoziale Fresse spucken. Aber das wäre unvernünftig. Ich zwinge mich zur Ruhe.

»Du siehst aus wie Tony«, sage ich und lächle. »Und weiß Tony zufällig, wo meine Jacke ist?«

Er schüttelt den Kopf. »Bist du taub, Mann? Ich hab doch gesagt, ich weiß es nicht.«

Milan räuspert sich. »Jetzt, wo du es sagst ... ich glaube, ich habe deine Jacke gesehen. Es ist doch die dunkelbraune Lederjacke?«

»Wo ist sie?« Es kommt schärfer raus als beabsichtigt.

»In der Eingangshalle. Auf einem Stuhl vor dem Speisesaal.«

»Wie kommt die dahin?«, schnauze ich.

»Keine Ahnung«, sagt Milan und zuckt die Achseln. »Ich habe sie nur dort hängen sehen.«

»Wahrscheinlich hast du sie selbst da abgelegt«, sagt Tony. »Nur die Ruhe.«

Ich ignoriere ihn und gehe so schnell ich kann zurück zum Haupteingang. Und genau, da hängt meine Jacke. Ordentlich über einer Stuhllehne, als wäre es die normalste Sache der Welt, dass sie dort hängt. Meine Hand geht in die Innentasche. Leer. Schnell taste ich die anderen Taschen ab. Auch leer. In dem Moment weiß ich, dass ich ein Problem habe. Ein großes.

Ich renne zu unserem Viererzimmer zurück, den Flur hinunter, nach rechts, am Ende des Flurs wieder nach links.

»Mein Geldbeutel wurde aus der Jacke geklaut«, sage ich beim Reinkommen.

»Was? Wirklich?«, sagt Milan. »Scheiße, Mann.«

»Hast du ihn nicht vielleicht zu Hause liegen lassen?«, fragt Tony.

»Nein«, sage ich kurz angebunden. »Ich habe auf der Fähre noch ein Käsebrötchen und eine Cola gekauft.«

»Na, dann scheint mir die Sache klar«, sagt Tony.

»Was? Was ist klar?«, frage ich genervt.

»Du hast deinen Geldbeutel auf der Fähre verloren.«

»Unmöglich. Ich verliere nie etwas.«

»Irgendwann ist immer das erste Mal«, sagt Tony mit einem herausfordernden Lächeln.

»War viel Geld drin?«, fragt Milan.

»Dreihundert Euro«, antworte ich widerwillig.

»Dreihundert Euro?« Tony pfeift bewundernd.

»Es war nicht mein Geld«, sage ich kurz angebunden. »Ich hab es von meinem Vater bekommen.«

»Einfach so?«, fragt Tony, in einem Tonfall, als könnte er es fast nicht glauben.

»Für Notfälle. Ich sollte es ihm wieder zurückgeben.«

»Das wird deinem reichen Papi aber gar nicht gefallen.« Tony kommt ganz dicht an mich heran. »Vielleicht wirst du ja enterbt.«

Ich sehe etwas in Tonys Augen, das ich nicht einordnen kann: Schadenfreude. Die Wut steigt wieder auf. Ich weiß, was diese Wut anrichten kann. Ignorier ihn, denke ich. Tony ist es nicht wert.

»Wann war das Essen noch mal?«, höre ich Milan fragen.

Tonys Gesicht wendet sich von mir ab. Seine Rettung. Und meine.

»Halb sieben«, sagt er.

»Kommt, dann gehen wir zum Speisesaal«, sagt Milan. Und zu mir: »Hey, der Geldbeutel taucht bestimmt wieder auf. Mach dir keinen Kopf.«

## 19:05 Uhr

## Harriet Aarsman

Der Geruch von gebratenem Hackfleisch hängt wie ein fetter Nebel im Speisesaal. Mir wird übel und ich versuche, nicht an die Schweine zu denken, die für diese Frikadellen sterben mussten. Was für eine Vergeudung. Was für ein trostloses Ende.

»Verdammt, Milan hat meine Gabel genommen!«, schreit jemand quer durch den Saal.

»Der Arsch lügt«, ruft Milan.

Unzählige Stimmen schreien durcheinander. Jeder ruft etwas anderes: Opfer, Schwuchtel, Scheißkerl, Drecksack, als würden hier drinnen keine Regeln mehr gelten. In meiner Klasse würde ich das nie zulassen. Dort herrschen strikte Umgangsformen. Nicht reden während des Unterrichts. Sich melden, wenn man etwas fragen möchte. Die Lehrkraft – also mich – siezen.

Aber offenbar bin ich die Einzige unter den Lehrern, die sich an diesem Gebrüll stört. Thomas, Ella und Rob tun jedenfalls so, als wäre es nichts Besonderes und essen ruhig weiter.

Ich unterdrücke meinen Ärger und nehme einen Bissen von meinem Blumenkohl. Das Essen ist zu salzig, durchgekocht und geschmacklos. Wer kriegt so was bloß runter? Zu Hause esse ich nur Gemüse aus dem eigenen Garten. Im Sommer habe ich Tomaten, Bohnen, Salat, Blumenkohl, Zucchini. Im Winter Rosenkohl, Kohl und Wintermöhren. Ich esse, was mir das Land gibt.

Mein Blick wandert durch den Speisesaal. Mich verbindet nur mit wenigen Schülern etwas. Für die meisten ist Biologie eine Pflicht und Folter zugleich. Ich sehe es an der Abneigung in den Gesichtern, wenn sie in den Biosaal kommen, an den hängenden Schultern und den abgewandten Blicken. Vor dreißig Jahren, als ich anfing zu unterrichten, war ich davon überzeugt, junge Leute mit den Wundern der Natur bezaubern zu können. Aber das war ein Irrtum. Das einzige Thema, das sie noch einigermaßen fesseln kann, ist Sexualkunde. Nach einem langen Schultag bin ich immer froh, wenn ich auf meinen kleinen Hof in Amsterdam-Nord zurück darf.

Normalerweise fahre ich deswegen auch nie mit auf Exkursionen. Aber Mai ist wirklich ein einzigartiger Monat für einen Besuch auf Vlieland. Alles blüht. Das seltene Sumpf-Läusekraut mit seinen wunderbar violetten Blüten, der Kleine Klappertopf, der Rippenfarn, das Herzblatt mit seinen weißen Blüten. Als ich hörte, dass die Oberstufe dieses Jahr nach Vlieland fährt, konnte ich mir das nicht entgehen lassen. Ich habe mich als Begleitperson angemeldet. Eigentlich hatte ich angenommen, die Inselflora sei der Hauptgrund für meine Beteiligung und dass ich die Begleitung der Schüler den anderen Lehrern würde überlassen können, aber leider bin ich mir da jetzt nicht mehr so sicher.

»Wer möchte meine Frikadelle?«, höre ich Ella fragen.

Sie schaut uns alle drei an. Ihre Augen sprühen vor Energie. Sie wirkt eher wie eine Sechzehnjährige als eine Englischlehrerin um die dreißig. Ich verstehe immer noch nicht, weshalb die Schulleitung sie zu Beginn des Schuljahres eingestellt hat.

»Ich nehme gern noch eine«, sagt Rob gierig, und schiebt Ella seinen Teller hin. Offenbar kann er als Sportlehrer essen, was er will, denn an seinem Körper ist kein Gramm Fett zu viel.

Ella schnippt den Fleischklops mit ihrer Gabel rüber. Rob nimmt gleich einen großen Bissen. »Köstlich«, murmelt er mit vollem Mund, während seine Kiefer das Fleisch zermahlen. Das ist das Unappetitlichste, was ich seit Langem gesehen habe. Seine fettigen, schmatzenden Lippen. Der halb geöffnete Mund, in dem Stückchen Gehacktes mit Speichel kreiseln, die kräftigen Muskeln an seinem Kiefer.

»Na, Harriet, du machst ja ein Gesicht!«, bohrt sich Ellas Stimme in meine Gedanken. »Wolltest du die Frikadelle essen? Du kannst deinen Blick ja gar nicht davon abwenden.«

Ella sieht mich fragend an. Rob kaut nicht mehr und schaut mich ebenfalls an. Ob Thomas mich anstarrt, weiß ich nicht, denn er sitzt neben mir.

Schamesröte zieht sich über mein Gesicht. Ella hat mich dabei beobachtet, wie ich Rob beobachte, und das war mir nicht bewusst. Ich wünschte, ich könnte ihrem Blick entkommen.

»Äh, nein«, sage ich. »Ich bin Vegetarierin.«

»Wirklich? Kaum zu glauben.«

Schweigen breitet sich aus.

Thomas rettet mich, indem er aufsteht. Er schlägt vorsichtig mit einem Messer an sein Glas und ruft laut: »Alle mal die Klappe halten! Ich habe ein paar wichtige Mitteilungen zu machen.«

Es ist, als hätte jemand den Lautstärkeregler der Stereoanlage runtergedreht. Mucksmäuschenstill schauen die Schüler ihn an, als spräche Gott persönlich zu ihnen. Und das bei einem Niederländischlehrer!

»Heute Abend habt ihr frei. Macht also das, wozu ihr Lust habt. Wer hierbleiben will, kann mit uns über die ernsteren Dinge des Lebens reden.« Er zeigt auf Ella, Rob und mich. »Aber ihr dürft auch das Nachtleben von Vlieland erkunden.«

Lautes Johlen bricht aus.

»*Thomas for President*«, ruft ein Junge.

Thomas grinst und macht eine kleine Verbeugung. Er sieht lässig und jungenhaft aus in seiner Jeans mit dunkelblauem Seemannspullover. Ich würde ihn auf Ende zwanzig schätzen, obwohl ich weiß, dass er letzte Woche 38 geworden ist.

»Aber ...« Er hebt beschwörend die Hände. »Es gelten natürlich ein paar Regeln.«

Ich setze mich etwas aufrechter hin, neugierig auf die Reaktionen der Schüler. Aber niemand protestiert. Sie schauen Thomas noch immer aufmerksam an. Wie kriegt er das bloß hin?

»Um eins müssen alle wieder im Haus sein. Rob macht heute Abend den Türsteher. Er wird jeden Schüler, der reinkommt, persönlich abhaken. Und wer nicht rechtzeitig zurück ist, darf morgen alle Toiletten und Duschen putzen.«

Es wird gelacht. Mir ist es ein Rätsel, weswegen die Schüler das für eine witzige Bemerkung halten. Mich würden jetzt alle ausbuhen.

»Und trinken geht klar«, fährt Thomas fort. »Aber haltet es bitte im Rahmen, ja? Gibt es noch Fragen?«

»Kommen Sie auch mit?«, ruft jemand.

»Diesmal nicht. Wir haben hier heute Abend unsere eigene kleine Party. *Teachers only.*«

Party? Das Wort allein jagt mir schon Schauer über den Rücken. Ich wollte eigentlich möglichst früh ins Bett, um morgen frisch zu sein bei der Exkursion. Die Vorstellung, heute Abend mit Ella, Rob und Thomas etwas trinken zu müssen, grenzt an einen Albtraum.

## 21:07 Uhr

## Nynke

Ich muss niesen, als die Härchen von meinem Puderpinsel an meinen Nasenlöchern vorbeistreifen. Was für ein fieses, haariges Teil. Meistens tusche ich mir nur ein wenig die Wimpern. Aber heute ist Milan auch da. Also habe ich mit Foundation, Blush, Lidschatten und Puder losgelegt. Im Spiegel betrachte ich das Ergebnis. Ich sehe kaum einen Unterschied zu sonst. Warum können Kiki und Juno das? Die sehen mit Make-up immer aus wie Supermodels.

Enttäuscht drehe ich mich um. Die beiden ziehen sich mitten im Zimmer um. Juno steht in Unterwäsche da und hält sich eine schwarze, glänzende Tunika vor.

»Ist das was?«, fragt sie.

Kiki betrachtet es stirnrunzelnd. »Was ziehst du dazu an?«

»Eine schwarze Leggings und meine neuen cremefarbenen Cowboystiefel.«

»Und was machst du mit deinen Haaren?«

»Einfach offen, dachte ich.« Juno fährt sich mit der Hand durch ihre braunen, stufig geschnittenen Haare.

»Ja«, sagt Kiki langsam. »Ja, gefällt mir. Die schwarze Tunika lässt deine blauen Augen schön zur Geltung kommen. Aber dann würde ich ihnen ein besonders schweres Augen-Make-up gönnen.«

»Smokey Eyes?«

»Smokey Eyes!«

Ihre Hände treffen sich zu einem High Five. Juno scheint die Überfahrt vergessen zu haben. Ich wage es nicht, ihr zu erzählen, dass die Wettervorhersage für unsere Rückfahrt am Freitag wenig Gutes verspricht: Windstärke 10 im Wattengebiet, so zeigt es mein Smartphone gerade an.

»Weißt du was, Kiki?«, sagt Juno, während sie sich in eine schwarze Leggings zwängt.

»Nein, Juno«, antwortet Kiki. Sie steht vorm Spiegel und bürstet ihre lange blonde Mähne. Sie sieht fantastisch aus in ihrer schmalen Jeans und einem tief ausgeschnittenen silberfarbenen Top.

»Ich muss noch einmal über das von vorhin mit Lotte nachdenken.«

»Ja?«

»War das nicht ein bisschen zu schroff?«

»Was meinst du?«

Juno seufzt. »Na ja, dass du gesagt hast, sie kann hier nicht schlafen. Ich an ihrer Stelle wäre heulend nach Amsterdam zurückgefahren.«

»Hör zu.« Kiki schüttelt ihre blonden Haare wie einen Wasserfall über ihre Schultern. »Lotte ist eine Mücke. Und Mücken gehören nicht in dieses Zimmer. Das weißt du. Das weiß Nynke. Das weiß ich.«

»Ich dachte eigentlich, du fändest sie ganz nett«, sagt Juno.

»Glaubst du wirklich, ich könnte die Freundin von einer werden, die Cordhosen, Wanderschuhe und selbstgestrickte Landei-Pullover trägt?«, erwidert Kiki mit einem Lachen. »Dass ich nett zu ihr war, heißt noch nicht, dass ich sie nett fand.«

Ich sehe, wie Kikis Worte zu Juno durchdringen. Sie verändern den Blick in ihren Augen, weiten ihre Pupillen und machen sie dunkler. Ob sie wohl an das Vorsingen für das Schulmusical denkt? An Kiki, die an ihrer Stelle die Hauptrolle bekommen hat? Solange ich Juno kenne, will sie schon Schauspielerin werden. Alles hat sie dafür aufgegeben. Wenn wir shoppen gingen, hatte sie Schauspielunterricht. Wenn wir samstagmorgens noch im Bett lagen, saß sie schon im Zug auf dem Weg zu irgendeinem Drama-Workshop. Nach dem Abi will sie zur Schauspielschule, aber dafür braucht sie mehr Bühnenerfahrung. Und deswegen war die Hauptrolle so wichtig für sie. Auch wenn Kiki eine meiner besten Freundinnen ist, ich kapiere immer noch nicht, weshalb sie Juno das angetan hat. An Junos Stelle hätte ich nie wieder mit ihr geredet.

Aber ich bin nicht Juno, denn Juno sagt lächelnd: »Ich habe dir doch immer gesagt, dass Lotte eine totale Langweilerin ist.«

»*Yes, yes, I know, darling*«, sagt Kiki. »Und das ist genau der Grund, weshalb sie jetzt im großen Schlafsaal schläft, bei all den anderen Langweilerinnen.«

Dann dreht sich Kiki zu mir um. »Was ziehst du heute Abend eigentlich an? Das?« Sie starrt mich an, als wäre ich eine Pennerin.

»Äh, j-ja«, stammele ich.

»Die Klamotten kenne ich ja gar nicht.« Kikis Radarblick scannt mich von oben nach unten.

»Das ist, äh, auch neu. Bei Zara gekauft am Wochenende.«

Sie starrt mich weiterhin an. Mein neuer schwarzer Pulli beginnt zu jucken. Die funkelnagelneue Jeans fühlt sich plötzlich zu eng an.

Auf einmal fängt Kiki an zu lächeln. »Cooles Outfit. Gut ausgewählt. Ein Rock käme noch besser, aber ich weiß, dass du dagegen allergisch bist.«

Erleichtert atme ich auf. »Danke.«

»Bin gespannt, was Milan gleich von deinen neuen Klamotten hält«, fährt Kiki lässig fort.

»M-Milan?« Als ich seinen Namen ausspreche, werden meine Wangen ganz heiß.

»Ach, komm schon, Nynke!«, ruft sie. »Du glaubst doch nicht, dass ich nicht durchschaue, für wen du die neuen Sachen gekauft hast? Ich hab dich noch nie in so einem engen, weit ausgeschnittenen Pulli herumlaufen sehen. Deine Möpse fallen ja schon fast raus.«

Ich spüre, wie meine Wangen noch wärmer werden. Wahrscheinlich sind sie nicht nur rot, sondern dunkelviolett. Kiki hat recht. Ich habe die Klamotten wirklich für Milan gekauft. Schon seit mehr als drei Jahren denke ich bei jedem Kleidungsstück, das ich anziehe oder kaufe, an ihn. Ob er es gut findet? Fällt es ihm wohl auf? Eigentlich denke ich bei allem, was ich tue, an Milan: wenn ich aufstehe, meine Zähne putze, wenn ich mit dem Rad zur Schule fahre. Ich denke an ihn, wenn ich meine Hausaufgaben mache und wenn ich wieder schlafen gehe. Und an jedem neuen Tag habe ich neue Hoffnung. Hoffnung, dass er mich dieses Mal wahrnimmt. Aber das Beste, was mir bislang passiert ist, war, dass er meine Matheaufgaben abschreiben wollte. Nicht gerade romantisch.

Eigentlich ist meine Milan-Schwärmerei pure Zeit- und Geldverschwendung. Ich hätte mich genauso gut in irgendeinen Filmstar verlieben können. Plötzlich platzt etwas in meinem Kopf. Vielleicht kommt es durch Kikis bohrenden Blick. Durch das Mitleid, das ich in Junos Augen sehe. Durch diese dämlichen Klamotten, die mich 73 Euro gekostet haben.

»Ich bin nicht mehr in Milan verliebt«, höre ich mich sagen.

Für einen Moment herrscht Stille.

Dann biegt sich Kiki vor Lachen. Als wäre das ein Zeichen, bricht auch Juno in Lachen aus.

»Du hältst uns wohl für bescheuert«, gluckst Kiki. »Nicht mehr in Milan verliebt? Das glaubst du doch selbst nicht.«

»Nynke, tu doch nicht so«, sagt Juno und kreischt vor Lachen. »Du bist schon seit Jahren in den Typen verknallt!«

»Aber jetzt nicht mehr«, sage ich, während ich versuche, zu glauben, was ich da sage. »Ich fand ihn heute so kindisch im Bus. Mit diesem dämlichen Lied, das er für de Vries gesungen hat.«

Ich schaue zu Juno und Kiki, ob sie meine Geschichte schlucken. Sie lachen immer noch. Shit. Wenn ich nicht mal *sie* überzeugen kann, wie um Himmels willen soll ich mich dann je selbst überzeugen?

Kiki kommt auf mich zu. »*Keep on dreaming*, Nynkipinki. Aber ich habe eine gute Lösung für deinen Liebeskummer.«

»Ich habe keinen Liebeskummer. Ich bin einfach nicht mehr verliebt in Milan. Punkt.«

»Ja, ja, klar, wie du meinst.« Sie fährt mit einer Hand durch meine Haare. »Weißt du, was ich mache? Ich werde dich schminken und deine Haare stylen.«

»Aber ... Aber ... Aber ich habe mich schon geschminkt«, stammele ich.

»Ach, echt?« Da ist er wieder, der Radarblick in Kikis Augen. »Welchen Schminkkurs hast *du* denn besucht? Meinen jedenfalls nicht.«

Unglücklich starre ich sie an. »Es, äh, klappte nicht so gut.«

Kiki drückt mich auf einen Stuhl. »Das kannst du laut sagen, ja. Herzinfarktverdächtig für jeden Stylisten. Aber zum Glück hast du ja noch mich.«

»Was hast du vor?«, frage ich leicht panisch.

»Ich dachte an einen Sechzigerjahre-Look, mit viel Eyeliner und so. Das passt gut zu deinen graugrünen Augen. Es soll *glamorous* und catwalkmäßig werden.«

»Ist das nicht zu auffällig?«, frage ich ängstlich.

»Natürlich nicht. Augen zu«, kommandiert sie.

Weil ich weiß, dass es sowieso keinen Sinn hat, mich zu weigern, tue ich, was sie sagt.

»Stillsitzen.« Kiki schmiert etwas auf meine Lider. Es kitzelt.

»Schau mal nach oben.« Mit Eyeliner zieht sie unter und über meinen Augen eine Linie.

»Lachen.« Ein großer Pinsel wischt über meine Wangen.

»Was machen wir mit deinen Haaren?«, fragt sie nachdenklich.

»Nichts?«

»Ha, ha, sehr witzig.« Kiki tut, als würde sie lachen. »Ah, ich habe eine gute Idee. Beug dich mal vor.«

»Aber ...?«

»Nicht jammern, Nynke, es wird gut, echt.«

»Okay, na dann.«

Wie ein williges Opfer lasse ich meinen Kopf zwischen den Knien baumeln. Kiki bearbeitet meine Haare grob mit einer Bürste. Das Blut strömt in meine Wangen, meine Schläfen klopfen.

»Kiki ...«, sage ich. »Wie lange dauert das denn noch? Das tut weh.«

»Pssst, nicht anstellen, ich bin fast fertig. Mund zu. Jetzt.«

Eine Haarspraywolke nebelt mich ein.

»Himmel«, protestiere ich. »Willst du mich umbringen?«

»Perfekt«, murmelt sie, mehr zu sich als zu mir. »Komm ruhig hoch.«

Kiki hält mir einen Spiegel vor die Nase. »Tadatadaaa«, ruft sie. »*Look at the new you. Welcome,* Miss Vlieland!«

»Was ... was hast du getan?«, stammele ich. Über meinen Wangen verlaufen knallrote Streifen, als hätte ich hohes Fieber. Auf meinen Lidern liegt eine dicke Schicht silberner Glitzerlidschatten. Meine dunkelblonden Haare sind toupiert und stehen in alle Richtungen ab. Es sieht aus, als wollte ich mich irgendwo als nächstes Topmodell bewerben. Es ist zu dramatisch. Viel zu auffällig. Das bin ich nicht. Am liebsten würde ich sofort unter die Dusche gehen und alles abspülen.

»Gefällt es dir nicht?«, fragt Kiki mit einem Schmollmund. Ich weiß nicht, was ich sagen soll und zucke die Schultern.

»Juno, wir brauchen deine Hilfe«, ruft Kiki. »Was hältst du von Nynkes Make-up? Sie stellt sich an, als hätte ich sie misshandelt.«

Juno kommt zu uns und wirft einen Blick auf mein geschminktes Gesicht. Hat sie sich gerade erschrocken, oder bilde ich mir das nur ein? Oh bitte, flehe ich innerlich, sag Kiki, dass du es hässlich findest. Dass sie es wegmachen soll. Sag Kiki, ich sehe aus wie ein Indianer mit zwei blau geschlagenen Augen.

Aber Juno lächelt und sagt: »Ich find's schön. Anders, aber schön. Ich würde es so lassen.«

»Na, dann wäre das ja geklärt.« Kiki legt den Spiegel zur Seite. »It's time to party, girls. Let's go!«

# 21:52 Uhr

# Anneke

Manchmal glaube ich, meine Mitschüler kommen von einem anderen Planeten. Einem Planeten von sehr weit weg, aus einer anderen Milchstraße. Vor Jahren sind sie mit einem Raumschiff hierhergekommen und haben die Erde besetzt. Normale Menschen haben sie gefangen genommen, in Stücke gehackt und aufgegessen. Aber einen haben sie vergessen, und das bin ich.
Von einem Stuhl im Speisesaal sehe ich die anderen aus meiner Klasse nach draußen stürmen. Sie sehen aus wie aus dem Ei gepellt: Haare ordentlich gekämmt, Ohren und Handgelenke voll glänzendem Schmuck, die schönsten Klamotten an. Aufgeregt rufen sie sich Sachen zu. Fast kann ich ihre Energie spüren. Einer nach dem anderen verlässt das Gebäude und macht sich auf den Weg in die angesagteste Diskothek Vlielands: De Oude Stoep.
Ich bin die Einzige, die heute Abend nicht mitgeht. Warum bin ich so anders? Warum finde ich nichts an Ausgehen, Jungs und Make-up? Warum gesellt sich in der Pause nie jemand zu mir? Warum bin ich immer allein? Es ist nicht so, als würde man mich in der Schule schikanieren. Das würde ja noch eine gewisse Form

der Aufmerksamkeit bedeuten. Negative zwar, aber immerhin. Ich dagegen werde einfach ignoriert.

»Fuck, Mann, wo sind die denn alle? Sind wir die Letzten?« Das ist Kikis laute, tiefe Stimme. Zusammen mit Juno und Nynke geht sie durch den Flur. Sie sieht aus wie eine Barbie mit ihren glatten blonden Haaren, den langen Beinen und dem rot geschminkten Mund. Juno und Nynke lachen über etwas, das Kiki sagt. Kiki ist zweifelsohne die Anführerin des Mädchenrudels. Das dominante Alphaweibchen: Sie geht voran, und Juno und Nynke folgen ihr mit einem halben Meter Abstand.

In Kikis Hierarchie komme ich nicht vor. Für sie bin ich ein Mitglied der untersten Kaste, ein Paria, noch weniger als nichts. Wenn sie in der Schule an mir vorbeiläuft, tut sie so, als gäbe es mich nicht. Im Sportunterricht hat de Vries uns einmal in Zweiergruppen eingeteilt, um Handstand zu üben. Bizarrerweise sollten Kiki und ich zusammen in eine Gruppe. Der Mann hat irgendwie einen seltsamen Sinn für Humor. Kiki ließ mich durchsausen, obwohl sie meine Beine hätte festhalten sollen, und ich knallte auf den Rücken. Reglos starrte sie auf mich nieder, als traute sie sich nicht, mich anzufassen. Als hätte ich eine ansteckende Krankheit.

Juno, Nynke und Kiki verschwinden laut redend nach draußen. Die Eingangstür fällt hinter ihnen zu. Endlich Ruhe. Ich schlage mein Buch auf. *Eine kurze Geschichte der Zeit* von Stephen Hawking. Es geht um die Entstehung des Kosmos. Im Kopf schwebe ich zwischen dem Text zu den Sternen und entdecke neue Teile des Universums. Weit, weit entfernt muss es einen Ort im Weltall geben, wo Menschen wie ich wohnen. Ich muss ihn nur noch finden.

# 22:02 Uhr

# Juno

Kiki und Nynke laufen lebhaft redend neben mir. Ich tue nur so, als würde ich zuhören, während bei mir die Alarmglocken angehen. Es stürmt noch heftiger als am Nachmittag! Überall liegen abgerissene Zweige und kaputte Dachpfannen auf der Straße. Der Wind ist so stark, dass ich kaum aufrecht stehen kann. Zehnmal habe ich schon den Wetterbericht auf meinem Handy gecheckt. Alle Websites warnen vor extremem Unwetter in den kommenden 48 Stunden. Was für ein Albtraum. Die glauben doch nicht, dass ich auf dieser Fähre zurückfahre? Im Leben nicht!

»Ah, seht mal, da hinten ist De Oude Stoep«, höre ich Kiki sagen. »Bei der braunen Tür.«

Ich versuche zu lächeln. »Na, da bin ich ja mal gespannt.«

## 22:17 Uhr

## Kiki

Als ich De Oude Stoep betrete, ist es, als wäre ich zwei Jahre in der Zeit zurückversetzt worden. Den hässlichen runden, braunen Tresen gibt es immer noch. Noch immer sieht es in der Kneipe aus wie in einer Schiffskajüte. Und die Tanzfläche ist immer noch so hässlich wie damals schon. Vielleicht gefällt das den Losern auf Vlieland, so ein misslungenes Filmset aus den Sechzigern mit schwarz-weiß-karierten Fliesen auf dem Boden, aber *oh my God*, das ist so was von zwanzigstes Jahrhundert! Wie traurig ist das denn, dass ich hier nun schon zum zweiten Mal in meinem Leben bin.

In einem Anflug geistiger Verwirrung hatte ich vor zwei Jahren mit ein paar Freundinnen vom Sommerlager ein Wochenende Vlieland gebucht. Es schien uns genial. Schön weit weg von Amsterdam, und keine nervenden Eltern in der Nähe. Aber der Campingplatz war einfach nur grässlich. Wir standen mit unserem Zelt neben einer Gruppe Bauern aus der hintersten Provinz, die eine dämliche Bemerkung nach der anderen machten. Und das Wetter war schrecklich. Es hat zwei Tage am Stück geregnet. Also haben wir halt getrunken; billigen Wein aus dem Supermarkt, Jenever aus dem Schnapsladen. Von dem ganzen Wochenende weiß ich sonst nichts mehr, außer dass ich sturzbesoffen war.

»Was für ein Seniorenschuppen«, sagt Juno, während sie sich umschaut.

»Mhm-m.« Ich nicke. »Was ist eigentlich mit dir los? Du bist ja ganz blass.«

»Oh, ich bin einfach nur müde«, sagt sie schulterzuckend.

»Bist du sicher, dass ...«

»Das gibt's doch wohl nicht!«, unterbricht mich Juno. »Die spielen hier *It's Raining Men* von den Pointer Sisters! Ich dachte, das Lied wäre längst ausgestorben.«

»Also mir gefällt's«, sagt Nynke.

»Nynke, *please*«, seufzt Juno. »Den Song fanden deine Großeltern cool, aber du doch nicht.«

»Ja, sorry!«, antwortet sie in einem verteidigenden Tonfall. »Aber ich spiele es eben manchmal im Keyboardunterricht.«

»Dann würde ich aber schnell damit aufhören.«

»Bist du bescheuert, was soll das denn?«

Ich lache laut los, und Juno fragt erstaunt: »Was ist daran so witzig?«

»Ihr! Ihr werdet doch wohl nicht wegen der Pointer Sisters streiten? *Who cares?* Ich weiß was viel Besseres.«

»Was denn?«, fragt Juno.

»Habt ihr Milan schon gesehen?«

Sofort schießt die Farbe in Nynkes Wangen. Typisch – sie kann einfach nichts für sich behalten. Fast schon putzig.

Juno und ich brechen in Gelächter aus.

»Wie, *nicht* mehr verliebt, *Miss Tomato*?«, frage ich.

Ich sehe, dass Nynke noch dunkler wird. Wie rot kann sie wohl werden? Schon wieder brennt eine Milan-Bemerkung auf meinen Lippen, aber Juno kommt mir zuvor.

»Komm schon, Nynke, wir glauben dir«, sagt sie. »Es war nur ein Scherz von Kiki.«

Ich verdrehe die Augen. Ein Scherz? Von wegen! Nynke soll sich bloß nicht so anstellen.

»Wirklich?«, fragt Nynke leise.

Juno wirft mir einen warnenden Blick zu.

»Ja, haha, es war echt nur ein Scherz«, sage ich spöttisch. Aber Nynke bemerkt es nicht. Sie nickt erleichtert. Heulsuse.

Ich seufze. »Um auf meine Frage zurückzukommen: Ist er da oder ist er nicht da?«

»Ja, er ist da«, sagt Nynke. »Da hinten steht er, am Tresen.« Und legt sofort nach: »Nicht hinschauen! Sonst sieht er es.«

»Okay«, sage ich und nicke, aber ich schaue doch. Milan steht mit Tony und Floris an der Bar. Trottel, denke ich.

Noch ehe ich *weiß*, dass mich jemand anschaut, spüre ich es. Die Härchen auf meinem Arm richten sich auf, und mein Nacken fängt an zu kitzeln. Mit einem Ruck drehe ich mich um.

Verdammt, irgend so ein Idiot starrt mich an. Was für ein Bauer! Die enge gebleichte Jeans, die er da trägt, geht echt gar nicht. Und dann hat er auch noch sein Hemd tief in die Hose gesteckt, das ist wirklich Modeselbstmord Nummer 1.

*Fuck you*, denke ich.

Der Typ starrt mich weiterhin an. Noch irritierender ist, dass er anfängt zu grinsen, als ich mit einem Fall-doch-tot-um-Blick zurückstarre. Was denkt der sich eigentlich?

Das Mädchen neben ihm rettet mich. Sie zieht ihn am Arm und sagt etwas zu ihm. An ihrem Blick und ihrer Haltung kann ich erkennen, dass sie sauer ist. Wahrscheinlich seine Freundin. Gleich und Gleich gesellt sich gern. In ihrem formlosen Kleid und den offenen Zottelhaaren sieht sie aus wie ein Troll. Sie zieht noch fester an seinem Arm. Schön so, lass sie ruhig völlig ausrasten.

»Sollen wir mal was zu trinken holen?«, höre ich Juno fragen. Ich drehe mich wieder zu ihr um. »Gute Idee. Zahlst du?«

»Nein.« In ihrer Stimme schwingt ein verärgerter Unterton mit. »Ich dachte eher an gemeinsame Kasse, Kiki.«

»Auch gut. Hier, zehn Euro.« Natürlich habe ich mehr Geld, viel mehr sogar, aber das braucht sie ja nicht zu wissen.

Juno steckt den Schein in ihre Hosentasche. »Was willst du?«

»Einen Passoã Sunrise.«

»Guck dich doch mal um«, seufzt Juno. »Die haben hier mit Sicherheit keine Cocktails. Bier, Wein oder Schnaps, das gibt's heute Abend. Also, was willst du?«

»Dann eben ein Bier.«

»Und du, Nynke?«

»Ich nehme auch ein Bier.«

Wir schauen Juno hinterher, als sie zum Tresen geht.

»Da hinten ist Lotte«, sagt Nynke auf einmal. »Sie ist ganz allein. Wie traurig.«

Mein Kopf dreht sich zu Lotte. *Oh my God, was trägt sie denn da bloß wieder? Einen orangefarbenen Pulli? Sie könnte echt in Return of the Nerds mitspielen.*

Lotte sieht mich auch und lächelt mir vorsichtig zu.

»Sollen wir fragen, ob sie zu uns kommen will?«, fragt Nynke. »Sie hat hier sonst keinen zum Reden.«

»Pass mal auf, wir sind hier nicht bei der Wohlfahrt«, sage ich. »Lotte schafft das schon. Hätte sie eben nicht hierherkommen sollen, wenn sie keine Freunde hat.«

Zögernd macht Lotte ein paar Schritte in unsere Richtung. Ich erwidere ihr Lächeln. Sie macht noch ein paar Schritte. Verdammt, sie ist wie ein Hund: Die kommen auch immer zurück zu ihrem Herrchen, auch wenn sie geprügelt wurden. Ich lasse sie noch ein paar Schritte näher kommen, bis zur Hälfte der Tanzfläche, dann drehe ich mich demonstrativ um.

»Guck mal!«, ruft Nynke.

»Was macht sie?«, frage ich

»Sie dreht sich um. Oh nein, das kann man doch nicht mit ansehen!«, ruft Nynke aus. »Sie geht weg.«

Ich lache. »Die sind wir los!«

»Nehmt mir doch mal bitte die Gläser ab, ich kann sie nicht mehr halten.« Juno steht mit drei Biergläsern in gefährlicher Schieflage vor uns.

Schnell nehme ich ein Glas, Nynke auch.

»Puuuh, ich dachte gerade, sie würden mir aus den Händen rutschen.« Juno hebt ihr Glas. »Worauf trinken wir?«

»Auf Vlieland?«, schlägt Nynke vor.

»Gute Idee.« Ich grinse. »Let's party till we drop! Here we go, girls. Eins, zwei, drei ...«

Wir trinken unsere Biere auf ex. Ein warmes Gefühl breitet sich von meinem Bauch bis zu meinem Kopf aus. Das schmeckt nach mehr. This is the night!

»Du bist dran, Nynke, die nächste Runde zu holen«, rufe ich. »Jetzt nehme ich was Stärkeres, bring Jenever-Cola mit.«

»Okay«, murmelt sie.

»Ich nehme gern noch ein Bier. Lieb, dass du es holst, Nynke«, sagt Juno.

Aus den Boxen kommt Whistle von Flo Rida.

»Endlich mal ein vernünftiges Lied. Komm, lass uns tanzen.« Ich ziehe Juno auf die Tanzfläche. Nynke schreie ich hinterher: »Bring lieber gleich eine doppelte Jenever-Cola!«

# 22:52 Uhr

# Tony

Schon seit einer halben Stunde beobachte ich Kiki. Ich kann nur noch an die 150 Euro denken, die ich heute Abend gewinnen werde. Und an Milans enttäuschten Blick, wenn ich ihm erzähle, dass ich Kiki flachgelegt habe. Am liebsten würde ich sie wie ein Höhlenbewohner nach draußen schleppen und sie an der Wand von De Oude Stoep nehmen, bis sie schreiend um Gnade bettelt. Aber leider funktioniert das so nicht. Ich muss die Justin-Bieber-Nummer abziehen. Und sie macht es mir nicht gerade leicht, denn sie schwätzt die ganze Zeit mit Nynke und Juno.

Im Kopf bin ich schon alle Strategien durchgegangen. Ich kann zu Kiki gehen und ihr was zu trinken anbieten, aber dann ist die Chance groß, dass Nynke und Juno mich eiskalt auslachen. Ein Mädchen kann ein Aas sein, aber drei Mädchen, die sich verschwören, sind ein unbesiegbares Monster. Eine andere Option ist, dass ich Kiki zufällig anrempele und wir dann ins Gespräch kommen. Aber auch dann werden Nynke und Juno alles dransetzen, um mich lächerlich zu machen. Die dämlichen Schnepfen müssen also nen Abflug machen.

»Willst du noch was trinken?«, fragt mich Milan.

»Ein Bier«, sage ich, ohne den Blick von Kiki abzuwenden. Milan beugt sich zu mir rüber. »Ignoriert sie dich?«, flüstert er. »Die 150 Euro gehören mir.«

»Eher bringe ich jemanden um, als dass ich dich bezahle«, zische ich.

Aus den Augenwinkeln sehe ich, wie Milan grinsend zur Bar geht. Floris steht ein paar Meter weiter und starrt zornig vor sich hin. Wahrscheinlich ist er noch immer außer sich, weil sein Geldbeutel geklaut wurde. Trifft den Richtigen, der Scheißer schwimmt im Geld.

Plötzlich kommt Bewegung in die Gruppe um Kiki. Mein Blick schießt sofort wieder zurück. Nynke läuft zum Tresen, und Kiki und Juno bewegen sich zur Tanzfläche. Die Rädchen in meinem Kopf rattern: Soll ich jetzt zuschlagen? Ist das die Gelegenheit, auf die ich schon den ganzen Abend warte? Nein, sagt eine Stimme in meinem Kopf, Juno ist immer noch dabei. Die wird keinen Zentimeter von Kikis Seite weichen. Ich muss abwarten und mich wie ein alter, schlauer Fuchs benehmen, der übers Eis schleicht. Wenn ich zu schnell bin, breche ich wahrscheinlich ein.

Kiki und Juno tanzen wie zwei geile YouTube-Schlampen umeinander. Wenn ich ihr Vater wäre, würde ich ihnen drei Wochen Hausarrest verpassen. Aber ich bin nicht ihr Vater. Soll sich Kiki ruhig auf der Tanzfläche winden, dann hab ich auch noch was zum Gucken. Kikis silbernes Shirt spannt über ihren Brüsten. Wie zwei Apfelsinen in einem zu engen Netz. Ich stelle mir vor, dass ich meine Hand unauffällig unter ihr Hemdchen schiebe. Wie meine Finger ihre Brüste umfassen und sie drücken. Schön fest, denn das mag sie, glaube ich. Wenn ich ihr ins Ohr flüstere, ob sie mit nach draußen geht, sagt sie sofort ja. Wir suchen uns einen ruhigen Ort. Bestimmt gibt es irgendwo einen Friedhof oder einen Park auf dieser Insel. Meine Hände werden ihre Brüste wieder umfassen. Sie wird mich anflehen, weiterzumachen. Und das mache ich. Ich lasse meine Hand zwischen ihren Schenkeln verschwinden. Ob sie wohl rasiert ist? Vielleicht hat sie ja ein Fellchen wie ein junger Hamster?

Letztes Jahr haben die Hamster meiner Schwester sechs kleine Hamster geworfen. Eines Mittags habe ich so ein Hamsterchen aus dem Käfig geholt. Ein warmes, rosa Würmchen mit Daunenfell. Das Tierchen lief über meine Hand und stupste hilflos mit der Nase gegen meine Handfläche, auf der Suche nach Milch. Es dachte wahrscheinlich, ich sei seine Mutter. Die kleinen schwarzen Perlenaugen sahen mich völlig emotionslos an. Ich habe den kleinen Hinterleib zwischen Daumen und Zeigefinger genommen und zusammengedrückt. Immer fester, bis sich der Blick in den schwarzen Augen veränderte. Es war, als würde der kleine Hamster endlich begreifen, dass die Welt größer ist als sein Käfig voller Sägespäne, Muttermilch und stumpfsinniger Mithamster. Ich habe noch einmal besonders fest zugedrückt und ihn in den Käfig zurückgesetzt. Am nächsten Morgen war er tot.

Heute Abend zeige ich Kiki eine andere Welt. Ich spüre, wie das Blut in meinen Schritt strömt und sich mein Magen zusammenballt. Heute Abend gehört Kiki mir. *All the way.*

Und dann passiert, worauf ich schon so lange warte: Juno verlässt die Tanzfläche und läuft Richtung Toiletten. Nynke ist noch nicht zurück, und Kiki bleibt allein zurück. Das ist meine Chance. Ohne Zögern gehe ich auf die Tanzfläche und tippe Kiki auf die Schulter.

# 23:07 Uhr

# Lotte

Der Sturmwind bläst mir einen Vorhang aus Regentropfen ins Gesicht. Ich sehe kaum etwas, meine Schuhe suchen ihren Weg über das glatte Pflaster der Straße.

Ruhig gehen, nicht fallen, sonst machst du es noch schlimmer, als es schon ist.

Einen winzigen Moment vorhin in De Oude Stoep dachte ich, Kiki würde sich mir gegenüber wieder normal verhalten und ich hätte mir in De Vliehorst alles nur eingebildet. Aber als ich fast bei ihr war, hat sie sich mit einem falschen Lachen weggedreht. Mein Pullover kitzelte mich im Nacken. Ich konnte einfach spüren, wie hässlich sie ihn fand. Und für wie dumm und nichtssagend sie mich hielt.

**Du hättest nicht gehen sollen.**

Beim Abendessen habe ich die ganze Zeit darüber nachgedacht. Konnte es nicht ein Irrtum gewesen sein von Kiki? Hatte ich etwas überempfindlich reagiert? War es vielleicht ein einziges großes Missverständnis? Ganz langsam legte sich die Wut und machte der Hoffnung Platz. Darum bin ich zu De Oude Stoep gegangen.

Jetzt weißt du, woran du bist.

Ja.

Im Regen sehe ich die Gesichter meiner früheren Mitschüler vor mir. Sie lachen und zeigen mit dem Finger auf mich. Ich höre sie fast sagen: »Guckt mal, da läuft die Zicke, die umgezogen ist. Wahrscheinlich hat sie in ihrer neuen Schule auch keine Freunde.«

Ich spüre es wieder. Die Jahre der Scham, der Erniedrigung, der totalen Überflüssigkeit. Das Gefühl, das Leben wäre besser vorbei.

Die Gesichter meiner alten Mitschüler verschmelzen zu Kikis Gestalt. Sie wird größer und größer, überragt mich um Längen, das Gesicht zu einem bösartigen Grinsen verzogen. Warum habe ich nicht früher gemerkt, wie gemein sie ist?

Das Blut hämmert gegen meine Schläfen. Säure in meinem Magen. Die Muskeln in meinen Armen und Beinen sind steif und verspannt. Es fühlt sich an, als wäre ich in einen anderen Körper geschlüpft. Ein Körper, der nach all den Jahren Rache will.

Blitzartig wird mir klar, was ich tun muss. Es erschreckt mich, aber ich weiß, dass ich keine andere Wahl habe. Heute Abend mache ich es. Ich habe ihr noch eine letzte Chance gegeben, aber die hat sie verspielt. Irgendwo in meinem alten Körper steigt Mitleid auf. Aber mein neues Hirn schiebt es resolut zur Seite: Das wird ihr verdienter Lohn.

## 23:18 Uhr

## Milan

Tony tanzt immer noch mit Kiki. Wie ein Idiot zappelt er sich ab. Er tanzt, als wäre er im Finale von *Got to Dance*. Kiki bewegt sich geschmeidig um ihn herum. Ihr Blick ist mir etwas zu angetan. Wenn ich nicht schnell eingreife, wird mich das eine Menge Geld kosten.

»Da geht sie hin, deine Wette«, sagt Floris neben mir.

Seine Worte ärgern mich. Ich wende ihm den Kopf zu und schaue ihm direkt ins säuberlich rasierte Gesicht.

»Wir werden sehen«, sage ich so lässig es geht. »Wir werden sehen.«

Aber das reicht offensichtlich nicht, denn Floris fährt fort: »Wenn Tony gewinnt, schmiert er dir das noch jahrelang aufs Brot.«

*Starships* von Nicki Minaj läuft. Ich sehe, dass Tony noch einen drauflegt und sich wie eine Schlange vor Kiki windet. Tony darf nicht gewinnen. Auf keinen Fall werde ich ihn bezahlen, das Geld kann er sich abschminken. Also muss ich dafür sorgen, dass ich gewinne.

Aber wie? Ich werde mich echt nicht überanstrengen für Kiki.

Schon die Vorstellung macht müde. Nicki Minaj plärrt immer weiter. Sie scheint Tony schwer zu inspirieren. Wie ein Profitänzer schlingt er die Arme um Kikis Taille, sodass er mit dem Schritt an ihrem Hintern steht. Ich erkenne den geilen Raubtierblick in seinen Augen. Er ist bereit zum Zuschlagen. Ich muss eingreifen. Aber ich weiß immer noch nicht wie.

»Das ist wahre Klasse«, sagt Floris und grinst, als würde er über einen guten Weinjahrgang reden. »Tony wird es schaffen. Und Kiki wird ausrasten, wenn sie irgendwann dahinterkommt, dass es um eine Wette ging.«

Im Bruchteil einer Sekunde schießt mir die Lösung durchs Hirn. Das ist es! Danke schön, Floris. Ich bin dir zu ewigem Dank verpflichtet.

Mit großen Schritten betrete ich die Tanzfläche. Nicki Minaj hält endlich den Mund. Stattdessen erklingen die sanften Töne eines Songs von Adele. Sehr schön. Genau, was ich brauche. Eine ruhige, süßliche Nummer.

Nynke und Juno versperren mir den Weg. Wie zwei Bodyguards tanzen sie vor Kiki und Tony. Auch das noch.

»Darf ich vorbei?«, frage ich.

»W-was?« Nynke schaut mich an wie ein ängstliches Vögelchen. Ist sie taub, oder was? Ihre Augen sehen aus, als wäre sie von Mohammed Ali höchstpersönlich k. o. geschlagen worden: blau mit schwarzen Streifen, wirklich abscheulich.

Ich sehe, dass Juno Nynke mit schiefgelegtem Kopf zunickt. Was um Himmels willen meint sie damit? Nynkes Wangen werden violett, wodurch sie noch idiotischer aussieht.

»Kann ich mal vorbei?«, frage ich noch einmal. Und denke: Zisch. Bitte. Ab. Mascaraunfall.

Endlich treten Nynke und Juno zur Seite. Ich gehe zu Kiki und ziehe sie von Tony weg in meine Arme. Sie macht ein erstauntes Gesicht, höchst erstaunt sogar, aber sie wehrt sich nicht.

»He, was machst du da? Ich tanze gerade mit Kiki«, sagt Tony empört.

»Ich bin gleich wieder weg«, sage ich und halte Kiki noch etwas fester, während sich meine Hüften an ihren reiben.

»Benimm dich mal normal, Junge.« Tony sieht mich angepisst an, mit einem Blick voller Wut und hasserfüllt, aber ich mache mir nichts daraus. Im Augenblick ist mir das Geld wichtiger als Tonys Hormone auf Hochtouren.

Mein Kopf beugt sich zu Kikis Ohr. Ich rieche einen schweren, blumigen Parfümduft an ihrem Hals. Ich finde ihn erregend, aber daran darf ich gerade nicht denken. Jetzt kommt's drauf an. Meine Lippen streifen ihr Ohrläppchen, und ich flüstere ihr die Worte sanft ins Ohr. Ich spüre, wie die Spannung in ihrem Körper steigt.

Als ich fertig bin, befreit sich Kiki aus meinen Armen. Sie schaut mich mit zusammengekniffenen Augen an. Ich warte ein paar Sekunden. Und dann fängt sie an zu grinsen. Sie schlingt die Arme um meinen Nacken und schiebt mir ihre warme Zunge in den Mund. Sie tut es! Ich wusste, dass sie ein gemeines Luder ist!

Aus dem Augenwinkel sehe ich, dass Tonys Augen Funken sprühen. Er ballt die Fäuste und schlägt sie fest gegeneinander. Ich weiß, was das bedeutet. Das ist eine Kriegserklärung. Aber das interessiert mich im Augenblick nicht die Bohne. Kikis Zunge leckt meine gerade in den Wahnsinn. Ich lege meine Hand auf ihre Brüste. Sie lässt es zu!

»Jetzt«, flüstere ich ihr ins Ohr.

Sie dreht sich zu Tony um. Ihre Augen funkeln, und ihr Mund ist zu einem fast wolllüstigen Grinsen verzogen.

Sie genießt es, denke ich.

Sehr laut und sehr deutlich sagt sie: »Tony hat einen kleinen Schwanz. Einen sehr kleinen beschnittenen Schwanz. *And size does matter.*«

## 23:53 Uhr

## Juno

Überall habe ich gesucht. In den Toiletten, am Tresen, im Nebenraum. Aber Kiki ist unauffindbar. Wo ist das hinterhältige Miststück bloß? Sie hat mit Milan rumgeknutscht und plötzlich – schwups – ist sie verschwunden. Ich schaue auf meine Uhr. Fast halb zwölf. Ihre Sache, ich gehe jetzt zu De Vliehorst zurück. Sie wird schon wieder auftauchen. Wütend laufe ich zur Garderobe. Und da steht sie auf einmal!

»He, Juno«, sagt sie. »Sollen wir zurückgehen? Ich bin ein wenig müde.«

Hallo? Jetzt reicht's aber. Erst knutscht Madame mit Milan. Auf der Tanzfläche! Während Nynke neben ihr steht! Danach verdünnisiert sie sich wortlos, und jetzt tut sie so, als wäre nichts gewesen?

»Das kannst du echt nicht bringen«, sage ich.

»Was kann ich nicht bringen?« Kiki betrachtet ihren Fingernagel, als hätte sie etwas darunter.

»Das weißt du ganz genau. Du hast mit Milan rumgeknutscht!«

»Und warum kann ich Milan nicht küssen? Das musst du mir mal erklären.«

»Weil Nynke schon seit Jahren in den Typen verknallt ist!«

Kiki zieht eine Augenbraue hoch. »Nein.«

»Was?«

»Sie ist nicht mehr in Milan verliebt«, sagt sie seufzend, als würde sie mich für blöd halten. »Das hat sie heute Abend selbst gesagt. Also, ich sehe das Problem nicht.«

Ihr Gesicht zeigt einen arglosen, fast unschuldigen Ausdruck. Aber darauf falle ich nicht herein.

»Du weißt genauso gut wie ich, dass Nynke das nicht ernst gemeint hat!«, rufe ich. »Sie hat das doch nur gesagt, weil sie ... na ja, was weiß ich, weil sie offenbar nicht mehr in ihn verliebt sein will, es aber immer noch ist.«

»Ach ja, ganz klare Geschichte, Juno. Kann ich was dafür, dass ich sie nicht kapiere? Dann hätte Nynke das einfach nicht sagen sollen. Das Problem liegt bei ihr, nicht bei mir.«

Wieder diese Unschuldsmiene.

»Weißt du«, sage ich. »Auch, wenn es wahr gewesen wäre, wenn Nynke ihn wirklich nicht mehr gemocht hätte – dann knutscht man immer noch nicht mit dem Jungen rum, in den die eigene Freundin jahrelang verknallt war. Das macht man einfach nicht.«

»Hallo, er ist schließlich nicht ihr Eigentum.«

»Du kapierst es echt nicht, was?«

»Nein, ich verstehe wirklich nicht, warum du so ein Problem daraus machst. So viel Wind um nichts. Wo *ist* Nynke eigentlich?«, fragt Kiki in einem Ton, als hätte sie erwartet, dass Nynke wie immer neben ihr steht.

»Die ist heulend rausgerannt, weil du mit Milan rumgemacht hast«, sage ich scharf.

»Krass, was für eine übertriebene Reaktion. Wie alt ist sie? Sechs?«

Sie sieht mich kopfschüttelnd an. Ihr Blick ist jetzt kalt und hart. Es ist ihr scheißegal, dass sie Nynke verletzt hat, das wird mir gerade klar. Und es war ihr auch egal, als sie mir die Hauptrolle vor der Nase weggeschnappt hat. Irgendwas in mir zerspringt.

»Immer dreht sich alles nur um dich!«, herrsche ich sie an.

»Bitte?« Kikis Augen werden groß. Sie ist perplex! Sehr schön!

»So was macht man nicht als Freundin«, tobe ich weiter. »Warum denkst du immer nur an dich?«

»Ha, das sitzt wohl tief«, höhnt sie. »Was ist dein Problem?«

Ich ignoriere Kikis Bemerkung. »Glaubst du wirklich, dass Nynke dir das jemals vergibt? Ich glaube es nicht. Und weißt du was? Recht hat sie.«

Leicht außer Atem schweige ich. Das fühlt sich gut an! In all den Jahren habe ich Kiki noch nie die Meinung gesagt. Vermutlich, weil es leichter ist, sie als Freundin zu haben, statt zur Feindin. Aber jetzt stehe ich oben. Jetzt habe ich das Sagen.

Kikis Pupillen sind so klein geworden, dass ich sie kaum noch sehen kann. »Wie kannst du es wagen, so mit mir zu reden?«, schnauzt sie.

Schrei nur, denke ich. Das macht mir nichts. »Du kannst dich auch einfach bei Nynke entschuldigen«, schlage ich vor. »Oder ist das zu schwierig für dich?«

Die Wut in ihren Augen vertieft sich. Und dann, auf einmal, beginnt sie zu lächeln. Einfach so aus dem Nichts. »Ach, Juno, komm«, kichert sie. »Warum sagst du nicht, worum es dir wirklich geht, Schätzchen? Dafür sind wir doch Freundinnen?«

Etwas an der Art, wie sie es sagt, ein wenig falsch lachend, sagt mir, dass sie das nicht nett meint.

»Wovon sprichst du?«, frage ich, selbstsicherer als ich mich fühle.

»Du bist einfach neidisch, weil ich die Hauptrolle im Musical bekommen habe und du nicht.«

Zong. Es fühlt sich an, als hätte sie mir einen Schlag in den Magen versetzt. Ich schnappe nach Luft. »N-neidisch? I-ich?«, frage ich mühsam.

Da ist er wieder, der gemeine Blick in Kikis Augen. »Glaubst du, ich hätte das nicht durchschaut? Aber weißt du, Juno, es ist nicht meine Schuld, dass du die Rolle nicht bekommen hast, du hast einfach nicht genügend Talent. Vielleicht solltest du diesen Theaterkram einfach mal drangeben, Miss Wannabe.«

Kiki spuckt die Worte aus, mitten in mein Gesicht. Sie stechen Löcher in meine Augen, ich spüre Tränen aufsteigen und schlucke krampfhaft.

»Und weil du neidisch auf mich bist«, dröhnt Kiki weiter, »nölst du jetzt rum, weil ich Milan geküsst habe. Aber darum geht es gar nicht. Es geht darum, dass du mir die Hauptrolle nicht gönnst.«

»Aber ... Ich ... Nein ... Es ist ...« Es gelingt mir nicht, einen Satz zu bilden. Ich kann die Wörter nicht sortieren, die durch meinen Kopf fliegen.

Eine Stille tritt ein. Kikis Mundwinkel heben sich in einem selbstzufriedenen Lächeln. Sie weiß, dass sie gewonnen hat.

»Komm, wir gehen zu De Vliehorst«, sagt sie. »Ich bin morgen in der frühen Exkursionsgruppe. Um sechs Uhr aufstehen. Darauf habe ich herzlich wenig Lust. Vielleicht melde ich mich ja krank. Meinst du, die fallen darauf rein?«

Sie wechselt so abrupt das Thema, dass ich sie nur anstarren kann.

Kiki redet einfach weiter. »Nein, du hast recht, ich denke auch, darauf fallen sie nicht rein. Leider. Weißt du was? Ich hole mal eben unsere Jacken.«

Innerhalb von dreißig Sekunden ist sie mit unseren Jacken zurück. Ich gehe hinter ihr hinaus. Zum Glück stürmt es so sehr, dass eine Unterhaltung fast unmöglich ist. Zum ersten Mal in meinem Leben bin ich froh über einen solchen Sturm. Ich folge Kiki mit einem halben Meter Abstand. Ihr Rücken in der Wildlederjacke wirkt kerzengerade.

*Du hast einfach nicht genügend Talent.* Was für ein Aas. Ich habe allergrößte Lust, ihr von hinten zwischen die Schulterblätter zu boxen, sie knallhart in die Kniekehlen zu treten, und ihr Gesicht blutig zu kratzen.

Ich weiß jetzt schon, wie es morgen sein wird. Kiki wird lächelnd aufwachen und so tun, als wäre nichts gewesen. So kommt sie immer mit allem durch. Aber dieses Mal nicht! Tief in mir schwelt etwas. Ein glimmendes Flämmchen, das stetig größer wird. Es ist an der Zeit, dass Kiki es mal so richtig heimgezahlt bekommt.

# 00:06 Uhr

# Thomas Rijsterbos

»Geht es dir wirklich gut?«, höre ich Annabel am anderen Ende der Leitung. »Du klingst so matt. Wirst du vielleicht krank? Die Grippe geht um, hab ich heute in der Schule von Jesse und Mats gehört. Passt du gut auf dich auf? Letztes Jahr hast du auch schon zwei Wochen mit Grippe im Bett gelegen, weil du übermüdet warst.«

»Ja, natürlich passe ich auf«, sage ich und seufze. Das ist so typisch meine Frau. Sie macht sich ständig schreckliche Sorgen um mich und die Kinder. In jeder Erkältung sieht sie ein tödliches Virus. Bei jeder Reise, die ich mache, ist sie davon überzeugt, dass ich verunglücke. Und hinter jedem Baum sieht sie einen Kidnapper, der unsere Kinder entführen will.

Für sie war es daher auch eine Katastrophe, als sie erfuhr, dass ich die Klassenfahrt nach Vlieland begleite. »Weißt du eigentlich, wie sehr es stürmt?«, hat sie am Morgen total panisch gefragt. »Wer weiß, vielleicht sinkt das Schiff, und ich bleibe allein zurück mit den Kindern.« Ich habe ihr versprechen müssen, sofort nach der Ankunft auf der Insel eine SMS zu schicken. Und sie abends noch anzurufen. Aber ich hab beides vergessen. Vor fünf Minuten habe ich ihr eine SMS mit tausend Entschuldigungen und Liebesbezeugungen geschickt. Eigentlich dachte ich, sie würde schon schlafen, aber ein paar Sekunden nachdem ich auf Senden gedrückt hatte, klingelte mein Telefon. Annabel. Sie habe sich solche Sorgen gemacht, als ich nicht anrief, dass sie deswegen nicht schlafen konnte.

»Es geht mir prima«, beruhige ich Annabel. »Ich bin einfach nur müde, es war ein langer Tag. Wenn du mich nicht geweckt hättest, läge ich längst im Tiefschlaf«, scherze ich.

Keine Reaktion. In Gedanken sehe ich, wie sie die Stirn runzelt und über meine Bemerkung nachdenkt.

»Kleiner Scherz, mein Schatz«, sage ich. »Ich bin total froh, dich noch kurz zu sprechen.«

»Was macht ihr morgen?«, fragt sie.

»Morgen früh um halb sieben geht eine Gruppe auf Exkursion in die Dünen. Und danach ...«

»Begleitest du diese Exkursion?«, unterbricht sie mich. »Ich meine, vielleicht ist das keine so gute Idee, wenn du so müde bist.«

»Nein, Liebling«, sage ich. »Ich bin für die Nachmittagsgruppe eingeteilt.«

»Zum Glück. Ich mache mir wirklich ein wenig Sorgen um dich. Heute Morgen warst du so blass.«

»Annabel, bitte«, flehe ich. »Mir fehlt wirklich nichts. Und morgen wird ein ruhiger Tag«, sage ich, während ich auf die Uhr schaue. »Liebes, ich muss jetzt auflegen, es ist schon spät.«

»Rufst du mich morgen früh noch kurz an?«

»Ich versuche es. Aber mach du dir bitte auch keine Sorgen, wenn es nicht klappt, okay?«

»Wann bist du am Freitag zurück?«

»Morgens gehen wir noch ins Strandräuber-Museum. Ich glaube, wir nehmen dann die Fähre um Viertel vor zwölf zurück nach Harlingen. Dann bin ich ganz früh zu Hause.«

»Das ist schön.«
»Schlaf gut, Schatz. Ich liebe dich.«
»Ich dich auch.«

Wir legen gleichzeitig auf. Ich kenne Annabel schon seit zwanzig Jahren. Und jeden Abend sagen wir »Ich liebe dich« zueinander. Manchmal frage ich mich schon, ob die Worte so nicht ihre Bedeutung verlieren, eine Art Liebesinflation, oder so, aber ich weiß, dass Annabel sehr viel Wert darauf legt. Als ich sie kennenlernte, war sie das schönste Mädchen bei der Lehrerausbildung. Sie hatte lange blonde Haare und wunderschöne blaue Augen. Sie strahlte eine Art Verwundbarkeit und Hilflosigkeit aus, die alle Jungs total auf sie abfahren ließ. Wir alle wollten sie beschützen und für sie sorgen. Sie entschied sich für mich.

Die ersten Jahre waren fantastisch. Wir beendeten unser Studium und fanden beide eine Stelle als Lehrer in Amsterdam; ich für Englisch und sie für Erdkunde. Und dann wurde Annabel schwanger. Jesse wurde geboren und sie hörte auf zu arbeiten. Von da an kamen bei ihr auch die Sorgen. Es war, als würde Jesse seiner Mutter das Mädchenhafte, Unbesorgte entziehen und stattdessen eine grüblerische, überbesorgte, ängstliche Frau erschaffen. Und es wurde nur noch schlimmer, als Mats drei Jahre später geboren wurde. So schlimm, dass ich sogar ab und zu kein Land mehr sehe.

Ich stecke mein Telefon in die Hosentasche. Einen Moment lang atme ich die Stille auf dem Flur ein. In ein paar Minuten bin ich wieder drinnen bei meinen Kollegen. Und dann muss ich wieder die Rolle des immer aufgeweckten und unermüdlichen Thomas spielen. Aber Annabel hat recht. Heute Abend bin ich dazu eigentlich nicht in der Lage. Mein Kopf quillt über vor Sorgen und Grübeleien. Manchmal ist es, als wäre alles in Schatten gehüllt. Wie kann es nur sein, dass die Dinge so aus dem Ruder gelaufen sind? Es hat sich so entwickelt. Und plötzlich steht man dann an einem Punkt, wo man nie im Leben hatte stehen wollen. Aber ich darf nicht aufgeben. Ich muss für meine Jungs kämpfen. Jesse und Mats sind mein Ein und Alles. Ich will nicht, dass sie als Scheidungskinder aufwachsen.

Mit einem tiefen Seufzer drücke ich die Tür zu Robs und meinem Zimmer auf. Wir hatten angeboten, den Umtrunk bei uns zu machen, bis die ersten Schüler zurückkommen würden, aber das tut mir jetzt schon leid. Die Stimmung ist, gelinde ausgedrückt, ein wenig angespannt. Harriet hat den ganzen Abend noch kein Wort gesagt. Bei jedem Bier, das wir trinken, macht sie ein Gesicht, als würden wir eine große Sünde begehen. Zum Glück ist Ella auch da. Sie hat in diesem Schuljahr bei uns angefangen – jung, dynamisch und ein echter Zugewinn für unser Team. Ella ist der frische Wind, den unsere Schule dringend brauchte.

Und offensichtlich denkt Rob darüber haargenauso. Schon den ganzen Abend kann er sich kaum von ihr lösen. Will sie was trinken, holt er es ihr, macht sie einen Scherz, lacht Rob wie eine hysterische Hyäne. Er benimmt sich wie ein verliebter Teenager und geht mir schwer auf die Nerven. Gleich lässt er sie noch an sein Sixpack fassen, wie das Mädchen aus der Zehnten nach dem Sportunterricht. Ihre Eltern waren fuchsteufelswild und hätten ihn fast angezeigt. Fast, denn das Mädchen selbst wollte das nicht. Sie fand es total peinlich, was da passiert war. Letzten Endes ist die Sache noch glimpflich ausgegangen.

»Ah, da bist du ja wieder!«, ruft Rob, als er mich erblickt. »Wo hast du denn die ganze Zeit gesteckt? Haare geföhnt, oder was?«

Offenbar findet Rob seine Bemerkung grandios, er biegt sich vor Lachen.

Ich habe große Lust, eine schäbige Retourkutsche zu fahren, etwas über sein viel zu enges T-Shirt und die Sonnenbankbräune, aber ich halte mich zurück.

»Ach, ich hab mal kurz mit Zuhause telefoniert«, antworte ich.

»Kurz? Kurz?«, ruft er laut. »Ich bin ja kein Experte, aber kurz ist schon was anderes als die halbe Stunde, die du weg warst. Hat das Frauchen vielleicht ein wenig gejammert? Vermisst sie dich? Wollte sie mal so richtig rangenommen werden?«

Ich versuche, mich nicht auf die Palme bringen zu lassen, aber was ist dieser Rob doch für ein Flachwichser. Sein Gehirn ist vermutlich völlig abgestumpft von all dem Sport, den er seit Jahren gibt. Irgendwas sagt mir, dass der Typ nur Sportlehrer geworden ist, um den ganzen Tag Mädchen hinterhergucken zu können.

»Mann, was bin ich froh, dass ich Junggeselle bin«, fährt er fort. »Dann kannste wenigstens noch ein bisschen Spaß haben.« Er grinst Ella zu.

Ekelhaft. Ich kann nicht feststellen, was Ella davon hält, weil sie in die andere Richtung schaut.

»Willst du noch was trinken?« Rob schwenkt eine Bierdose vor meiner Nase.

»Gib her.« Ich nehme die Dose. Mein viertes Bier, ich sollte jetzt lieber aufhören und das leicht benebelte Gefühl in meinem Kopf nicht ignorieren. Aber ich muss diesen Abend irgendwie hinter mich bringen. Und dem Berg Dosen auf dem Tisch nach zu urteilen, ist Rob gut dabei.

»Sollen wir wetten, welche Schüler heute Abend sturzbesoffen zurückkommen?«, fragt er, den Bierschaum noch auf den Lippen. »Ich setze auf Milan und Tony.«

»Dafür braucht man kein Hellseher zu sein«, sage ich. »Milan und Tony sind auf jeder Klassenfahrt voll.«

Rob ignoriert mich. »Und die Blonde, die mit den langen Haaren, wie heißt sie noch ... Kiki, die verträgt bestimmt auch einiges.«

»Tony ist mein schwierigster Schüler«, seufzt Ella. »Er hört im Unterricht echt nie zu. Habt ihr damit auch Probleme?«

Mit großen Augen starrt sie uns an. Ihr Blick ist gleichzeitig fragend und entschuldigend.

»Ich verstehe genau, was du meinst«, sage ich mit einem Lächeln. »Tony versucht jede Regel zu brechen, die es gibt. Ich setze ihn immer allein an einen Tisch, dann ist er deutlich ruhiger.«

»Danke, das mache ich vielleicht ...«, fängt Ella an, aber Rob unterbricht sie grob.

»Tony muss man kurzhalten!«, ruft er laut. »Er ist wie ein ungezogener Hund. Bei jeder Übertretung muss man ihn bestrafen, mit harter Hand!«

Was treibt den Typen bloß? Kann der nicht einmal das Maul halten?

»Ich weiß nicht«, sagt Ella zögernd. »Das ist nicht so ganz mein Stil.«

»Weiß du was? Ruf mich das nächste Mal ruhig an, wenn Tony wieder alles aufmischt«, sagt Rob, als würde er Ella einen Riesengefallen tun. »Dann komme ich und stelle ihn höchstpersönlich für dich in die Ecke. Okay?«

»Okay«, sagt sie und lächelt zurückhaltend.

»Schön.« Wie ein schlechter B-Schauspieler zwinkert er ihr zu. Richtig übel wird mir davon. Das ist alles so offensichtlich.

Rob wirft die leere Dose auf den Tisch und öffnet sofort die nächste. »Wer wird's heute wohl mit wem treiben? Ein paar hitzige Jugendliche auf einer Insel, das muss doch ein Feuerwerk geben, oder?« Wiehernd vor Lachen wirft er den Kopf in den Nacken.

Harriet schaut ihn kopfschüttelnd an.

Rob sieht es auch. »Was guckst du denn wieder, als wäre der Jüngste Tag angebrochen?«, sagt er und schwenkt die Bierbüchse. »Mensch, du musst nicht überall so ein ...«

Ein lauter Knall und Stimmen. Schritte auf dem Flur. Ich schaue auf meine Uhr. Viertel nach zwölf. Sie brauchten erst um eins wieder hier zu sein.

»Das ist doch wohl nicht wahr«, klagt Rob. »Ich dachte, wir hätten noch eine Dreiviertelstunde. Was sind denn das für Weicheier? Jetzt schon zurückzukommen!«

Es ist idiotisch, aber ich bin froh, dass die ersten Schüler kommen. Dann können wir unsere Sitzung hier endlich beenden.

## 00:26 Uhr

## Nynke

Die Stimmen im Flur machen mir klar, dass Kiki jeden Moment reinkommen kann. Ich verkrieche mich noch tiefer unter den Decken. Ich war als Erste zurück in De Vliehorst. Meine Augen waren feucht und rot vom Weinen. Zum Glück bin ich niemandem begegnet. In unserem Zimmer habe ich mir das Make-up aus dem Gesicht geschrubbt. Das Wasser im Becken war schwarz von all dem fiesen Zeug, das Kiki darauf geschmiert hatte. Ich habe mein glänzendes, sauberes Gesicht im Spiegel angestarrt. Bin ich wirklich so nichtssagend?

Kiki ist eine Verräterin. In Gedanken lasse ich den Moment, in dem Kiki und Milan sich küssten, Revue passieren. Er lief geradewegs auf sie zu und ignorierte mich vollkommen. Ich hätte genauso gut gar nicht existieren können. Milan begann mit ihr zu tanzen. Und Kiki? Kiki tat auch so, als gäbe es mich nicht. Sie hatte nur noch Augen für Milan. Und dann ... Dann ... Ich presse die Handflächen gegen meine Augen. Kikis Zunge, die in Milans Mund verschwand.

Nein!

Es fühlt sich an, als hätte Kiki mich in einen Abgrund gestürzt.

Bin ich all die Jahre so blind gewesen, oder konnte Kiki immer schon so gut schauspielern? Ich habe ihr voll vertraut. Kiki war meine beste Freundin.

Kiki ist der Feind.

Ich liege mit dem seltsamen Gefühl im Bett, ich könnte genauso gut tot sein.

Die Tür geht auf. Ein Lämpchen wird angeknipst. Ich kneife die Augen zusammen.

»Nynke?«, höre ich Juno leise fragen.

»Sie schläft schon«, ist Kikis gleichgültiger Kommentar.

Ich bedeute ihr wirklich nichts.

Die Wut schießt wieder durch meinen Körper. Ich will so unglaublich gern, dass es Kiki auch weh tut, am liebsten noch mehr als mir.

Ich höre Herumkramen am Waschbecken und fließendes Wasser, Kleidungsstücke landen mit einem sanften Plumps auf dem Boden.

»Nacht«, höre ich Kiki sagen.

Juno murmelt etwas Unverständliches zurück.

Das Licht geht aus.

Nach einigen Minuten höre ich, wie Juno immer ruhiger atmet. Sie schläft. Kiki höre ich überhaupt nicht atmen. Vielleicht ist sie ja tot. Das wäre ihr verdienter Lohn.

Und dann knarrt ein Bett. Ich spähe unter meinen Wimpern hervor. Kiki ist aufgestanden und zieht fast lautlos ihre Kleider und die Jacke über. Sie wirft einen Blick über die Schulter und schlüpft auf den Flur hinaus.

Was hat sie vor?, denke ich. Was, um Himmels willen, hat sie vor?

# DONNERSTAG

# 03:46 Uhr

## Der Täter

Es ist vorbei. Mit hochgezogenen Knien liege ich unter der Bettdecke und balle meine Hände zu Fäusten. Seit anderthalb Stunden sind es Mörderhände. Mörder. Das Wort summt in meinem Kopf, nimmt mir den Atem. Was habe ich getan? Oh mein Gott, was habe ich getan?
    Bleib ruhig! Du konntest nicht anders. Das war die einzige Lösung.
    Ganz langsam spüre ich, wie die Panik aus meinem Körper weicht. Ich konnte wirklich nicht anders. Als ich sie heute Nacht in der Vogelbeobachtungshütte sah, wusste ich auf einmal, was ich tun musste. Zeit zum Nachdenken gab es nicht. Es war jetzt oder nie. Mein Körper hatte die Regie übernommen. Von hinten habe ich sie festgehalten. Sie war überrumpelt, dachte, ich würde einen Scherz machen. Ich habe nichts gesagt, nur ihre Kehle noch ein wenig fester zugedrückt. Es ging so leicht, als würde ich die Luft aus einem Ballon lassen. Ich wusste gar nicht, dass ich so viel Kraft in mir habe.
    Sie begann zu zucken und zu zittern. Ihre Bewegungen wurden unkontrolliert, fast spastisch. Und dann machte sie sich in die

Hose. Die säuerliche Urinluft brachte mich zum Würgen. Ein paar Sekunden später war es plötzlich vorbei. Ich spürte, wie die Spannung ihren Körper verließ, als würde ein Stecker aus der Dose gezogen. Ich habe sie ganz vorsichtig auf den Boden gelegt.

Ich habe mich neben sie gekauert und bestimmt eine Viertelstunde gewartet, aber sie war wirklich tot. Mit dem Saum meiner Jacke habe ich ihren Hals abgewischt, in der Hoffnung, so meine Fingerabdrücke zu beseitigen. Im Licht meines Telefons habe ich den Boden in der Hütte nach Spuren abgeleuchtet. Der sandige Untergrund war voller Stiefelabdrücke! Ich geriet in Panik, wusste nicht, was ich tun sollte. Dann fiel mein Blick auf einen großen Zweig in einer Ecke. Wie besessen habe ich damit meine Spuren verwischt, bin rückwärts und fegend aus der Hütte raus. Erst als ich auf dem dicht bewachsenen Grasstück vor der Beobachtungshütte stand, habe ich den Zweig weggeworfen.

Über dunkle Dünenpfade bin ich ins Dorf zurück. Ich wagte es nicht, das Rad zu nehmen, vor lauter Angst, ein einsamer Radfahrer mitten in der Nacht würde zu sehr auffallen. Das Mietrad konnte ruhig beim Hotel Posthuys stehen bleiben.

Im Bett habe ich den Film schon hundert Mal im Kopf zurückgespult. Habe ich was vergessen? Etwas, das die Polizei doch noch zu mir führen wird? Beim Gedanken daran setzt mein Herz einen Schlag aus, und ich schmecke bittere Galle hinten im Hals. Was bekommt man für Mord? Fünfzehn Jahre? Zwanzig Jahre? Lebenslang? Dann wäre alles umsonst gewesen.

Ich schlinge die Hände um meine Knie und wiege mich hin und her. Könnte ich die Zeit nur zurückdrehen. Könnte ich nur alles ungeschehen machen. Ich fühle mich leicht und schwindelig im Kopf, als würde ich aus meinem Körper heraustreten, mein altes Ich verschwindet, aller Halt bröckelt.

Ich bin nicht mehr dieselbe Person wie vor anderthalb Stunden.

# 06:30 Uhr

# Rob de Vries

Mir ist übel. Kotzübel. Die zehn Bier von gestern haben meinen Magen in einen blubbernden, mit Säure gefüllten Vulkan verwandelt, der jeden Moment ausbrechen kann. Als mein Wecker heute Morgen um 06:00 Uhr ging, bin ich zum Waschbecken gestolpert, um erst mal drei Tabletten einzuwerfen. Die explodierten wie Granaten in meinem Bauch. Mit Ach und Krach konnte ich sie bei mir behalten. Meinen Frühstücksshake aus Rapsöl, Kreatin und Molkeprotein hab ich ausgelassen. Wenn ich morgen Abend wieder in Amsterdam bin, mache ich alles wieder gut mit einer Extrarunde im Fitnessstudio. Muskeln sind wie Frauen: Wenn man sie nicht gut pflegt, lassen sie einen sofort im Stich.

Thomas hat noch gepennt, als ich unser Zimmer verließ. Wie eine Raupe in ihrem Kokon lag er in seine Decke gewickelt. Alle Falten waren vom Schlaf geglättet, und er gab schmatzende Geräusche von sich, wie ein zufriedenes Baby. Ich hatte große Lust, ihm ein Glas kaltes Wasser ins Gesicht zu schütten, und ihn in den Magen zu boxen, damit sich sein Babyface vor Schmerz verzerrt. Was für ein nerviger Typ mit seinem ständigen Grinsen und den studentenhaften Klamotten, kurz vor der Vierzig. Diese achso-lässige jungenhafte Ausstrahlung geht mir mordsmäßig auf den Sack.

Ich drücke die Haustür von De Vliehorst auf. Der stürmische Wind bläst hammerhart gegen meine Stirn. Es fühlt sich an, als würde mein Hirn plattgedrückt, und mir wird noch übler. Am liebsten würde ich sofort umdrehen. Aber das geht nicht, weil mich diese dämliche Harriet Aarsman schon erspäht hat. Wie eine fette Pute watschelt sie auf mich zu.

»Ich hatte schon Angst, du hättest verschlafen«, höhnt sie mit ihrer grässlich schrillen Stimme.

»Wie kommst du denn darauf?«, sage ich und lächele, während ich versuche, die Welle, die hinten in meinem Hals aufsteigt, runterzuschlucken. »Diese Exkursion würde ich für kein Geld der Welt verpassen wollen. Es war schon immer mein Traum, morgens um halb sieben Unkraut anzuschauen!«

»Hm, ja ja.« Sie sieht mich mit zusammengekniffenen Augen an, wodurch sie aussieht wie eine Eidechse mit Doppelkinn.

Eine seltsame Anwandlung kommt über mich. Am liebsten würde ich ihr mit beiden Daumen die Augäpfel eindrücken, damit sie mich nicht länger so anglotzen kann. Gott sei Dank, sie dreht sich um.

Mein Blick wandert über die paar Schüler, die schon draußen stehen. Sie wirken nicht gerade begeistert. Ich kann ihnen nur beipflichten. Es grenzt fast an Kindesmisshandlung, sie so früh auf Exkursion zu schicken. Auf meiner Armbanduhr sehe ich, dass es inzwischen 06:42 Uhr ist. Wo bleibt denn der Kerl von der Forstverwaltung? Vielleicht wird die Exkursion ja wegen des Sturms abgeblasen. Hoffnung keimt in mir auf. Ich denke an mein warmes Bett. Noch ein paar Stunden schlafen, und dann in aller Ruhe mit einer großen Tasse Kaffee frühstücken. Aber da kommt plötzlich ein Mann aufs Gelände gestiefelt. Er trägt eine grüne Wachsjacke, Knickerbocker und Schaftstiefel. Sein

Bart reicht bis zum Zwerchfell. Das war's wohl mit der Hoffnung. Hollaho, Kobold!

Harriet stürzt gleich zu ihm. Auf solche Männer steht sie natürlich: grün, muffig und verschimmelt. Der Kobold fängt an zu lächeln. Gemeinsam kommen sie auf mich zu.

»Das ist Remi Pouw von der Forstverwaltung«, stellt sie mir den Baumkuschler vor.

Sein Lachen wird noch breiter, wodurch ich seine gelben, schief stehenden Zähne sehen kann.

»Angenehm«, sagt er und schüttelt meine Hand.

Ein brennender Schmerz zieht über meine Haut. Der Drecksack drückt genau auf die Schramme, die quer über meinen Handrücken verläuft. Wie eine fauchende Katze hat die Schlampe gestern Abend ausgeholt. Ihre Nägel haben meine Haut wie ein Stanleymesser aufgeritzt.

»Rob de Vries«, sage ich lächelnd und verbeiße mir den Schmerz. Der Kobold darf nicht erfahren, was gestern Abend los war. Niemand darf je erfahren, was gestern Abend war.

»Ist die Gruppe vollzählig?«, fragt der Kobold.

Ich zucke die Schultern. Keine Ahnung, will ich sagen, aber Harriet kommt mir zuvor.

»Dafür müssen wir die Anwesenheitsliste durchgehen«, sagt sie. »Rob, kannst du das mal eben machen?« Sie wedelt auffordernd mit einem Zettel vor meiner Nase.

Angesäuert nehme ich ihn. »Nur weil du mich so nett darum bittest.«

»Können alle mal herkommen?«, rufe ich.

Lammfromm trotten die Schüler zu mir.

»Gebt bitte kurz ein Handzeichen, wenn ich eure Namen aufrufe.« Eine neue gallige Welle steigt in meiner Kehle auf und bringt mich fast zum Kotzen.

Ich lese einen willkürlichen Namen von der Liste vor. »Olga?«

»Ja«, höre ich sie sagen.
»Daan?«
»Anwesend.«
»Milan?«
»Jep«, antwortet er.
Ich spähe über das Blatt hinweg. Was hat der Junge heute Morgen bloß angezogen? Eine zerrissene Jogginghose, eine verwaschene Trainingsjacke und eine Kappe tief in die Augen gezogen ... Ich dachte, das sei mehr der Kleidungsstil seines Freundes Tony. Der ist echt ein kleiner Straßengangster. Milan hatte ich anders einsortiert, scheint aber nicht zu stimmen.
»Anneke?«, fahre ich fort.
»Ja.«
Es ist kaum mehr als ein Windflüstern, so leise sagt sie es. Ich starre sie an. Wie ein schüchternes Kleinkind steht Anneke am Rand der Gruppe, die Schultern hochgezogen, den Kopf gesenkt. Jede Faser ihres Körpers strahlt aus: Halt dich von mir fern! So kriegt sie nie Freunde.
»Wouter?«
»Ja.«
»Fleur?«
»Yes.«
»Pieter, Annet und Gijs?«
Als Antwort höre ich dreimal »ja«.
Und dann ist nur noch ein Name auf der Liste übrig.
»Kiki?«, rufe ich.
Keine Antwort.
Ich räuspere mich und rufe noch einmal. »Kiki?«
Ich höre nur den Wind. Und mein Herzklopfen.
»Kiki ist nicht da, Herr de Vries«, ruft jemand.
»Warum ist Kiki nicht da?«, schnappt Harriet. »Wir hatten doch klar gesagt, alle sollten um halb sieben abmarschbereit sein!«

Wieder keine Antwort. »Das kann sie nicht machen«, zischt Harriet. »Das Mädchen meint, sie steht über allem und jedem. Ich werde sie augenblicklich holen und mal Tacheles mit ihr reden.«

Nein, denke ich, das solltest du nicht tun.

»Hör zu, Harriet«, sage ich schnell. »Das bringt uns auch nichts. Kiki schläft sicher noch. Wenn du sie jetzt aus dem Bett holst, dauert es bestimmt noch eine halbe Stunde, bevor wir aufbrechen können. Lass uns ganz entspannt bleiben, teilen wir sie eben bei der Mittagsgruppe ein.«

»Und welche Strafe kriegt sie dann?«

Blitzschnell sucht mein Gehirn nach einer Lösung. »Sie muss eine zehnseitige Hausarbeit über Vlielands Natur schreiben und bei dir abgeben, wäre das was?«

»Sie soll sie Montag abgeben, damit sie das ganze Wochenende daran arbeiten muss«, ergänzt Harriet.

»Okay.«

»Dann los. Hoffentlich glaubt sie nicht, sie käme jedes Mal so leicht davon.«

»Natürlich nicht.« Erleichtert atme ich auf.

Bei jeder Kurve, in die sich der Vliehorst Express legt, fühlt es sich an, als würde mir ein Kickboxer in den Magen treten. Kann dieser bescheuerte gelbe Bus nicht ein wenig langsamer fahren? Krampfhaft starre ich aus dem Fenster. Sand, Meer und Dünen. Wohin man auch blickt – auf dieser Insel sieht alles gleich aus. Ich würde verrückt werden, wenn ich hier wohnen müsste. Ich versuche mich zu orientieren: Hinter mir liegt De Vliehorst, links das Wattenmeer, rechts die Nordsee ... Das bedeutet, dass wir in den westlichen Teil der Insel fahren. Unbehaglich suche ich eine andere Sitzposition.

Wir biegen auf den Parkplatz von Hotel Posthuys ein. Könnte ich nur zurück zu De Vliehorst. Gott, bitte, wäre das möglich?

Aber Harriet zieht an meinem Ärmel und sagt: »Kommst du endlich? Alle stehen schon draußen.«

»Ja, ja«, murmele ich. »Ich komm schon.« Aber ich denke: Halt den Mund, du dämliche Ziege.

Ich steige hinter Harriet aus dem Bus. Der stürmische Wind prallt gegen mich, wie ein Riese, der mich umwerfen will. Schwankend versuche ich, mich aufrecht zu halten. Hier scheint es noch schlimmer zu wehen als bei De Vliehorst.

Remi Pouw macht uns mit Handzeichen klar, dass wir näher kommen sollen. »Wir machen eine Wanderung durch die Dünen!«, brüllt er über den Sturm hinweg. »Nach ungefähr einer Viertelstunde erreichen wir ein Feld, auf dem ich euch das eine oder andere über die Blumen und Pflanzen erzählen werde, die dort wachsen. Jetzt würde ich sagen: Genießt die wunderbare Wanderung.«

Genießen? Genießen? Hat der Kerl vielleicht Möwenscheiße in den Augen? Sieht er nicht, dass ein Orkan über die Insel rast?

Der Kobold geht mit entschlossenem Schritt über den Parkplatz zu einem Dünenpfad. Harriet rennt hinter ihm her, bis sie fast neben ihm läuft. Der Rest der Gruppe folgt etwas weniger begeistert. Ich sorge dafür, dass ich ganz hinten gehen kann und mit niemandem reden muss. Der Pfad schlängelt sich steil die Düne hinauf. Keuchend versuche ich, den Anschluss nicht zu verlieren. Die Muskeln in meinen Beinen fühlen sich schwer und übersäuert an, und bei jedem Schritt sticht meine Milz. Was für eine Quälerei das doch ist!

Oben auf der Düne bleiben wir stehen. Ich sauge ein paar tiefe Luftzüge in meine Lunge und komme mir vor wie ein alter Mann, und nicht wie ein durchtrainierter Sportlehrer. Zum Glück beachtet mich keiner. Der Dünenpfad teilt sich, sehe ich. Auf dem Holzschild steht, dass der rechte Weg zur Vogelbeobachtungshütte Dodemansbol führt, der linke zum Meer. Nach links, denke ich. Bitte, bitte, bitte, nach links. Reglos warte ich und halte die Luft an.

Remi Pouw nimmt keine Rücksicht auf meine Wünsche. Er schlägt den rechten Weg ein. Ich stoße meinen angehaltenen Atem aus und merke, dass ich zittere. Mit Mühe folge ich der Gruppe nach unten. Bei jedem Schritt fühle ich mich schlechter. Schweißtropfen treten aus meinen Stirnporen. Die Düne beginnt zu wogen. Ich habe das Gefühl, ohnmächtig zu werden. Links. Rechts. Links. Rechts. Solange ich gehe, werde ich nicht ohnmächtig. Es wird alles gut. Es wird alles wieder gut.
Aber das ist im Augenblick schwer zu glauben.
Plötzlich pralle ich gegen jemanden.
»He, Mann, geht's noch?«
Mein Kopf dreht sich in Richtung Stimme. Milan mustert mich aus schmal zusammengekniffenen Augen.
»Das tat weh«, sagt er irritiert.
Ich zucke die Schultern, nicht in der Lage zu antworten. Mein Körper braucht allen Sauerstoff, um mein wild pochendes Herz zu beruhigen.
»Herr de Vries, alles in Ordnung?«, fragt Milan. »Sie sind so blass. Soll ich jemanden rufen?«
Ganz allmählich spüre ich, wie sich meine Muskeln entspannen und ich ruhiger atme.
»Es geht schon«, schnaufe ich. »Ich habe Probleme mit einer alten Verletzung, einer gerissenen Kniesehne. Noch aus der Zeit, als ich in der Oberliga Fußball gespielt habe.«
Milan kneift seine Augen noch mehr zusammen, nickt dann aber. »Dumm gelaufen.«
Gott sei Dank, er schluckt es!
»Können mal alle näher kommen?«
Wir bilden einen Kreis um ihn, wie einen Hexenring – Remi Pouw ist der bösartige Troll in der Mitte. Jetzt beginnt das ganze Elend.
»Wir sind auf unserem Feld angekommen!«, schreit er. »Es

grenzt an Bomenland, das westlichste Waldstück von Vlieland. Es gibt hier wirklich unglaublich schöne Stellen, an denen man Vögel beobachten kann.« Sein Arm zeigt in Richtung einer Holzhütte. »Wie diese Vogelbeobachtungshütte.«
Magensäure schwappt von der Speiseröhre hoch und prickelt in meiner Nase.

»Aber wir sind heute nicht wegen der Vögel hier, sondern wegen der einzigartigen Flora.«

Die Magensäure sackt wieder ab.

»Im frühen Frühjahr und im Frühsommer stehen hier jede Menge besondere Pflanzen.« Remi Pouw reibt sich die Hände. »Ihr habt euch für euren Inselbesuch wirklich den besten Monat des Jahres ausgesucht. Folgt mir.«

Bei einem mickrigen grünen Pflänzchen geht er in die Hocke. »Das ist blechnum spicant oder auch Rippenfarn. Er produziert Sporen, keine Samen wie andere Pflanzen. Auf Vlieland haben wir nur ein paar Exemplare dieses Rippenfarns. Wenn wir im August die Felder mähen, verschonen wir das Pflänzchen.«

»Wundervoll«, gurrt Harriet. »Ich kenne Rippenfarn nur von der Veluwe.«

Remi Pouw nickt und greift nach einem Blatt. Er streichelt es, fast als hätte er eine Frau im Arm. »Es ist auch wirklich einzigartig, einen solchen Farn hier zu haben. Kommt, wir gehen zur nächsten Pflanze.«

Mit großen Schritten geht er zu einer Art violettem Unkraut, das hier und da zwischen dem Gras wuchert. »Diese seltene Pflanze ist das Sumpf-Läusekraut. Das ist eine zweijährige Pflanze, die zu den Sommerwurzgewächsen gehört, und die wiederum zu den Lippenblütlern. Normalerweise wächst es nur auf sumpfigem, nährstoffarmem Boden auf Schwingrasen und in Heuwiesen.«

»Aber jetzt auch hier auf diesem Feld«, ruft Harriet.

»Ja, und darauf sind wir ungemein stolz.« Remi Pouw zupft eine violette Blüte ab und hält sie hoch. »Sumpf-Läusekraut hat leuchtend violette Blüten, die anderthalb bis zweieinhalb Zentimeter lang sind. Die bewimperte Unterlippe der Blüte ist genauso lang wie die Oberlippe.«

»Eine bewimperte Unterlippe?«, höre ich jemanden überlaut sagen. Lachen erklingt.

Harriet tut, als hätte sie nichts gehört. »Blühen denn jetzt auch Natternzungen?«, fragt sie.

Remi Pouws Kopf nickt begeistert. »Ja, das habe ich diese Woche bei der Vogelbeobachtungshütte stehen sehen. Gut, dass du es ansprichst. Die blühenden Natternzungen zeige ich euch als Letztes. Danach gehen wir weiter zum Wald.«

Die Gruppe folgt Remi zur Hütte. Nur ich bleibe stehen. Plötzlich weiß ich nicht mehr, wie ich meine Beine bewegen soll. Der Sturm reißt an meiner Kleidung, pfeift in meinen Ohren. Ich will hier nicht sein.

»Beeil dich doch mal!«, höre ich Harriet schreien. »Alles wartet auf dich.«

Ich trotte zu ihr hinüber. Wir stehen nur einen halben Meter von der Hütte entfernt.

»Die Natternzunge ist ein kleiner Farn mit einem bemerkenswerten Äußeren«, beginnt Remi Pouw. »Ich werde euch diese prächtige Pflanze einmal genauer zeigen.«

Er dreht sich um und steht nun mit dem Gesicht zur Vogelbeobachtungshütte. Es ist wie ein Film, der in Zeitlupe abgespielt wird: Seine Augenbrauen heben sich, sein Mund klappt leicht auf.

»He, das ist ja seltsam«, sagt er. »Die Tür steht offen, und da liegt etwas auf dem Boden. Es sieht fast so aus, als hätte jemand seine Sachen hier vergessen. Kleinen Moment.« Er verschwindet in der dämmrigen Hütte.

Es kann ein paar Sekunden, aber auch ein paar Minuten später sein, als er wieder herauskommt. Es ist, als hätte ich jegliches Zeitgefühl verloren.

»Ich ... Es ... Ich möchte gern, dass ihr das Sumpf-Läusekraut ein wenig näher betrachtet«, sagt Remi Pouw mit merkwürdig weißem Gesicht. »Dann schauen wir uns die ... die Na-natternzungen an.«

Ohne Murren gehen alle wieder zu der Stelle, von der wir gerade kamen. Ich bleibe mit Harriet und Remi Pouw bei der Hütte.

Ich schaue auf seine Wangen, auf denen jetzt knallrote Flecken erscheinen.

»Es ... ist ... etwas ... sehr ... Schlimmes ... passiert«, flüstert er kaum hörbar.

Wenn er doch nur den Mund halten könnte. Wenn wir nur zu De Vliehorst zurückkönnten. Stattdessen fasst Harriet wie ein Piranha nach seinem Arm.

»Was ist los?«, ruft sie. »Kannst du bitte mal sagen, was los ist?«

»Ich ... Es ... Ich weiß nicht, wie ...« Er hebt die Hände. »Kommt bitte mit.«

Remi Pouw geht vor in die Hütte. Harriet folgt ihm wie sein Schatten. Widerwillig betrete auch ich die Holzhütte. Ein seltsam säuerlicher Geruch, der in der Nase sticht und die Augen tränen lässt, hängt im Raum. Dann erinnere ich mich plötzlich wieder. Unsere tote Katze von früher. Wir hatten sie schon ein paar Tage vermisst. Keiner wusste, wo sie war, aber der säuerliche Geruch auf dem Treppenabsatz wurde immer schlimmer. Schließlich fand mein Vater sie auf dem Dachboden: tot, mit dem Kopf in einem Mauseloch stecken geblieben.

Dummes Tier.

»Ich verstehe das nicht«, sagt Harriet. »Was sollen wir in dieser Hütte?«

Sie sieht es offensichtlich nicht. Aber ich sehe es, noch bevor Remi Pouw darauf zeigt.

»Schaut ... dort ...«, keucht er, als wäre ein Ungeheuer hinter ihm her. Sein Finger zeigt auf einen großen schwarzen Hubbel am Boden.

»Ich verstehe das nicht«, murmelt Harriet. Mit ihrem dicken Hintern watschelt sie zu dem Hubbel. Sie beugt sich vor, wodurch ihr Hintern noch mächtiger aussieht. Ich kann ihr Gesicht nicht sehen.

»Aber ... aber ...«, es scheint, als käme ihre Stimme aus dem Hintern. »Aber das ist ... Oh, Gott!«

Ich stelle mir vor, wie die Bestürzung wie eine Schockwelle über ihr Gesicht rollt. Erst klappt ihr Mund auf, dann fangen ihre dicken Wangen an zu zittern, ihre Augen werden groß und rund, und ihre Stirn legt sich in tiefe Falten.

»Neeeeeiiiinn!«, schreit sie und dreht sich um.

Sie sieht genauso aus, wie ich sie mir vorgestellt habe; ich hatte nur die zitternde Hand vor ihrem aufgerissenen Mund vergessen.

»Neeeeeiiiinn!«, jammert sie noch einmal. »Neeeeeiiiinn! Sag, dass das nicht wahr ist.«

Harriet stürzt sich weinend in Remi Pouws Arme. »Sie ist tot. To-hot. Das kann nicht sein. Oh Gott, bitte, lass das nur einen Albtraum sein.«

Ungeschickt tätschelt er ihre zuckenden Schultern. »Ssssch!«, murmelt er. »Ssssch.«

Ich brauche gar nichts zu tun. Nur dazustehen und erstaunt zu gucken. Und Letzteres kostet mich keinerlei Mühe. Der Tod hat Kiki hässlich gemacht. Ihre glasigen Augen starren zur Decke. Aus ihrem Mund ragt die violette, geschwollene Zungenspitze. Im Sportunterricht war sie immer die schönste. Jung, muskulös und voller Lebenslust. Kiki war wie ein arabisches Vollblut; wunderschön anzusehen, aber schwierig zu zähmen. Ich habe sie von allen am liebsten angeschaut. Manchmal träumte ich nachts von ihr, wie sie auf dem Trampolin sprang, mit ihren kleinen, festen Brüsten, die sich unter ihrem T-Shirt abzeichneten.

»Was sollen wir denn jetzt machen?«, schluchzt Harriet. »Was sollen wir jetzt machen?«

»Wir müssen die Polizei rufen«, sagt Remi Pouw.

»Die Po-Polizei?«, stammele ich. Mein Magen knüllt sich zusammen wie eine Butterbrottüte. Der Inhalt schießt wie eine Rakete durch meine Speiseröhre.

# 08:03 Uhr

# Milan

Dieser Autist von der Forstverwaltung kann sich sein Sumpf-Läusekraut sonst wohin stecken. Meint der wirklich, ich guck mir dieses Unkraut an? Ich bin doch nicht bescheuert! Der Rest meiner Mitschüler anscheinend schon, denn die begaffen allesamt dieses Sumpfzeugs. Wenn der Kerl gesagt hätte, wir sollten uns den Arsch von einer Kuh anschauen, hätten sie das auch gemacht? Wahrscheinlich schon. Na, herzlichen Glückwunsch. Blöde Schleimscheißer.

Ich setze mich auf einen Baumstumpf und zünde mir eine Kippe an. Gierig sauge ich den Rauch ein. Ich kann besser nachdenken, wenn ich rauche. Es beruhigt mich. Aber jetzt nicht. In meinem Kopf herrscht weiterhin ein Chaos aus Bildern. Die Tanzfläche, Kikis Zunge in meinem Mund, Tonys Wut, mein Arm um Kiki, der stürmische Wind, der uns fast umweht, der verlassene Ort, der so perfekt schien. Und dann die Wutexplosion; der Schmerz. Es ging alles so schnell, dass es passiert war, bevor ich es kapierte. Die Nacht schießt durch meinen Kopf wie ein Film, dessen Ende ich nicht sehen will. Ich muss an etwas anderes denken.

Dann eben an Tony. Mein anderes Problem. Ich ziehe fest an

meiner Zigarette und sauge meine Lunge voll mit Rauch. Tony hat heute Morgen noch geschlafen, als ich mich für die Exkursion angezogen habe. Er sah entspannt aus im Schlaf, fast friedlich. Aber ich wusste – wenn er wach würde und mich erblickte, würden sich seine Augen verdunkeln vor Wut. Ich kenne diesen Tony. Das ist der Tony, der die Fahrräder von Mitschülern in die Gracht schmeißt; es ist der Tony, der nach einer Sechs in Deutsch dem Lehrer einen Hundehaufen auf die Motorhaube legt. Mit diesem Tony hat man endlos Spaß, wenn man auf der gleichen Seite steht.

Aber ich habe eine Grenze überschritten.

Gestern Abend hat es mich einen Dreck interessiert, ob Tony sauer ist. Da war ich noch im Siegestaumel. Da wusste ich noch ganz genau, dass ich mit Kiki den Hauptpreis ziehen würde. Ich hatte ihr ins Ohr geflüstert, sie bekäme 50 Euro von mir, wenn sie mich auf der Tanzfläche küssen würde. Und nochmal 25 Euro extra, wenn sie sagen würde, dass Tony einen kleinen, beschnittenen Schwanz hat. Wieder sehe ich vor mir, wie Kiki mich anlachte, geil und einladend.

Nicht daran denken! Schnell nehme ich noch einen Zug von meinem Stummel. Dann erweckt eine Bewegung bei der Hütte meine Aufmerksamkeit. Die dicke Harriet Aarsman kommt wie eine tollwütige Sau aus dem Holzhaus gerannt. Ich schnipse meine Kippe weg und recke den Hals, damit ich sie noch besser sehen kann. Ein bisschen Ablenkung, genau, was ich jetzt brauche.

Bei der Vogelbeobachtungshütte bewegt sich wieder etwas. Dieses Mal ist es Rob de Vries, der hinausläuft. Oder besser gesagt, stolpert. Was sieht der Typ scheiße aus! Dachte der wirklich, dass ich ihm die Geschichte abnehme über die alte Verletzung? Was für ein blödes Gesülze. Selbst für einen Blinden wäre klar, dass er sich am Abend hat volllaufen lassen.

De Vries lehnt sich an die Hütte, seine Hand geht zu seinem Bauch, als hätte er eine akute Blinddarmentzündung. Von irgendwo in meinem Gehirn wird ein Signal zu meinen Händen geschickt, die mein Smartphone aus der Tasche ziehen. Das hier könnte durchaus gleich witzig werden.

Ich starte die Kamera und drücke auf Aufnahme. Genau in dem Moment öffnet sich sein Mund, und im hohen Bogen spritzt orangefarbenes Erbrochenes heraus. *Holy shit*, der kotzt einfach! Sein Mund öffnet sich ein weiteres Mal, um die nächste Ladung auszuspucken. Das ist fettes Dope. De Vries rastet aus, wenn ich ihm nächste Woche das Filmchen zeige. Ich kann mir jetzt schon vorstellen, wie das Gespräch ablaufen wird.

»Oh, Entschuldigung, Herr de Vries, ich konnte nichts dafür, ich habe gerade diese wunderbare Landschaft gefilmt, und da kamen Sie auf einmal ins Bild [...] Was sagen Sie? Löschen? Ich soll diesen Film löschen? [...] Aber Herr de Vries, das wäre doch superschade, ich wollte ihn gerade auf YouTube stellen. [...] Herr de Vries, geht es denn? Sie sind wieder so blass?«

Jetzt muss der Wichser mir auf jeden Fall ein Ausreichend in Sport geben.

Auf dem Display meines Handys sehe ich, dass der Typ von der Forstverwaltung hinter Herrn de Vries telefoniert. Er macht ein ziemlich unglückliches Gesicht, als würde ihm jemand am anderen Ende der Leitung erzählen, das Sumpf-Läusekraut sei ausgestorben.

Ich höre auf zu filmen. Ich habe genügend Material, um nie mehr im Leben am Sportunterricht teilnehmen zu müssen. De Vries rührt sich wieder und geht zu dem Knacker von der Forstverwaltung. Frau Aarsman gesellt sich zu ihnen. Sie scheinen etwas zu besprechen, die Köpfe dicht beieinander, aber was?

Dann zeigt die fette Aarsman auf de Vries. Er schüttelt den Kopf. Auf seinem Gesicht liegt ein merkwürdiger Ausdruck. Sie zeigt noch einmal auf ihn, und ihr Mund bewegt sich heftig. De Vries schüttelt noch heftiger den Kopf.

Plötzlich fällt der Groschen. Er soll etwas für sie tun, wozu er keine Lust hat.

Es ist, als würde ich mir einen Boxwettkampf anschauen. Aarsman geht vehement auf ihn zu, und de Vries lässt sich immer weiter in die Ecke treiben. Nach weniger als einer Minute gibt er sich geschlagen. Ich sehe es an seinen hängenden Schultern und dem hilflosen Blick in seinen Augen. Niedergeschlagen läuft er in unsere Richtung. Frau Aarsman folgt ihm, zusammen mit dem Forstverwaltungsheini.

»Leute ...«, bringt de Vries raus, als er nur noch wenige Meter entfernt ist. »Könnt ihr bitte mal herkommen?«

Keiner reagiert.

De Vries sieht aus, als müsste er gleich heulen. »Leute, bitte ...«, fleht er. »Kommt doch mal her!«

Ganz langsam setzt sich die Gruppe in Bewegung. Ich richte mich auch auf und sehe zu, dass ich direkt vor de Vries stehe. Ich will kein Wort von seiner Geschichte verpassen.

»Es ist ... Ich weiß nicht so genau, wie ...« Schweißtropfen glitzern auf seiner Stirn, und ich sehe, dass Erbrochenes auf seiner Jacke klebt. »Es ist etwas sehr Schlimmes geschehen ... In der Hütte ...« Verzweifelt hebt de Vries die Hände. »Es ... ist ... Kiki ... ist ...« Er fängt an zu flennen wie ein kleines Kind. »E-e-es ...«, jammert er. »S-s-sie ...«

Hinter mir höre ich erstauntes Raunen. Im stürmischen Wind klingt es wie ein Bienenschwarm.

Frau Aarsman kommt ihm zu Hilfe. »Herr de Vries versucht euch zu sagen, dass in der Vogelbeobachtungshütte etwas sehr Schlimmes mit Kiki geschehen ist.«

Das Raunen stoppt.

»Kiki ... ist ...«, sagt sie, während ihr nun auch Tränen über die Wangen strömen. »Kiki ist tot. Es tut mir leid.«

Kiki ist tot.

Alles beginnt zu zittern. Meine Arme, meine Beine, mein Kopf, meine Lippen. Mir wird schwarz vor Augen. Ich höre mein eigenes keuchendes Atmen, das hysterische Schreien eines Mädchens, jemand sagt: »Verdammt.« Ein anderer fragt: »Ist das ein Scherz?« Alle rufen durcheinander. Stimmen dröhnen in meinen Ohren.

Und dann die schrille Stimme von Frau Aarsman. »Kinder, ich verstehe, dass ihr völlig durcheinander seid …« Ihre Stimme stockt. »Aber lasst uns bitte ruhig bleiben. Die Polizei kann jeden Moment hier sein.«

Nein, keine Polizei, will ich sagen. Aber die Worte kommen nicht über meine Lippen. Ich weiß, dass ich tief in der Scheiße stecke. Sehr tief sogar.

# 08:46 Uhr

# Hauptkommissar Pieter Vos

Als das Telefon heute Morgen um Viertel nach acht läutete, stand ich unter der Dusche. Es gibt ein paar Regeln in meinem Leben, von denen ich nicht abweichen will. Erstens: Wenn ich Urlaub habe, will ich von meiner Dienststelle nicht angerufen werden. Zweitens: Ich schiebe keine Nachtschichten mehr. Drittens: Im Badezimmer will ich nicht gestört werden. Diese zehn Minuten morgens sind mir heilig. Also bin ich nicht drangegangen. Nach einer Minute Klingeln wurde es still. Ich hatte mir gerade die Haare eingeschäumt, als es erneut klingelte. Jetzt noch länger, bestimmt anderthalb Minuten. Das Geräusch war so schrill, dass ich es kaum mehr ignorieren konnte. Schon zweieinhalb Minuten von meinem Badezimmerritual gestohlen.

Es wurde wieder still. Ich spülte das Shampoo aus und wollte gerade mein Rasiermesser zur Hand nehmen, als es zum dritten Mal klingelte. Wer um Himmels willen ruft dreimal hintereinander an? Die Frage schwebte wie eine Seifenblase durch meinen Kopf. Meine hochbetagte Mutter von 93? Das war so gut wie ausgeschlossen, weil sie schwer dement ist. Ihr Pflegeheim vielleicht, um mir zu sagen, dass etwas passiert sei? Nein, dann würden sie eine freundliche Nachricht hinterlassen und mich um schnellstmöglichen Rückruf bitten. So war es auch, als sie den Schlaganfall hatte. Meine Dienststelle vielleicht? Das konnte ich mir kaum vorstellen. In einer halben Stunde sollte ich schon auf der Wache sein. Was konnte so dringend sein, dass es unbedingt jetzt besprochen werden musste?

Das schrille Läuten hörte abrupt auf. In der eintretenden Stille vereinbarte ich mit mir selbst, dass ich nach unten gehen würde, wenn der Anrufer noch einen weiteren Versuch wagen sollte. Das geschah innerhalb von fünf Sekunden. Mit nassen Haaren lief ich aus dem Bad. Es war kalt auf der Treppe. Mit jedem Schritt, den ich näher kam, wurde das Klingeln lauter. Plötzlich ertrug ich den Gedanken nicht, es könnte aufhören, bevor ich das Gespräch angenommen hätte. Jetzt wollte ich auch wissen, wer mich da anrief. Das letzte Stückchen habe ich daher rennend zurückgelegt, durch den Flur, ins Wohnzimmer. Mir wurde bewusst, dass ich kein Handtuch umgebunden hatte und die Vorhänge zur Straßenseite weit offen waren. Mit einem Kissen auf dem Schoß habe ich mich dann aufs Sofa gesetzt. Das Telefon lag auf dem kleinen Beistelltisch, neben der leeren Pizzaschachtel und der Bierflasche von gestern Abend. Würde meine Frau noch leben, hätte sie bei dem Anblick einen Anfall bekommen. Sie mochte kein Junkfood. Aber wenn sie noch leben würde, hätte ich gar keine Pizza gegessen.

Ich nahm den Hörer ab. Am anderen Ende erklang die beherrschte Stimme einer Mitarbeiterin der Einsatzzentrale. In kurzen Sätzen erklärte sie, was los war. Gerade sei eine Meldung hereingekommen, man habe in der Vogelbeobachtungshütte eine tote Jugendliche vorgefunden. Alles deute auf ein Verbrechen, ob ich bitte sofort dorthin fahren könne. Unterstützung sei unterwegs.

Mein Darm verkrampfte sich und löste einen schmerzhaften Druck auf den Anus aus.

In der Vogelbeobachtungshütte lag eine tote Jugendliche. Während ich noch den letzten Anweisungen lauschte, betrachtete ich die Gänsehaut auf meinen Beinen. Aus den kleinen Erhebungen ragten graue Haare, und über meine Wade schlängelte sich eine Krampfader. Das hier waren die Beine eines alten Mannes. Beine, die eigentlich so allmählich in Pension gehen wollten, die sich jetzt aber auf den Weg zu einer toten Jugendlichen machen sollten.

In den fünfundvierzig Jahren, in denen ich bei der Polizei auf Vlieland arbeite, habe ich noch nie eine Leiche untersucht. Es hat zwar tote Menschen gegeben, sicher zehn Personen, aber das waren vor allem ältere Touristen, die einen Herzinfarkt erlitten hatten, oder Touristen, die am Hafen betrunken ins kalte Wasser gefallen waren. Viel mehr als eine Unterschrift auf einem Formular war dabei nicht nötig gewesen.

Aber das hier war etwas ganz anderes.

Ein Klicken zeigte an, dass die Einsatzzentrale aufgelegt hatte.

Ich habe sicherlich noch ein paar Minuten dem Freiton zugehört, bevor ich nach oben ging, um mich anzuziehen.

## 09:02 Uhr

## Der Täter

Ich habe heute Nacht kaum geschlafen, aber doch ist es, als würde ich noch träumen.
Ich habe Kiki umgebracht.
Es ist so unwirklich. Ob mir jemand etwas ansehen wird? Sie müssen doch meinen abwesenden Blick bemerken, das leichte Zittern meiner Hände, meine beschleunigte Atmung? Aber niemand sieht etwas, dafür sind sie zu sehr damit beschäftigt, was um sie herum geschieht. Sie haben nicht mal den Anflug einer Vermutung.
Komme ich wirklich so leicht davon? Ist es echt so simpel jemanden zu ermorden? Heute Nacht empfand ich schiere Panik, aber das Gefühl ist weg. Ich bin jetzt eher müde. Und ich fühle mich leer, als hätte ich eine enorme Anstrengung hinter mir.
Mörder.
Ich schüttele den Kopf und schiebe das Wort zur Seite. Es stimmt inhaltlich nicht. Ein Mörder ist jemand, der gewissenlos jemanden seines Lebens beraubt. Kikis Tod diente einem höheren Ziel.

**Märtyrer.**
Das Wort blitzt plötzlich in meinen Gedanken auf. Ich wiederhole es, lasse es auf mich wirken. Ja, das Wort passt besser zu mir.

## 09:13 Uhr

## Hauptkommissar Pieter Vos

»Ist es noch weit?«, fragt Benny Jongstra keuchend. Ich betrachte seine weit geblähten Nasenflügel. Wie alt ist dieser Polizist? Zwanzig? Fünfundzwanzig? Und dann fragt er mich, den 64-Jährigen, ob wir gleich da sind? Ist ja schon ein bisschen albern.
»Hast du vielleicht Asthma?«, frage ich, und steigere das Tempo unmerklich.
»Nein.«
»Bein gebrochen?«
Er schüttelt den Kopf.
»Rückenschmerzen?«
Ein verzweifelter Blick schleicht sich in Bennys Augen. »Nein, nein, das auch nicht, aber ...«
»Dann wird dich ja wohl nichts von einem gesunden Spaziergang durch die Dünen abhalten.« Ich lächele und mache noch größere Schritte.
»Nein ...« Bennys Kopf sinkt schlaff nach unten. Sein blondes, glattes Haar steht ihm zu Berge. Er sieht aus, wie der Freund von Pippi Langstrumpf, Tommi. Ein nerviger Besserwisser.

Wir gehen ein paar Minuten schweigend weiter. Das Hotel Posthuys lassen wir hinter uns, und der Pfad schlängelt sich immer weiter nach oben.

Bei der Abzweigung zur Vogelbeobachtungshütte fragt Benny mit pfeifendem Atem: »Sollten wir nicht lieber auf die Spurensicherung warten? Ich meine, das ist doch die übliche Vorgehensweise?«

Du sollst die Klappe halten, denke ich. Aber ich antworte freundlich: »Die Gerichtsmediziner aus Den Helder können wegen des Sturms nicht rüberkommen. Es fahren keine Fähren, und Hubschrauber fliegen auch nicht. Und Mega Mindy hat heute leider frei, die kann also auch nicht helfen.«

Meine sechsjährige Enkelin schaut immer *Mega Mindy*, eine Serie über eine Polizistin mit einem Superhelden-Alter-Ego. Manchmal kommt sie mir schlauer vor als Benny.

Der ignoriert meine Bemerkung.

»Aber wie ist es denn mit morgen? Kommen sie morgen auch nicht?«, fragt er nörgelnd.

Ich bleibe stehen und schaue ihn an. »Willst du das Mädchen eine Nacht in den Dünen liegen lassen? Es regnet, es stürmt, hier laufen Füchse herum, die scharf sind auf ein Stück Fleisch. Wesentliche Spuren könnten verloren gehen. Meinst du, dafür wäre man uns dankbar? Und außerdem wird es morgen laut Wetterbericht noch stürmischer.«

Unter Bennys Auge zittert ein kleiner Muskel, und er beißt sich auf die Unterlippe. Fein, der Zweifel ist gesät. Jetzt muss ich die Sache nur noch zu Ende abrunden.

»Sag's ruhig«, fahre ich freundlich fort. »Ich rufe sie liebend gern an und sage ihnen, du hättest es für nicht sinnvoll gehalten, nachzuschauen, auch wenn sie mich gebeten haben, die Spurensicherung am Tatort durchzuführen.«

Sein Mund klappt auf. Der Zweifel macht der Angst Platz.

Wahrscheinlich befürchtet er, dass er sich zum Deppen macht, wenn er eine falsche Entscheidung trifft.

»Oh, das ... das wusste ich nicht«, stammelt Benny. »Dass sie dich, äh, Sie heute Morgen angerufen haben. Natürlich, äh, will ich diese Entscheidung nicht anzweifeln.«

Weichling. Wenn er mehr Eier in der Hose hätte, hätte er sich mit mir angelegt. Aber aus dem Holz ist er nicht geschnitzt.

Ich setze mich wieder in Bewegung. Hinter mir höre ich Benny fragen: »Aber haben wir denn die richtige Ausrüstung mitgenommen für die Spurensicherung?«

Hört der denn nie auf? Seufzend drehe ich mich um. »Was haben wir hier?«, frage ich und zeige auf meine Augen. »Und hier?« Mein Finger geht zu meinem Mund. »Und hast du hiervon schon mal was gehört?« Ich ziehe einen Stift und einen Notizblock aus meiner Jackentasche. »Wir können hinschauen, fragen und aufschreiben. Du wirst staunen, wie weit wir damit kommen werden.«

Benny sieht mich an, als hätte ich sie nicht mehr alle. War dieses Jungchen wirklich auf der Polizeiakademie? Wahrscheinlich hat er Hunderte von Büchern gewälzt und meint jetzt, er wäre ein echter Polizist. Aber von Praxiserfahrung keine Spur. Er gehört zu der Generation, die glaubt, man könne alles mit einem Computer lösen.

Ohne ein weiteres Wort setze ich mich wieder in Bewegung. Ich kenne die Strecke. Im Sommer ist es hier wirklich wunderschön. Auf dem Feld, das wir gleich erreichen, blühen dann die prächtigsten Blumen. Aber bei dem Sturm ist es kalt und bedrohlich. Das letzte Stück führt steil nach oben. Auf dem Dünenkamm bleibe ich stehen. Wie ein General lasse ich den Blick über das Schlachtfeld gleiten. Zum Glück hält Benny jetzt die Klappe.

Ab und an habe ich mal Zeugen eines schweren Autounfalls betreuen müssen. Diese Leute konnten nicht mehr klar denken und hatten einen panischen, wilden Blick in den Augen, als hätten sie Angst, der Tod könnte auch sie holen. Die Jugendlichen und Erwachsenen, die ich unten auf dem Feld sehe, haben den gleichen Blick, als hätten sie sich verirrt. Ich schaue hinüber zur Vogelbeobachtungshütte am Rand des kleinen Felds. Sie scheint wie losgelöst von allem Chaos. Aber ich weiß, dass es nur so aussieht. Niemand wagt sich in ihre Nähe. Sie haben alle Angst vor dem Tod. In wenigen Minuten werde ich ihm Auge in Auge gegenüberstehen. Vielleicht hätte ich Bennys Rat doch befolgen und umkehren sollen.

# 09:52 Uhr

# Juno

Nynke starrt auf ihren Teller, auf dem schon sein zehn Minuten ein nicht angerührtes Käsebrot liegt. Seit wir aufgestanden sind, hat sie fast nichts zu mir gesagt. All meinen Fragen weicht sie mit dummen, nichtssagenden Antworten aus. Warum sagt sie nicht, dass sie sich total beschissen fühlt? Allmählich geht mir das so was von auf die Nerven. Ich brauche Nynke nur anzusehen, um zu wissen, dass es ihr schlecht geht.
    Ihre Haare sind strähnig und ungewaschen. Sie trägt eine formlose graue Jogginghose und einen Sweater. Dunkle Ringe liegen unter ihren Augen, und auf ihrem Kinn prangen ein paar dicke rote Pickel. Wahrscheinlich hat sie im Bett gewartet, bis Kiki und ich aus De Oude Stoep zurückkamen. Ich habe nachgeschaut, ob sie noch wach war, aber sie hielt die Augen fest geschlossen. Jede Wette, dass sie nicht geschlafen, sondern nur so getan hat.
    Sie müsste doch begreifen, dass ich auf ihrer Seite stehe. Kiki ist der Feind. Ich bin ihre Freundin.
    Auf meiner Armbanduhr sehe ich, dass es fast zehn Uhr ist. Um Viertel vor zehn sollen wir eigentlich in der Eingangshalle stehen für eine Strandwanderung.

»Isst du noch was?«, frage ich Nynke. »Wir müssen gleich los.«

Sie blinzelt, als wäre ihr jetzt erst klar, dass ich ihr am Tisch gegenübersitze. Mit der Gabel kratzt sie über den Teller. Ich kriege Gänsehaut davon.

»Nynke, bitte, hör damit auf.«

»Was? Oh, sorry.« Sie legt die Gabel auf den Tisch und ballt ihre Hände zu Fäusten.

»Geht es denn?«, frage ich.

»Mir geht's prima. Alles in Ordnung.« Sie schaut mich mit einem gequälten Blick an.

Wie ich das hasse. So tun, als wäre alles okay, während nichts okay ist. Ich könnte sie schütteln.

»Du findest es also nicht schlimm, dass Kiki gestern mit Milan rumgeknutscht hat?«, rutscht mir raus.

»Warum sollte ich? Ich bin nicht mehr in ihn verliebt. Soll sie doch.«

»Und das soll ich glauben?«, schnaube ich. »Komm schon. Du bist jahrelang in den Typen verliebt gewesen. Das geht nicht einfach an einem Abend vorbei.«

Nynke gähnt übertrieben. »Ich bin einfach müde, das ist alles. Meine Matratze ist unheimlich hart. Übrigens, hast du Kiki heute Morgen aufstehen hören?«

»Nein, zum Glück nicht«, seufze ich. »Aber um kurz zum Thema zurückzukommen. Milan ist ...«

Die Gegensprechanlage erwacht knisternd zum Leben. »Hallo?«, höre ich die Stimme von Thomas Rijsterbos, unserem Niederländischlehrer. Ein paar Scherzkekse rufen »hallo« zurück.

»Wir, äh, wir haben eine Mitteilung für alle Schüler«, fährt er fort. »Würdet ihr bitte alle so schnell wie möglich in den Speisesaal kommen?«

»Na, das ist leicht, da sind wir ja schon. Dann kannst du auch noch in Ruhe dein Käsebrot aufessen«, sage ich und grinse.

Nynke kann nicht darüber lachen. Auf ihren Wangen sind rote Flecken. »Warum sollen wir uns hier versammeln? Was ist los?«
»Nichts natürlich«, sage ich und seufze. »Wahrscheinlich haben sie das Programm geändert. Es wird wohl zu heftig stürmen für eine Strandwanderung, oder so.«
Vom Flur kommt Lotte in den Speisesaal gelaufen. Ihre Augen sind dick und rot. Noch jemand, der dank Kiki eine schlechte Nacht hinter sich hat. Zögernd schaut sie sich um. Als sie uns sieht, zuckt ihr Blick zur Seite, als hätte sie Angst vor uns. Mit hängenden Schultern schlurft sie zu einem leeren Tisch in der Ecke. Zum ersten Mal verspüre ich so etwas wie Mitleid mit ihr, aber ich schiebe das Gefühl schnell zur Seite. Ich habe zu viel um die Ohren, um mich jetzt auch noch mit Lottes Problemen zu beschäftigen.

Noch mehr Schüler kommen herein. Mit gelangweilter Miene setzen sie sich. Tony und Floris betreten den Speisesaal gemeinsam. Zwei Tische sind noch frei: einer an der Tür und einer neben uns. Sie entscheiden sich für den neben uns.

»Was machen wir hier?«, höre ich Tony fragen, während er mit dem Stuhl kippelt. »Hier stinkt's nach dem Blumenkohl von gestern. Noch ein bisschen länger und ich kotze.«

»Ich hab Rijsterbos vorhin auf dem Flur gesehen«, sagt Floris. »Der sah vielleicht übel aus.«

»Bestimmt zu viel gesoffen gestern. Ich kenne diese Lehrerfestchen. Und danach kontrollieren sie mit ihrem vollen Schädel, ob wir nicht zu viel intus haben. Dreckige Verräter sind das. Gibt's noch was zu futtern?« Tony sieht sich suchend um. »Ich habe Hunger.«

»Dann hättest du mal früher aufstehen müssen.« Floris streckt sich. »Schau mal einer an, wer da ist, dann kann's ja losgehen.«

Thomas Rijsterbos und Ella Bruins kommen in den Speisesaal. Schwarze Mascara verläuft über Frau Bruins' Wangen, hat sie etwa geweint? Ich setze mich etwas aufrechter hin. Rijsterbos hat einen bestürzten Ausdruck im Gesicht und gigantische Schweißflecken unter seinen Achseln.

»Herr Rijsterbos, fällt die Strandwanderung aus?«, ruft jemand. Rijsterbos hebt die Hände, wodurch man die Schweißflecken noch besser sehen kann. »Sage ich euch gleich. Wir warten noch auf die andere Gruppe.«

»Dürfen wir bitte drinnen bleiben? Es stürmt so heftig.«

»Läuft die Fähre nach Harlingen morgen überhaupt aus?«

»Was ist, wenn wir nicht von der Insel runterkönnen?«

Überall Stimmen und Fragen durcheinander.

»Leute, bitte.« Ella Bruins klingt, als wäre sie schwer erkältet. »Gleich wird sich alles klären. Wir ...«

Ihr Kopf dreht sich zur Tür, wo plötzlich Rob de Vries steht. Sein Gesicht ist seltsam verzerrt. Hinter ihm kommt der Rest der Morgengruppe herein. Anneke, Milan, Frau Aarsman – einer nach dem anderen schlurft in den Saal. Sie machen ein Gesicht, als wären sie gerade mit dem Flugzeug abgestürzt. Das muss ja ein schöner Ausflug gewesen sein.

Ich spähe zu Nynke hinüber, die geistesabwesend vor sich hin starrt. Aber ich sehe auch noch etwas anderes in ihren Augen ... Angst! Hat sie vielleicht Angst, Milan zu sehen? Mann, das wäre wieder typisch Nynke, die dreht sich immer alles, wie sie es gerade braucht. Sie müsste ihn eigentlich für einen Arsch halten und stinksauer sein.

Als Letztes kommen zwei Männer, die ich nicht kenne. Einer hat graue Haare, die flach am Kopf anliegen. Sein Blick ist griesgrämig. Der andere Mann ist viel jünger und sieht ganz nett aus mit seinen blonden Haaren und der Lederjacke. Was machen die hier? Haben sie die Exkursion auch begleitet? Offenbar fragen sich das alle, denn es wird eifrig geflüstert und getuschelt.

Rijsterbos räuspert sich, ein nervöses Lächeln huscht über

sein Gesicht. »Könntet ihr bitte alle mal still sein?«, fragt er betont langsam und deutlich.

Das Raunen nimmt etwas ab, verschwindet aber nicht.

»Es ist ...« Rijsterbos schließt für einen Moment die Augen. »Heute Nacht ist etwas sehr Schlimmes geschehen.«

Seltsam, was für einen Effekt diese Worte haben. Plötzlich ist es totenstill im Saal.

»Es ist ... Ich meine ...« Er holt tief Luft. »Kiki ist heute Nacht gestorben.«

Die Stille wird fast greifbar. Alle Geräusche sind verschwunden. Ich höre nicht mal mehr jemanden atmen. Und in diese Stille schallt plötzlich Tonys Stimme wie ein Düsenflugzeug, das die Schallgrenze durchbricht.

»Was soll das heißen, sie ist gestorben? Das kann doch gar nicht sein!«

»Es tut mir leid, Tony. Ich verstehe, dass dies ein furchtbarer Schock für euch ist ... Für uns alle. Aber sie ist wirklich tot.«

Ich spüre eine Art elektrisches Prickeln in mir. Kiki ist tot!

Die Stille bröckelt allmählich. Jemand schreit auf. Nynke fängt an zu weinen.

»Was ist denn überhaupt passiert?« Auf Tonys Gesicht liegt ein ungläubiger, fast wütender Ausdruck.

»Das wissen wir nicht.« Ich sehe Tränen in Rijsterbos' Augen schimmern. »Frau Aarsman und Herr de Vries haben Kiki heute Morgen in einer Vogelbeobachtungshütte in den Dünen gefunden.«

Aarsman und de Vries starren auf den Boden, als ginge es nicht um sie.

»Offenbar ist sie heute Nacht allein in die Dünen gegangen. Aber wie, was ...« Hilflos zuckt Rijsterbos die Schultern. »Ich weiß eigentlich nicht, wie sie starb. Aber, äh, vielleicht hat Hauptkommissar Vos von der Polizei Vlieland mehr Informationen für uns? Ich kann mir vorstellen, dass ihr jede Menge Fragen habt.«

Rijsterbos schaut zu dem älteren Grauhaarigen, der daraufhin ein noch grantigeres Gesicht aufsetzt.

»Ich weiß nicht, ob das aus Sicht der Ermittlungen sinnvoll ist«, sagt er mit schwerer Brummstimme und verschränkt die Arme.

Ein paar Sekunden lang geschieht gar nichts. Die beiden Männer stehen sich reglos gegenüber. Schließlich ist es Rijsterbos, der in Bewegung kommt. Mit roten Wangen geht er zu dem Hauptkommissar.

»Genau, ja«, murmelt er. Und zu uns: »Entschuldigt, einen Moment Geduld, ich muss mich kurz mit dem Kommissar beraten. Wir, äh, stehen alle ziemlich unter Schock.«

Weinen und leise Rufe füllen die Stille, die Rijsterbos hinterlässt. Ich schaue mich um. Alle wirken geschockt und bedrückt. Woran denken sie? An Kiki, wie sie in der Schule war? Ob sie sich fragen, was Kiki in den Dünen wollte und wie sie starb? Ob sie heimlich erleichtert sind, nicht selbst betroffen zu sein? Vielleicht überlegen sie, wen sie gleich als Erstes anrufen. »Ja, Mama, es ist wirklich jemand aus unserer Klasse gestorben. Nein, mir geht es gut, macht euch keine Sorgen, ich schaff das schon.« Katastrophen stellen einen in den Mittelpunkt des Interesses.

»Juno?« Nynkes Finger krallen sich in meinen Arm. Sie heult mit langen Schluchzern, und ein grüner Rotzfaden tropft aus ihrer Nase. Ich kann nichts dafür, aber ich finde es einfach nur eklig.

»Juno? Juno?«, jammert sie.

Erwartet sie eine Reaktion von mir? Gott sei Dank schaue ich schon so ziemlich mein ganzes Leben Soaps im Fernsehen: Ich weiß, wie traurige Menschen reagieren. Sie machen alle dasselbe. Ich schlage die Augen nieder und murmele: »Es ist so furchtbar, so unglaublich furchtbar.«

»Sie ist tot. Tot. Tot?« Das letzte Wort klingt wie eine Frage, als hoffte sie, ich würde es bestreiten.

»Ja, damit hat wohl keiner gerechnet, was?« Ich höre selbst, wie dumm und unsensibel meine Antwort klingt. So werde ich nie an der Schauspielschule angenommen. »Ich hoffe, sie hatte keine Schmerzen«, sage ich schnell.

»Schmerzen?« Nynkes Augen werden groß. »Warum sollte sie Schmerzen gehabt haben? Du glaubst doch nicht, dass ...«

»Ich weiß es nicht«, murmele ich.

»Gestern hat sie noch gelebt«, schluchzt Nynke. »Und jetzt nicht mehr.«

Ja, denke ich, und gestern hat sie dich noch zum Vollidioten gemacht und Milan geküsst. Hast du das schon vergessen?

»Sag mir, dass es nicht wahr ist.« Nynke verbirgt ihr Gesicht in den Händen und weint noch heftiger. »Sag mir bitte, dass das alles nicht wahr ist.«

»Ganz ruhig«, beschwichtige ich und schaue zu unserem Nebentisch. Tony lässt den Kopf hängen, als wäre ihm der Kummer zu viel geworden. Aber als ich genauer hinschaue, sehe ich, dass er etwas in den Händen hält. Ein schwarzes, flaches Gerät. Sein Smartphone! Der Scheißkerl schreibt einfach eine SMS!

»Vielen Dank für eure Geduld«, sagt Rijsterbos jetzt laut. Er steht wieder an seiner alten Stelle, den Hauptkommissar neben sich. »Herr Vos ist bereit, euch eine kurze Erklärung zu geben.« Er tritt einen Schritt zur Seite.

»Guten Morgen zusammen, ich bin Pieter Vos, Hauptkommissar der Polizei Vlieland.« Er räuspert sich. »Mein aufrichtiges Beileid. Das alles hier muss schrecklich für euch sein.«

Er wirkt nicht wirklich berührt, eher verärgert.

»Euer Lehrer sagte, ihr hättet Fragen«, fährt er fort. »Was möchtet ihr wissen?«

»Wie ist sie gestorben?« Wieder ist es Tony, der fragt.

»Dazu kann ich leider nichts sagen. Die Ermittlungen laufen noch. Nächste Frage.«

»Wer hat sie gefunden?«, fragt Lotte mit leiser Stimme. Sofort erscheinen rote Flecken auf ihren Wangen. Typ scheues Reh.

»Eure Mitschülerin wurde während der Exkursion von Herrn Pouw von der Forstverwaltung gefunden.« Der Kommissar reibt sich die Augen. »Herr de Vries und Frau Aarsman waren auch vor Ort.«

»Und der Rest der Gruppe?«, fragt Tony begierig. »Haben die Kiki auch gesehen?«

»Nein, aber sie haben alles aus nächster Nähe erlebt.«

Ich schaue zur Morgengruppe hinüber. Bleiche Gesichter, angespannte Blicke. Milans Gesicht hat eine durchscheinende graue Blässe. Wie es wohl gewesen sein muss, das alles aus der ersten Reihe mitzuerleben?

»Hatte Kiki vielleicht ein schwaches Herz? Wenn man siebzehn ist, fällt man doch nicht einfach tot um?« Tony lässt nicht locker.

Mit zu Schlitzen zusammengekniffenen Augen betrachtet ihn Vos. Wahrscheinlich fragt er sich, wer dieser nervige Kerl ist, der einfach nicht die Klappe halten kann.

»Nochmals«, sagt er bedächtig, »die Ermittlungen werden zeigen, woran sie gestorben ist. Wir haben bis jetzt nur festgestellt, dass sie tot ist. Über die Todesursache kann ich leider noch nichts sagen.« Er schaut auf seine Uhr. »Gibt es noch mehr Fragen? Ich würde das hier sonst gerne beenden.«

»Herr Vos, ich will nach H-hause«, sagt Nynke. »Geht das?«

»Es tut mir leid, aber das wird nicht möglich sein. Es stürmt zu heftig. Mindestens die nächsten 48 Stunden fahren noch keine Fähren.«

»W-was meinen Sie?«, stottert Nynke.

»Genau das, was ich sage«, antwortet Vos, in einem Ton, als fände er es sehr ärgerlich, dass Nynke ihn nicht versteht. »Es fahren keine Fähren. Und weil ihr sowieso in den kommenden Tagen hier festsitzt, findet ihr es sicherlich nicht schlimm, euch etwas

Zeit für mich zu nehmen. Ich möchte euch alle gern einzeln sprechen. Heute Mittag fange ich mit den ersten Gesprächen an. Mit ein bisschen Glück bin ich morgen fertig, und ihr könnt schnell wieder zurück nach Amsterdam.«

Es fühlt sich an, als bekäme ich einen gewaltigen Stoß in den Magen. Ich schnappe nach Luft. Will er wirklich mit jedem sprechen?

»A-aber w-warum?«, höre ich Nynke fragen.

Vos seufzt tief. Er erinnert mich an einen Lehrer, der seine Geduld verliert. »Weil ihr die Letzten seid, die Kiki lebend gesehen haben. Das scheint mir eindeutig.«

»Sie denken doch nicht, dass wir etwas mit Kikis Tod zu tun haben? Das ist lächerlich!«, ruft Tony.

»Ich denke noch gar nichts. Es ist meine Aufgabe, nach Beweisen zu suchen und Möglichkeiten auszuschließen. Und deswegen werde ich mit euch reden. Nicht mehr und nicht weniger. Die Gespräche finden übrigens auf vollkommen freiwilliger Basis statt.«

Sein Blick sagt: Aber wenn du nicht mit mir reden willst, ziehe ich daraus meine Schlüsse.

»Was sollen wir denn hier die ganze Zeit machen?«, ruft jemand anderes.

»Ja, genau«, pflichtet Tony ihm bei. »Ich werd ja jetzt schon verrückt auf dieser Insel.«

Plötzlich scheint es, als wäre der Kummer in Frust und Wut umgeschlagen.

»Ihr könnt alles machen, was ihr hier auch sonst unternommen hättet«, sagt Vos ohne sichtbare Gefühlsregung im Gesicht. »Hauptsache, ihr seid für mich erreichbar. Ich werde in Rücksprache mit euren Lehrern einen Plan erstellen. Heute Mittag gegen eins oder zwei fange ich mit den Gesprächen an.«

Er nickt uns zu, und geht dann gemeinsam mit dem Mann in der Lederjacke davon.

Kaum ist die Tür zu, als eine Welle der Empörung durch den Saal rollt.

»Leute, ganz ruhig«, sagt Rijsterbos. »Ich verstehe, dass ihr aufgewühlt seid, aber wütend zu werden bringt nichts.«

»Ich habe für Freitagabend Karten für ein Konzert von Coldplay!«, ruft jemand.

»Und ich muss zum Fußballtraining.«

»Meine Oma wird am Samstag achtzig.«

Kiki scheint für einen Augenblick vergessen.

»Bitte, Leute«, fleht Rijsterbos. Die Schweißflecken unter seinen Achseln reichen inzwischen bis zur Taille. »Ich werde mein Bestes geben, uns so schnell wie möglich von dieser Insel runterzubekommen. Glaubt mir, ich will auch nach Hause. Aber gegen den Wetterbericht bin sogar ich machtlos. Vielleicht überflüssig zu erwähnen, aber alle Programmpunkte des heutigen Tages entfallen. Währenddessen können wir der Polizei bei den Ermittlungen helfen. Ich kann doch auf eure Mitarbeit zählen, oder?«

Es bleibt totenstill.

## 10:29 Uhr

## Der Täter

Bis hierher lief alles so gut. Allmählich gewöhne ich mich an die neue Situation. Ich war wie ein Kleinkind, das laufen lernen musste. Erst noch wackelig und unsicher, aber schon bald mit wachsendem Selbstvertrauen. Ich reagierte, wie ich auf Kikis Tod reagieren musste; ich sprach maßvoll, wenn es erwartet wurde, ich schwieg, wenn es angemessen war. Niemand, aber auch wirklich niemand hat etwas gemerkt.

Irgendwie ärgert es mich auch ein wenig, dass sie nicht wissen, dass ich für Kikis Tod verantwortlich bin. Ich fühle mich wie ein missverstandener Ghostwriter, ein missglücktes Double. Etwas in mir will rufen: Ich habe es getan! Schaut mich an! Aber ich darf nicht übermütig werden. Der Plan war, die Zeit hier auszusitzen, nicht aufzufallen und mit dem erstbesten Schiff die Insel zu verlassen.

Aber jetzt fahren keine Fähren wegen des Sturms! Ich fühle mich eingesperrt, in die Enge getrieben. Wie eine Ratte in der Falle. Ich zwinge mich, ein paar Mal tief Luft zu holen. Keine Panik. Noch ist alles in Ordnung. Die Situation ist schwieriger geworden, komplexer, aber bestimmt nicht hoffnungslos. Ich muss mich einfach ruhig verhalten, bis der Sturm sich gelegt hat.

# 10:36 Uhr

# Anneke

Ich zittere und schwitze, als hätte ich hohes Fieber. Die Busreise von den Dünen zurück zu De Vliehorst ist wie im Rausch an mir vorbeigezogen. Ich weiß noch, dass ich mir gerade das Läusekraut anschaue, ich weiß noch, dass Herr de Vries uns zusammenrief. Und dann der Schlag: Kiki tot in der Vogelbeobachtungshütte! Ab dem Moment wurde alles ein einziges Chaos in meinem Hirn. Meine Gedanken sind wie ein Sumpf, in den ich immer tiefer einsinke.

Vorsichtig lege ich meine Hand auf meine Wange und merke, dass ich weine. Was soll ich machen? Könnte ich nur in meinem Buch weiterlesen, könnte ich mich nur beruhigen, könnte ich mich nur verstecken.

Könnte ich nur vergessen, was ich gesehen habe.

Alle Schüler stehen auf und gehen auf den Flur. Wie ein Sandsack bleibe ich sitzen. Ich sehe, wie Rijsterbos zu mir hinüberschaut und fragend eine Augenbraue hochzieht. Nein, ich darf die Aufmerksamkeit jetzt nicht auf mich lenken! Ganz langsam stehe ich auf und gehe in Richtung Ausgang. Ich spüre Rijsterbos' Blick in meinem Rücken.

Ich muss es erzählen.
Ich muss es wirklich erzählen.
Aber nicht jetzt.

## 11:17 Uhr

## Ella Bruins

Ich höre den Sturm draußen, das Knacken in den alten Heizungsrohren am Fenster, die Stimme eines Schülers auf dem Flur. Thomas, Rob und Harriet sitzen im Speisesaal. Ich habe mich mit der Entschuldigung zurückgezogen, mich kurz frisch machen zu wollen. Zum Glück ist Harriet nicht mit in unser Zimmer gekommen, wodurch ich ungestört zwei Beruhigungstabletten einwerfen konnte. Hoffentlich wirken sie schnell!
**Es ist alles in Ordnung. Keiner weiß etwas von gestern Nacht. Benimm dich normal.**
Im Spiegel über unserem Waschbecken sehe ich ein Gesicht, das ich fast nicht erkenne. Nervöse Augen, ein starrer Mund, unordentliche Haarsträhnen über meiner Stirn. Ich könnte jetzt einfach verschwinden. Ein paar Sachen mitnehmen und mich irgendwo auf der Insel verstecken, bis die Fähren wieder fahren. Aber dann verliere ich wahrscheinlich meine Stelle.
Ich hole tief Luft und betrete den Flur. Die Tür zum Speisesaal ist geschlossen. Widerwillig drücke ich die Klinke nach unten.
»Ah, da bist du ja«, sagt Thomas. Er sitzt neben Harriet an einem kleinen Tisch.

»Das hat aber lang gedauert«, sagt sie bissig.

»Ich musste noch jemanden anrufen«, sage ich lächelnd. Himmel, ich kann sie wirklich nicht ausstehen.

Rob steht an einem der Fenster im Speisesaal. Seine Augen sind blutunterlaufen, und seine Haut ist fleckig grau. Er sieht schlecht aus.

»Wir sprechen gerade über die Schüler und wie wir damit umgehen sollen«, sagt Thomas.

»Ich finde, wir sollten heute eine Vollversammlung organisieren«, sagt Harriet. »Vielleicht sollten wir ein Kondolenzbuch bereitlegen, in das jeder etwas schreiben kann, und einer von uns sollte etwas sagen.«

Sie schaut zu Thomas. »Ich dachte an dich.«

»Warum ich?«, fragt er unbehaglich.

»Du kannst das am besten. Sie sind ganz verrückt nach dir.«

»Davon war heute Morgen nicht wirklich was zu merken«, seufzt Thomas. »Ich wusste einfach nicht, was ich sagen sollte, als ich all die bleichen Gesichter vor mir sah.« Er fährt sich mit der Hand durch die Haare.

»Sind Kikis Eltern eigentlich schon informiert?«, frage ich.

»Die Polizei wollte sie anrufen«, sagt Harriet.

»Bestimmt«, sage ich. »Aber haben wir sie auch angerufen?«

Harriet schüttelt den Kopf. »Ich jedenfalls nicht.«

»Ich auch nicht«, antwortet Thomas.

Rob zuckt die Achseln und starrt auf den Boden. Loser.

»Also hat bis jetzt keiner von uns mit den Angehörigen gesprochen!«, rufe ich empört. »Wir waren schließlich hier auf Vlieland für Kiki verantwortlich. Das Mindeste, das wir tun können, ist doch dann, ihre Eltern anzurufen.« Es kommt überzeugend heraus. Die Oxazepam zeigen Wirkung, endlich.

Angespannte Stille.

»Du hast recht«, sagt Thomas dann leise.

»Wer ruft sie an?«, frage ich mit verschränkten Armen. Ich habe fast vergessen, wie panisch ich vorhin war. Ich spüre, wie ich immer stärker werde. Gestern Nacht ist fast vergessen.

»Du vielleicht, Harriet?«, frage ich, als niemand antwortet. »Du warst immerhin dabei, als Kiki gefunden wurde.«

An der tiefen Falte zwischen ihren Augenbrauen sehe ich, dass sie sich eigentlich weigern will, aber sie weiß auch, dass sie das nicht machen kann. »Äh, ja, natürlich kümmere ich mich darum«, sagt sie eisig.

Als Antwort lächele ich nur, was sie noch wütender schauen lässt.

»Ich frage mich die ganze Zeit, wie Kiki dalag«, sagt Thomas. »Das arme Mädchen, ganz allein in den Dünen.« Seine dunkelbraunen Augen sind groß und rund wie bei einem Tier in Not.

»Es war schrecklich.« Harriet erschaudert. »Wir standen in dieser Hütte, und erst habe ich es gar nicht kapiert. Aber sie lag einfach auf dem Boden, ihre Augen schauten durch mich hindurch. Ich habe noch nie so etwas Abscheuliches gesehen.«

»Was ich nicht verstehe«, sage ich langsam, »ist, wie Kiki überhaupt in den Dünen sein konnte.«

»Wie meinst du das?«, fragt Thomas.

»Meiner Ansicht nach ist es ganz simpel.« Ich mache eine Pause, um meinen Worten mehr Nachdruck zu verleihen. »Jemand von uns hat gestern Abend kontrolliert, ob alle Schüler da waren. Aber offenbar hat derjenige« – ich schaue jetzt Rob an – »Kikis Fehler nicht bemerkt.«

Robs Wangen werden feuerrot. »Alle waren drinnen, das weiß ich hundertprozentig.«

»Und was ist mit Kiki? Ich würde die Dünen nicht gerade drinnen nennen, du?«

»Hör zu, ich habe Kiki und diese Freundin von ihr ... wie heißt sie noch gleich? Oh ja, Juno, nach Hause kommen sehen. Danach sind sie ganz brav zu ihrem Zimmer gegangen. Oder glaubt ihr mir vielleicht nicht?« Er spuckte die Worte fast aus.

»Ganz ruhig«, sagt Thomas. »Wir glauben dir ja.«

Rob macht ein erleichtertes Gesicht.

Aber ich habe nicht vor, ihn so schnell davonkommen zu lassen. »Und danach?«, frage ich.

»Danach? Was meinst du denn jetzt schon wieder damit?«, fragt Rob.

»Was hast du danach gemacht? Nachdem alle drin waren?«

»Danach bin ich ins Bett gegangen«, antwortet er wütend. »Du glaubst doch wohl nicht, dass ich die ganze Nacht an der Tür sitze, nur um zu schauen, ob es Schüler gibt, die heimlich wieder rausschleichen?«

»Warum nicht? Du warst schließlich dafür verantwortlich«, sage ich schulterzuckend. »Ich hätte das vielleicht wirklich getan.«

Das ist nicht wahr, klingt aber überzeugend.

»Das darf doch wohl nicht wahr sein«, schnaubt Rob. »Was für eine lächerliche Anschuldigung. Und außerdem, du weißt verdammt gut, wo ...«

Thomas' Handy läutet. »Entschuldigt, da muss ich kurz ran.« Er geht auf den Flur.

Wir warten schweigend.

Nach ein paar Minuten kommt Thomas wieder rein. »Das war Herr Vos von der Polizei.«

Diese Bemerkung dringt sogar durch die Wirkung meiner Beruhigungspillen. Die Nerven in meinem Nacken fangen an zu zucken, und mein Mund wird trocken.

»Was wollte er?«, versuche ich möglichst lässig zu fragen.

»Kiki wurde ins Leichenschauhaus gebracht«, sagt Thomas mit sich überschlagender Stimme. »Sie wollen, dass jemand von uns sie identifiziert.«

»Wieso?« frage ich, während ich die Unruhe zu unterdrücken

versuche. »Rob und Harriet haben sie heute Morgen doch gesehen?«

»Ja, das hab ich auch gesagt. Aber das scheint nicht zu reichen. Es muss offiziell bestätigt werden, dass es Kiki ist. Und ihre Eltern können wegen des Sturms nicht hierherkommen.«

»Was für ein Zirkus«, murmele ich.

»Gibt es Freiwillige, die das machen würden?«, fragt Thomas. Ich höre jemanden flennen. Es ist Rob, der wie ein Kind weint. »Es tut mir leid, aber ich kann das nicht«, schluchzt er. »Nicht nach heute Morgen. Ich sehe sie die ganze Zeit vor mir liegen. Dieses Bild werde ich nie wieder los.«

»Das verstehe ich«, sagt Thomas viel zu verständnisvoll.

Rob flennt noch lauter. »D-danke«, stottert er.

»Dann ist das geklärt«, sagt Thomas. »Harriet ruft Kikis Eltern an, und Ella und ich gehen ins Leichenschauhaus.«

Die Falle ist zugeschnappt, bevor mir klar geworden ist, dass ich drin hocke.

Harriet sieht mich mit einem gemeinen Grinsen an. »Prima, so machen wir das.«

Am liebsten würde ich ihr das Grinsen aus dem Gesicht schlagen. Aber ich sage ganz ruhig: »Kein Problem, das wollte ich auch gerade vorschlagen.«

# 12:05 Uhr

# Thomas Rijsterbos

»Ist es hier?«, frage ich, als wir vor einem kleinen, unauffälligen Backsteinhaus in der Dorfstraße anhalten.

»Die Hausnummer stimmt«, antwortet Ella. »Lass es uns versuchen.«

Sie klingelt. Wenige Sekunden später hören wir, wie eine Tür zuschlägt, und Schritte, die immer näher kommen. Irgendwie hoffe ich, dass niemand öffnet. Ich will das nicht machen. Gott, ich würde alles dafür geben, jetzt woanders zu sein.

Annabel ist total in Panik geraten, als ich sie vorhin angerufen und ihr von Kikis Tod berichtet habe. An ihrem schnellen Atmen habe ich gehört, wie sie am anderen Ende der Leitung zusammenbrach. Sie hat mich angeschrien. Ich solle nach Hause kommen, es sei hier nicht sicher. Bei jedem Wort spürte ich, wie ich weiter von ihr wegtrieb. Als ich aufgelegt hatte, machte ich mir Sorgen. Nicht um Annabel, sondern um Jesse und Mats. Annabel ist kaum in der Lage, sich um sie zu kümmern, wenn sie so in Panik ist. Ich muss so schnell wie möglich nach Hause, für meine Kinder. Alles wird wieder gut, versuche ich mich selbst zu beruhigen.

Die Tür des Backsteinhauses geht auf. Ein großer Mann mit beginnender Glatze, in Cordhosen und Wollpullunder, steht auf der Schwelle. »Ah, da sind Sie. Ich habe Sie schon erwartet.«

Wir schütteln seine ausgestreckte Hand.

»Johannes Kuit«, sagt er. »Eigentlich bin ich Hausarzt mit einer eigenen Praxis hier auf der Insel. Aber weil Vlieland keine Beerdigungseinrichtungen hat, übernehme ich bei manchen Todesfällen den Empfang bei mir zu Hause.«

Er lächelt, und mir wird leicht unwohl im Magen.

»Ich habe hier zu Hause einen Abschiedsraum, in dem der Leichnam aufgebahrt werden kann«, fährt er maßvoll fort. »Wenn Menschen lieber in ihrem eigenen Haus aufgebahrt werden sollen, ist das natürlich auch möglich. Die Beerdigung selbst wird meist durch ein Beerdigungsinstitut auf Terschelling oder in Harlingen übernommen. Wir sind eine kleine Insel, dafür haben Sie sicher Verständnis?«

Eine Stille tritt ein. Offenbar erwartet er eine Antwort von uns. Ella steht reglos neben mir.

»Nun, ja, gut, dass Sie diese Möglichkeit bieten«, sage ich, nur um etwas zu sagen.

»Wir tun, was wir können.« Kuit nickt mit geduldigem Blick. »Aber kommen Sie herein. Pieter Vos erwartet Sie im Abschiedsraum.«

Mit dem Gefühl, zum Schafott geleitet zu werden, folge ich ihm.

»Kann ich Ihnen einen Kaffee anbieten?«, fragt er über die Schulter hinweg.

»Äh, nein, danke schön.«

Auch Ella schüttelt den Kopf.

Der Flur, durch den wir gehen, ist wie ein Museum: Durch die offen stehenden Türen erhaschen wir einen Blick auf das normale Leben von Herrn Kuit. Links kommen wir am Wohnzimmer vorbei, eingerichtet mit Holzmöbeln und einem Ledersofa, rechts ist die Küche, so ein Sechzigerjahre-Modell mit einem Gasboiler und hellblauen Schranktüren.

»Sie sind doch die Lehrer des Mädchens, oder?«, fragt er. »Welchen Unterricht hat sie bei Ihnen?«

Er spricht über Kiki, als würde sie noch leben, was ein unbehagliches Gefühl vermittelt.

»Ich unterrichte Niederländisch. Und sie« – ich zeige auf Ella – »Englisch.«

»Mein Beileid. Was für eine schreckliche Wendung Ihres Vlieland-Aufenthalts. Es ist so eine wunderbare Insel und dann das – dafür gibt es keine Worte.«

Kuit öffnet die letzte Tür auf dem Flur und bittet uns mit einer Handbewegung hinein. »Ich bin im Wohnzimmer«, murmelt er. »Wenn Sie mich brauchen, sagen Sie Bescheid. Viel Kraft.«

Die Tür fällt hinter uns ins Schloss. Wir stehen in einem kleinen Zimmer mit grauem Bodenbelag und Gardinen am Fenster. An der Wand hängt ein großes Holzkreuz. Es ist kalt, als hätte jemand die Tür vom Eisschrank zu lange offen gelassen. In der Mitte des Zimmers steht eine Bahre mit einem weißen Laken darüber. Unter dem Stoff zeichnen sich die Konturen eines Körpers ab.

Mein Atem stockt. Ich habe das Gefühl, als würde sich mein Magen umstülpen. Dort liegt Kiki!

»Schön, dass Sie so schnell kommen konnten«, höre ich plötzlich die schwere Stimme des Kommissars. Er erhebt sich von einem Stuhl hinter Kikis Bahre.

Ella schlägt erschrocken die Hand vor den Mund. Ich spüre mein Herz wie wild hämmern. Ich habe ihn auch nicht gesehen.

»Entschuldigung, ich wollte Sie nicht erschrecken.« Vos stellt sich vor uns und wedelt mit einem Formular. »Es wird nicht lange dauern, aber es muss offiziell sein.«

»Kein Problem«, sage ich, und atme tief ein. Ich werfe einen

Blick zu Ella, die kreidebleich ist. »Geht's?«, fragen meine Lippen lautlos. Aber sie starrt durch mich hindurch.

»Damit alles seine Richtigkeit hat: Sie sind Thomas Rijsterbos und Ella Bruins, korrekt?«

»Ja«, antworte ich für uns beide.

»Können Sie sich ausweisen?«

Aus dem Geldbeutel in meiner Hosentasche ziehe ich meinen Führerschein. Vos betrachtet ihn mit zusammengekniffenen Augen. Plötzlich fühle ich mich wieder wie ein kleiner Junge; wenn ich früher einen Polizisten auf der Straße sah, fühlte ich mich immer sofort schuldig, auch wenn ich nichts getan hatte.

»Hm«, sagt er nur, als er mir den Führerschein zurückgibt.

Mit zitternden Händen stecke ich ihn in meinen Geldbeutel zurück.

»Und Ihr Ausweis, Frau Bruins?«, fragt Vos. »Dürfte ich mir den auch noch kurz anschauen?«

Ella reagiert nicht.

»Ella.« Ich schubse sie an. Noch immer keine Reaktion. Sie steht neben mir, als hätte sie ein Gespenst gesehen.

»Ella!«, rufe ich etwas lauter.

Erschrocken schaut sie mich an.

»Herr Vos möchte gern deinen Personalausweis oder deinen Führerschein sehen.«

»Oh«, sagt sie. »Aber ... ich ... ich habe meine Tasche in De Vliehorst vergessen.«

Vos runzelt die Augenbrauen. »Sie wissen doch, dass die Ausweispflicht jederzeit besteht?«

Sie nickt. »E-es tut mir leid. Ich habe einfach nicht nachgedacht, wegen all dem ... das alles mit Kiki ...« Hilflos sieht sie ihn an.

»Na ja, okay«, brummt Vos. »Wissen Sie was, ich bin nachher sowieso in De Vliehorst. Dann regeln wir das eben dort noch.«

Er geht zur Tür. »Wenn Sie bereit sind, würde ich jetzt gern mit der Identifizierung beginnen.«

Ich nicke, außerstande, etwas zu antworten.

»Nehmen Sie sich Zeit«, sagt Vos. »Erfahrungsgemäß weiß ich, dass so etwas ganz schön heftig sein kann, vor allem bei einem so jungen Menschen.«

Wie ein Zauberer zieht er das weiße Tuch weg.

Es ist, als würde ich kopfüber in einen Abgrund stürzen. Mir wird schwarz vor Augen, und meine Muskeln zittern.

»Möchten Sie sich einen Moment setzen?«, höre ich Vos fragen.

Schwindelig halte ich mich an der Bahre fest. »Nein, nein, das ist nicht nötig«, sage ich heiser.

Ich atme tief ein. Ich darf jetzt nicht in Panik geraten. Ich muss ruhig bleiben. Ich hole ein paar Mal tief Luft und zwinge mich, noch einmal hinzuschauen.

Manche Tote scheinen zu schlafen. Aber Kiki nicht. Ich habe noch nie jemanden gesehen, der so tot aussah. Da gibt es nichts Schönes oder Friedliches. Ihre Haut ist von schwarzen Flecken übersät. Zwischen ihren graublauen Lippen ragt ein Stückchen Zunge hervor. Die Augen sind halb offen. Das Weiße ihres Augapfels ist eingefallen und schrumpelig, wie bei den toten Vögeln, die ich manchmal im Garten finde. Ich versuche mir vorzustellen, wie Kiki aussah, als sie noch lebte. Es gelingt mir nicht.

»Sind Sie in der Lage, den Namen des Opfers laut zu nennen?«, fragt Vos.

Eine Frage. Ich muss eine Antwort geben. »Kiki«, sage ich leise.

»Können Sie auch ihren Nachnamen laut nennen?«

Mein Gehirn hat ihn vergessen. Ich weiß nicht, wie oft ich Kikis Nachnamen schon gesagt habe, aber jetzt habe ich ihn vergessen.

»Herr Rijsterbos?«

Ich muss ihren Nachnamen finden. Es muss sein. Ich ... »Fabius!«, erinnere ich mich plötzlich wieder.

»Vielen Dank.« Vos kritzelt etwas auf das Formular. »Kiki Fabius.«

»Ist Ihnen das Opfer auch unter diesem Namen bekannt, Frau Bruins?«

»J-ja«. Sie ist fast so weiß wie Kiki.

»Können Sie ihren Namen bitte auch laut bestätigen?«

»K-kiki F-fabius.«

Dann zeigt Ellas Hand plötzlich auf Kikis Hals. »W-was ist das?«

Wir schauen alle drei in die angegebene Richtung. Auf Kikis weißgrauer Haut ist ein Muster aus blauen Flecken sichtbar. Das war mir noch nicht aufgefallen.

»Sie meinen die Quetschungen am Hals?«, sagt Vos. »Das muss sich bei der Untersuchung noch herausstellen.«

Da passiert etwas ganz Merkwürdiges mit Ella. Ihre bleichen Wangen werden auf einmal feuerrot, und ihre Hände fangen an zu zittern.

»Nein«, keucht sie. »Nein!«

»Was ist los?«, frage ich.

»Kiki ... Kiki ... Sie wurde erwürgt!«, sagt sie, und ihre Stimme überschlägt sich. »Oh, mein Gott!«

Erschrocken starre ich Ella an. Ihre Lippen scheinen mehr Worte zu formen, als die, die ich höre, als würde ich einen Film mit einer falsch montierten Tonspur anschauen. *Sie wurde erwürgt.* Mein Magen dreht sich wieder.

»Frau Bruins, beruhigen Sie sich bitte«, brummt Vos. »Es gibt keinen Grund anzunehmen, dass sie durch Würgen ums Leben gekommen ist.«

»Aber was machen dann die blauen Flecken an ihrem Hals?«, schreit Ella. »Ich bin doch nicht verrückt!«

Vos schaut fragend zu mir herüber, als würde er erwarten, dass ich Ella beruhige. Aber das kann ich nicht. Alle Kraft ist aus meinen Muskeln gewichen. Ich kann nur an Jesse und Mats denken. Meine lieben Jungs. Ich möchte so gern bei ihnen sein.

»Schaut hin!«, kreischt Ella. »Schaut euch doch ihren Hals an!«

»Hören Sie, Frau Bruins«, seufzt Vos. »Ich habe mir Kikis Hals angesehen. Und ja, ich habe auch die blauen Flecken gesehen. Aber ein Pathologe wird feststellen müssen, ob das Würgen auch tatsächlich die Todesursache gewesen ist. Dazu kann ich jetzt noch nichts sagen.«

»Und wann wird sich dieser Pathologe Kiki endlich anschauen?« Ellas Stimme klingt etwas weniger schrill.

»Wir werden versuchen, den Leichnam so schnell es geht nach Den Helder zu bringen. Aber wegen des Sturms können wir das Festland momentan nicht erreichen.« Vos zieht das Laken wieder über Kikis Kopf. »Um zwei Uhr bin ich in De Vliehorst. Können Sie ein Zimmer organisieren, in dem ich alle Lehrpersonen und Schüler sprechen kann?«

»Ja, ja, natürlich, kein Problem«, sage ich. »Ich werde mich auch um Kaffee und Tee kümmern.«

»Sehr schön.«

»Ich will nach Hause«, sagt Ella leise. »Nach Amsterdam.«

Die Wut von eben ist verschwunden, und ich sehe Tränen in ihren Augen.

»Das wird leider noch ein wenig warten müssen, Frau Bruins«, brummt Vos.

# 13:17 Uhr

# Floris

»Das können die nicht bringen.« Tony liegt auf seinem Bett, die Hände im Nacken verschränkt. »Die können uns nicht einfach auf ner Insel festhalten. Wir sind doch keine Schweine.« Seit der Versammlung im Speisesaal meckert Tony in einer Tour. Kopfschmerzen kriege ich davon. Und tief in mir spüre ich wieder die schwelende Wut.
Die Wut, die dich schon früher in Probleme gebracht hat.
Nichts anmerken lassen, denke ich. Ganz normal verhalten.
»Das sind allesamt Drecksäcke. Die Polizei. Die Lehrer.« Tonys dunkle Augen glänzen wie bei einem wilden Tier. »Ich lasse mich nicht einfach so einsperren. Ich bin verdammt noch mal kein Krimineller.«
Das ganze Drumherum scheint ihn mehr zu belasten als Kikis Tod. Seltsamer Typ.
»Reg dich ab«, sage ich. »Es stürmt jetzt einfach zu heftig. Gut möglich, dass wir dieses Wochenende schon wieder auf der Fähre nach Hause sind.«
»Scheiß drauf, so lange warte ich echt nicht. Ich habe meinen Vater angerufen, ob er vielleicht jemanden kennt, der uns helfen

kann, hier wegzukommen. Er meinte, er könnte schon was organisieren.«

Tonys Vater organisiert immer alles; von spottbilligen iPhones bis zu illegal gebrannten DVDs. Offiziell arbeitet er bei einem Großhandel für Stoffe, aber meiner Ansicht nach ist er eigentlich hauptberuflich Hehler. Ich habe allerdings noch nie gehört, dass er auch einen Sturm vorüberziehen lassen kann.

»Hast du schon online den Artikel über Kiki im *Telegraaf* gelesen?«, fragt Tony neugierig. »Was schreiben sie?«

»Warte.« Ich scrolle kurz durch mein iPhone, das allerneuste Modell. »Ah, hier ist es. Hör zu. Klassenfahrt endet im Drama: Schülerin tot auf Vlieland. Heute Morgen wurde eine siebzehnjährige Schülerin aus Amsterdam tot in den Dünen Vlielands gefunden. Über die Todesursache ist noch nichts bekannt. Das Mädchen war auf Klassenfahrt auf der Insel. Von der Polizei Vlieland gibt es keinen Kommentar. Wer mehr über die Sache weiß, kann mit der Redaktion Kontakt aufnehmen.«

»Krass«, sagt Tony. »Wir sind berühmt! Bald wimmelt es hier vor Journalisten, die alle mit uns reden wollen. Mann, nervt mich das, dass ich nicht in der Morgengruppe war. Dann könnte ich mir jetzt ne goldene Nase verdienen. Übrigens, wo ist eigentlich Milan?«

»Ich habe noch kurz mit ihm gesprochen, bevor wir aus dem Speisesaal raus sind«, sage ich. »Er wollte noch eine quarzen. Aber das war schon vor einer guten Stunde.«

»Wahrscheinlich desinfiziert er gerade seinen Schwanz«, höhnt Tony. »Der fiese Leichenficker.«

»Wie kommst du denn wieder auf so was? Er hat Kiki doch nur geküsst?«

»Zunge ins Maul, Schwanz in die Möse, was soll's?« Ein spöttisches Lächeln zieht seine Mundwinkel nach oben. »Ich bin froh, dass ich nichts mit der toten Schlampe angefangen habe.«

»Das klang gestern aber noch ganz anders«, sage ich. »Oder hast du das schon vergessen?«

»Neuer Tag, neue Erkenntnisse«, sagt Tony und grinst. »Sieh es mal so: Ich bin wieder einen Tag älter und weiser geworden.«

»Ja, ja.«

Da ertönt plötzlich eine Stimme durch die Gegensprechanlage. »Achtung, Achtung, das ist eine Mitteilung für alle Schüler.«

»Kann diese Aarsman nicht mal die Schnauze halten?« Tony presst sich die Hände auf die Ohren. »Ich krieg noch Kopfschmerzen von der Bio-Tusse.«

»Um zwei Uhr beginnen die Gespräche mit der Polizei«, fährt Frau Aarsman fort. »Im Speisesaal hängt eine Liste mit euren Namen und dem Zeitpunkt, zu dem ihr erwartet werdet. Ich verlasse mich darauf, dass ihr nicht zu spät kommt. Vielen Dank für eure Mitarb... – Was?«

Noch mehr unverständliches Gemurmel. »Gut.« Frau Aarsman räuspert sich. »Ich höre gerade, dass es heute Abend um sechs Uhr im Speisesaal eine Gedenkfeier für Kiki geben wird. Es wird ein Kondolenzbuch bereitliegen, in dem ihr ein paar Zeilen hinterlassen könnt. Außerdem werden Mitglieder der Opferhilfe anwesend sein, falls jemand gern professionelle Hilfe in Anspruch nehmen möchte. Selbstverständlich stehen wir als Lehrerteam euch auch den ganzen Tag zur Verfügung. Ich ... ich hoffe, dass ihr heute Abend alle anwesend sein werdet.«

»Das glaub ich kaum«, murmelt Tony.

## 16:25 Uhr

## Hauptkommissar Pieter Vos

»Danke schön.« Ich nicke Benny Jongstra zu, der einen Plastikbecher mit Kaffee vor mir abstellt. Endlich ein paar Minuten Pause.

»Milch und Zucker?«, fragt er, während er ein zerknautschtes Tütchen Milchpulver und eine Handvoll Zuckerwürfel aus seiner Tasche fischt.

»Nein, danke.«

Ich trinke einen Schluck von meinem Kaffee, der lauwarm ist und dünn. Billiger Kantinenkaffee, würde meine Frau sagen. Sie kochte immer aus frisch gemahlenen Bohnen Kaffee. Das ganze Haus roch morgens danach. Verrückt, ich kann mich schon gar nicht mehr an diesen Duft erinnern, obwohl es noch keine sieben Monate her ist, seit ich sie begraben habe. Was werde ich in einem Jahr noch alles vergessen haben? Weiß ich dann noch, wie ihr Lachen klang? Werde ich mich noch an die Form ihrer Hände erinnern, oder wie zart ihre Haut war?

»Wir kommen nicht gerade voran mit den Gesprächen, was?« Jongstra setzt sich neben mich und wirft drei Stück Zucker in seinen Kaffee.

»Nein.« Ich wünschte, er würde draußen eine Zigarette rauchen und mich allein lassen.

»Wie viele Lehrer und Schüler haben wir jetzt gesprochen?« Er fährt mit dem Zeigefinger entlang der Namen auf der Liste. »Mal sehen ...«

Ich weiß es auswendig. »Acht Schüler und zwei Lehrer.«

»Oh, ja. Also haben wir noch ...« Sein Finger fährt wieder über die Liste.

»Zwölf«, sage ich. »Und zwei Lehrer.«

»Ja, ja, genau.« Er tippt mit dem Finger auf die Tischplatte. »Na, dann hoffe ich, dass sich gleich noch etwas Brauchbares aus den Gesprächen ergibt. Dann können wir vielleicht noch vor dem Wochenende Schritte einleiten.«

So leicht geht es fast nie. Und irgendwas stimmt nicht an diesem Fall. Niemandem scheint Kikis Tod wirklich etwas auszumachen. Ihre Mitschüler sitzen mit tränenfeuchten Augen vor mir, aber es sind Tränen der Bestürzung. Sie sind geschockt, auf eine morbide Art neugierig. Aber keiner weint wirklich um Kiki.

Trotzdem kann ich ja kaum jemanden wegen mangelnder Trauer verhaften. Ja, sie kennen Kiki, ja, sie haben sie gestern in De Oude Stoep gesehen. Nein, sie wissen nicht, weshalb Kiki nachts in die Dünen gegangen ist, und sie wissen schon gar nicht, was danach mit ihr passierte. Es ist, als hätten sie alle zusammen *eine* Version der Geschichte abgesprochen, so sehr ähneln sich die Erklärungen. Aber es gibt einen Namen, den ich mir in mein schwarzes Notizbuch geschrieben habe: Milan! Er scheint mit Kiki in De Oude Stoep geknutscht zu haben. Es wäre nicht das erste Verbrechen aus Leidenschaft. Wir müssen ihm nachher einmal ausgiebig auf den Zahn fühlen.

»Ich habe noch einmal gründlich nachgedacht«, höre ich Jongstra neben mir. »Vielleicht ist ja alles gar nicht so kompliziert, wie wir denken.«

»Erzähl«, brumme ich und trinke noch einen Schluck lauwarmen Kaffee.

»Es könnte gut sein, dass Kiki in De Oude Stoep zu viel getrunken hat.«

Ich schweige.

»Ein Mixgetränk hier, ein Bierchen da, 93 Prozent der Jugendlichen trinken Alkohol, wenn sie ausgehen. Ich denke, Kiki war da keine Ausnahme.«

»Ja«, seufze ich. »Diese Problematik ist mir bekannt. Weiter.«

»Oh, äh, okay.« Er pausiert ein paar Sekunden. »Als Kiki zu De Vliehorst zurückgehen wollte, hat sie sich verirrt. Sie kennen die Dünen, die Wege ähneln einander, erst recht im Dunkeln.«

»Ach, und dann?«, frage ich sarkastisch.

Jongstra merkt nicht, dass ich ihn verspotte. Die Stimme um mindestens eine Oktave gesenkt, fährt er fort. »Dann hat sie in der Vogelbeobachtungshütte Schutz gesucht und sich dort unterkühlt.«

»Du glaubst also, dass Kiki heute Nacht in der Vogelbeobachtungshütte an Unterkühlungssymptomen gestorben ist?«

»Ja.« Erwartungsvoll schaut er mich an. »Könnte doch sein, oder?«

»Nein, kann es nicht«, schnauze ich. »Die Theorie ist sogar totaler Schwachsinn.«

Jongstras Augen werden groß. »W-warum?«

»Weil mehrere Personen Kiki nach der Diskothek haben heimkommen sehen, also kann sie sich nicht verirrt haben«, seufze ich. »Und außerdem ist es eine schwachsinnige Theorie, weil wir Mai haben und es nachts elf Grad über Null sind. Daran stirbt kein Mensch, auch nicht, wenn er betrunken ist und sich verirrt hat. Wir leben doch nicht am Nordpol.«

»Oh.« Rote Flecken ziehen sich von seinem Hals bis zu den Wangen. »Ich dachte ... Ich ... Entschuldigung.«

»Ich weiß es zu schätzen, dass du mitdenkst«, sage ich. »Aber dann sollte es auch Hand und Fuß haben.«

»W-was glauben Sie denn, was mit Kiki passiert ist?«

Endlich eine vernünftige Frage. »Das ist zum jetzigen Zeitpunkt noch sehr schwer zu sagen«, antworte ich nachdenklich. »Aber eins weiß ich sicher: Das war kein natürlicher Tod; und es wird noch schlimmer: Sie ist wahrscheinlich durch Ersticken ums Leben gekommen.«

»Aber das können Sie doch noch gar nicht wissen. Sie wurde doch noch gar nicht von einem Pathologen untersucht.«

»Glaub mir, der wird genau das Gleiche sagen. Kiki zeigt alle klassischen Zeichen von Ersticken: Rechts und links von ihrem Kehlkopf befinden sich blauschwarze Druckstellen. Außerdem ist ihr Gesicht voller stecknadelkopfgroßer Blutungen. Die gleichen Blutungen finden sich auch im Bindegewebe ihrer Augen und an der Innenseite ihres Mundes.«

»Petechien!«, ruft Jongstra.

»Genau, so heißen die Blutungen, die bei Sauerstoffmangel oder Asphyxie entstehen.«

»Aber ... aber ... man braucht viel Kraft, um ein siebzehnjähriges Mädchen zu erwürgen. Ich meine, sie hilft ja nicht gerade mit.«

»Korrekt.«

»Also kann es niemand aus ihrer Klasse sein.« Er sitzt nur noch auf der Stuhlkante. »Sollten wir dann nicht besser mit dieser Befragung stoppen und uns auf andere Leute auf der Insel konzentrieren?«

»Sachte, das machst du daraus. Ich sage nur, man braucht viel Kraft, um jemanden zu erwürgen. Oder Wut. Wut wirkt wie ein Hebel: Sie verleiht Menschen Kräfte, die sie normalerweise nicht haben. Ich kenne einen Fall, in dem eine Vierzehnjährige ihren Vater erwürgt hat, weil er sie systematisch vergewaltigte.«

»Aber dann kann es ja jeder gewesen sein«, sagt Jongstra missmutig und rutscht auf seinem Stuhl zurück.

»Sehr scharfsinnig.« Ich werfe meinen leeren Kaffeepappbecher in den Mülleimer. »Darum scheint es mir sinnvoll, Hilfe vom Festland anzufordern. Würdest du das machen, wenn wir hier fertig sind?«

»Wie denn?« Jongstra klingt verzweifelt. »Es fahren noch immer keine Fähren, und auch Hubschrauber können nicht fliegen.«

»Hast du schon mal was von einem Telefon oder von Computern gehört?«

»Aber ich dachte ...«

»Falsch gedacht. Ich möchte, dass du Informationen über alle Lehrer und Schüler einholst, die hier auf der Liste stehen; haben sie ein Vorstrafenregister, wurden sie schon mal für irgendetwas verurteilt, haben ihre Eltern einen kriminellen Hintergrund, schlucken sie Medikamente, sind sie bei einem Psychiater in Behandlung? Und dir fällt bestimmt auch selbst noch was ein. Ich will ...«

Es klopft an unserer Tür.

»Aha, der Nächste«, sage ich und schiele auf die Liste. »Mal sehen, das müsste Nynke van der Heide sein. Herein!«, rufe ich.

Die Tür öffnet sich, und ein Mädchen mit leicht lockigem Haar tritt über die Schwelle. Zögernd bleibt sie vor uns stehen.

»Setz dich«, sage ich und zeige auf einen Stuhl auf der anderen Tischseite.

Sie setzt sich. Ich sehe, dass ihre Hände zittern.

»Möchtest du Wasser? Kaffee?« Ich lächele ihr freundlich zu, in der Hoffnung, sie etwas zu beruhigen.

»N-nein, danke schön.«

»Gut, Nynke. Wir stellen dir jetzt ein paar Fragen«, sage ich in väterlichem Ton. »Das hat nichts zu bedeuten, wir möchten nur ein paar einfache Dinge von dir wissen, okay?«

»J-ja.«

»Fangen wir am Anfang an.« Der Form halber lasse ich meinen Stift über dem Notizbuch schweben. Bislang habe ich kaum Aufzeichnungen gemacht. »Erzähl doch mal etwas über deine Beziehung zu Kiki.«

»Wir, äh, wir waren in einer Klasse.«

»Das ist offensichtlich«, sage ich und lächele. »Sonst würdest du jetzt nicht hier sitzen. Aber warst du eine Freundin von ihr? Oder hatte sie mehr Kontakt mit anderen Mädchen aus eurer Klasse?«

»Wir ... ich ...« Sie zögert. In ihrem schmalen Gesicht passiert auf einmal etwas, das mich wachrüttelt. Ihre Pupillen weiten sich, ich sehe ihre Nasenflügel zittern. Die klassische Reaktion eines Körpers auf heftigen Stress und Panik.

»Wir, äh, waren Freundinnen, ja«, antwortet sie leise, während sie ihre Hände zu Fäusten ballt.

»Könntest du das näher erklären?«

»Was meinen Sie?«

»Na ja, du weißt ja, wie das bei Mädchen ist.« Ich lasse mein Lächeln noch breiter werden. »Ihr habt allerlei Arten von Freundinnen. Freundinnen, mit denen man telefonieren kann, Freundinnen zum Shoppen, Freundinnen zum Ausgehen. Und dann gibt es auch noch die beste Freundin! Was für eine Art von Freundinnen waren du und Kiki?«

Nynke schweigt. Ich sehe, wie ihre Knöchel weiß werden, so fest ballt sie die Fäuste. »Wir waren ... einfach Freundinnen«, sagt sie dann.

»Einfach Freundinnen«, wiederhole ich und lasse eine Stille eintreten. Bilde ich es mir ein, oder atmet sie schneller als eben? In mein Notizbuch schreibe ich: *Kiki und Nynke!* Ich warte noch eine Weile, aber Nynke schweigt wieder.

»Was hast du gestern Abend gemacht?«, frage ich.

Sie zuckt die Schultern. »Nichts Besonderes. Wir haben alle zusammen im Speisesaal gegessen. Und danach durfte jeder machen, was er wollte.«
»Und was hast du nach dem Essen gemacht?«
»Ich bin in unser Zimmer gegangen.«
»Und dann?«
»Dann?«
»Ja, bist du danach auch zu De Oude Stoep gegangen?« Ich muss ihr die Informationen wirklich aus der Nase ziehen.
»Äh, ja.«
»Mit wem?«
»Mit fast der ganzen Klasse.«
Das passt zu allen anderen Geschichten, die ich heute Mittag gehört habe.
»Was hast du dort gemacht?«
»Das, was ich immer mache, wenn ich ausgehe. Trinken, tanzen, solche Sachen.«
»Gab es noch besondere Vorfälle? Dinge, die dir aufgefallen sind?«
»Nein, ich glaube nicht.«
»Okay, nichts Besonderes also.« Ich tue so, als würde ich etwas notieren. Aber aus dem Augenwinkel sehe ich, dass sie sich nervös auf die Unterlippe beißt.
»Mit wem hast du Kiki gestern Abend reden sehen?«, frage ich.
»Keine Ahnung.« Sie zuckt die Schultern. »Ich habe nicht so auf Kiki geachtet.«
»Hm.« Ich tue so, als würde ich in meinen Aufzeichnungen blättern.
»Es scheint, als hätte Kiki gestern Abend einen gewissen Milan geküsst. Hast du das vielleicht gesehen?«
Ihre Augen werden rund und groß, und sie blinzelt ein paar-

mal. Fast wie Minnie-Maus-Augen, aber nicht so unschuldig. Dieses Fräulein hält etwas zurück, so viel ist sicher!

»Du wirkst ein wenig durcheinander«, sage ich gespielt besorgt.

»Nein ... ja ... ich ... ich.«

»Möchtest du uns vielleicht etwas erzählen?«

Nynke schüttelt den Kopf. »Nein. Nur ... ich kenne Milan aus der Schule.«

»Das verstehe ich, denn er geht in deine Klasse. Aber hast du auch gesehen, wie Milan und Kiki sich geküsst haben?«

»Ich war da, äh, zwar dabei, aber ich habe es nicht wirklich gesehen.«

»Interessante Formulierung.«

Eine lange Stille tritt ein.

Ich schreibe in mein Büchlein: *Nynke und Milan!*

»Hatte Kiki Feinde?«, frage ich.

Ihre Augen werden noch größer. »I-ich verstehe Ihre Frage nicht.«

»So schwierig ist sie doch nicht.« Ich zaubere mein Lächeln wieder zum Vorschein. »Gab es Menschen, die sie nicht mochten? Hatte sie vielleicht mit jemandem Streit?«

Nynkes Wangen werden knallrot. »Jeder hat doch mal Streit, oder?«, sagt sie mit einer plötzlichen Heftigkeit, die mich erstaunt.

# 17:27 Uhr

## Der Täter

Es ist wie bei einer Kuckucksuhr. Tür auf, Vöglein raus, Vöglein rein, Tür zu, und eine Viertelstunde später kommt das Vöglein wieder raus. Ja, die Polizei wollte mich auch sprechen. Und ja, natürlich wollte ich mitarbeiten. Mit leiser Stimme habe ich Auskunft gegeben, während ich dafür sorgte, dass meine Augen feucht waren. Wenn ich in einem Film gespielt hätte, wäre mir für diese Rolle ein Oscar sicher gewesen.

Den jüngeren Polizisten, Benny, hatte ich im Handumdrehen in der Tasche. Aber Hauptkommissar Vos war um einiges schwieriger. Er fragte einfach immer weiter. Trotzdem ich bin ruhig geblieben und habe mich nicht ins Bockshorn jagen lassen. Was konnte er mir schon anhaben? Es gab keinen einzigen Beweis. Schließlich habe ich auch ihn überzeugt. Hoffe ich zumindest.

# 19:12 Uhr

# Lotte

Im Speisesaal herrscht Totenstille. Ich höre nur das schabende Geräusch von Messern und Gabeln, mit denen der Grünkohleintopf mit Wurst aufgeschaufelt wird. Vor einer halben Stunde ist die Gedenkfeier für Kiki zu Ende gegangen. Die Kerzen brennen noch auf den Tischen, und am Fenster steht ein großes Foto von ihr. Sie lacht herausfordernd mit einem Blick, als gehörte ihr die ganze Welt. Dieses Lachen ist dir jetzt vermutlich vergangen, denke ich. Du eingebildete Ziege. Ich hasse dich noch immer.

Meine Hände fangen wieder an zu zittern. Ich umklammere mein Besteck und starre auf meinen Teller. Dieses Foto macht es nicht gerade besser. Es scheint, als würde mich Kiki aus jeder Ecke des Speisesaals anschauen. Ich sehe sie überall. Wie die Lehrer an dieses Foto gekommen sind, ist mir ein Rätsel. Ich habe mich fast zu Tode erschrocken, als ich um sechs Uhr zur Gedenkfeier in den Saal kam und es sah.

Am liebsten wäre ich nicht hingegangen. Aber dann hätte ich mich später rechtfertigen müssen. Sie haben Musik laufen lassen, *Someone like You* von Adele und *Skinny Love* von Birdy. Ob das Kikis Lieblingsmusik gewesen ist? Ich weiß es nicht. Es gab so vieles, das ich nicht von ihr wusste. In all diesen Monaten, in denen sie so oft bei mir zu Hause war, hat sie nur wenig über sich erzählt. Logisch, denn sie hatte ja zu viel damit zu tun, sich bei meinem Vater einzuschleimen.

Was bin ich blind gewesen!

Adele und Birdy wirken wie Tränenmagneten; alle Mädchen haben geheult wie ein Haufen erkälteter Seehunde, als wäre ihre allerbeste Freundin tot. Aber ich konnte nicht heulen. Also habe ich die Augen geschlossen. Das habe ich auf dem Begräbnis meiner Oma gesehen. Wenn es Menschen zu viel wird mit dem Kummer, schließen sie gern die Augen. Ich hoffe nur, dass es bei mir auch einigermaßen glaubwürdig aussah.

Rijsterbos hat noch was zu Kiki gesagt, dass sie eine so besondere Schülerin war und dass wir sie alle schrecklich vermissen werden. Lügner. Danach durfte jeder noch etwas in ein Buch für Kiki schreiben. Mir fiel nichts ein, deswegen habe ich mir die anderen Texte angesehen. Schließlich habe ich den von Juno abgeschrieben: Ich vermisse dich. Meine Hand bebte, weswegen die Buchstaben zittrig und ungelenk aufs Papier kamen. Eigentlich wirkte es dadurch durchaus überzeugend, als würde mir Kiki wirklich fehlen.

Nach der Gedenkfeier habe ich mich allein an einen Tisch gesetzt. Ich hatte Hunger. Und aus der Küche kam der Duft von Grünkohl mit Wurst, meinem Lieblingsessen! Am liebsten hätte ich mir einen großen Teller voll mit extra viel Wurst genommen. Aber Essen gehört nicht zum Trauern. Also habe ich nur ein klein wenig aufgehäuft.

**Am besten sollte ich davon auch noch etwas stehenlassen.**

Kikis Tod fühlt sich an wie eine Befreiung. Wie Gerechtigkeit. Den ganzen Tag muss ich schon daran denken. Ich hoffe, dass sie in ihren letzten Sekunden Angst hatte. Dass sie Schmerzen hatte. Ich stelle mir ihre Augen vor, voller Panik und Angst, und ihren

Mund, verzogen zu einem lautlosen Schrei. Ja, sie muss Todesangst gehabt haben.

Meine Gabel kratzt über den leeren Teller. Mist, geistesabwesend habe ich meinen Grünkohl komplett aufgegessen. Es ist Zeit, hier zu verschwinden. Schnell stehe ich auf. Mein Kopf fühlt sich seltsam leicht an, und ich schwanke. Mein Körper scheint heute sein eigenes Ding zu machen. Warum kann ich ihn nicht besser unter Kontrolle halten? Ich hole ein paar Mal tief Luft. Der Schwindel legt sich. Zum Glück beachtet mich niemand. Es hat so seine Vorteile, keine Freunde zu haben.

# 19:34 Uhr

# Anneke

Ich nehme einen kleinen Bissen von meinem Grünkohl. Das Essen schmeckt salzig und fett. Mein Bauch verkrampft sich, und ich lege die Hände darauf. Es hilft nichts, die Bauchschmerzen bleiben. Seit heute Morgen habe ich nichts mehr gegessen. Wie lange kann ein Mensch ohne Nahrung auskommen? Ich habe mal ein Buch gelesen über Survival-Tipps. Der Verfasser hat behauptet, man könne wochenlang ohne Nahrung leben. Hauptsache, man trinkt. Ohne Wasser ist man innerhalb von zwei Tagen tot. Schnell trinke ich einen Schluck aus meinem Glas.

Lotte geht an meinem Tisch vorbei zum Ausgang des Speisesaals. Ich lächle ihr zu, aber sie sieht es nicht. Ihre Augen sind fest auf den Boden geheftet, als hätte sie Angst zu straucheln. Wir sind uns ziemlich ähnlich: Wir beide haben keine Freunde, keinen Anschluss an den Rest der Klasse. Vielleicht wohnt Lotte ja auch auf meinem Planeten. Vielleicht könnten wir sogar Freundinnen werden.

Mein Blick schweift über die anderen Tische im Saal. Hier und da sitzen Mitschüler und essen. Am großen runden Tisch in der Ecke sitzen die Lehrer. Frau Aarsmans Gesicht ist geschwollen und hat rote Flecken. Sie wirkt nervös und angespannt. Ihr gegenüber sitzt Thomas Rijsterbos. Bilde ich es mir ein, oder hat er Tränen in den Augen? Eigentlich ist Herr de Vries der Einzige, der so tut, als wäre nichts passiert. Mit großen Bissen schiebt er sich den Grünkohl in den Mund und spült ihn mit Bier hinunter.

Ich lasse meinen Blick zu den Tischen in der anderen Ecke des Saals wandern. Und dann sehe ich Nynke. Sie sitzt mit Juno an einem Tisch. Ihr Gesicht ist wie eine Maske, weiß und starr.

Hätte ich es gestern Abend nur nicht gesehen.

Es muss gegen eins gewesen sein. Alle waren schon zurück aus de Oude Stoep und zu Bett gegangen. Aber ich nicht. Ich las noch immer in dem ausgestorbenen und dämmrigen Speisesaal und hatte ein wenig die Zeit vergessen. Das Kapitel über schwarze Löcher war aber auch wirklich spannend. Stephen Hawking erklärte die allgemeine Relativitätstheorie so klar und deutlich. Ich versuchte mir vorzustellen, wie es sich anfühlen würde, in einem schwarzen Loch zu verschwinden und nie wieder herauszukommen.

Da hörte ich auf einmal jemanden durch den Flur schleichen. Meine erste Reaktion war: ein Einbrecher! Alles Mögliche schoss mir durch den Kopf. Von Ich muss die Polizei anrufen! bis Wo kann ich mich verstecken? Aber irgendwas stimmte nicht. Die Schritte gingen in die falsche Richtung, zur Eingangstür. Das war kein Einbrecher, das war jemand von uns, der heimlich hinausschlüpfen wollte.

Warum ich mich das getraut habe, weiß ich noch immer nicht. Normalerweise habe ich schon Angst, wenn ich mir einen James-Bond-Film anschaue. Aber ich bin aufgestanden und zur Speisesaaltür gehuscht, gerade noch rechtzeitig, um Kiki hinausgehen zu sehen. Natürlich war mein erster Gedanke, typisch Kiki. Für Kiki gibt es keine Regeln. Was hatte sie vor? Ging sie vielleicht eine rauchen? In dem Moment hörte ich noch jemanden auf dem Flur.

Mein Herz setzte ein paar Schläge aus. Blitzschnell drückte ich mich im Speisesaal mit dem Rücken an die Wand. Aus dem Augenwinkel sah ich einen nicht erkennbaren Schatten durch den Flur näher kommen. Es war zu dunkel, um sehen zu können, wer es war. Jetzt fühlte ich mich wie ein echter Spion. Kiki war nach draußen gegangen und jemand ging ihr nach. Hatte sie eine heimliche Verabredung mit einem Typen aus unserer Klasse? Fast war es eine Enttäuschung, als ich den Schatten kurz darauf erkannte: Nynke. Auch sie ging nach draußen.

In dem Moment hätte ich zu meinem Buch zurückgehen sollen. Ich hätte denken können: Macht ihr doch, was ihr wollt, da draußen in dem Sturm, was auch immer ihr vorhabt. Aber das habe ich nicht getan. Ich bin so neugierig geworden, dass ich auch zur Tür geschlichen bin. Durch das kleine Fenster sah ich, wie Kiki auf ihr Rad stieg und in westlicher Richtung wegfuhr. Ein paar Sekunden später trat Nynke aus dem Dunkeln und führte ihr Rad neben sich. Ohne Licht fuhr sie Kiki hinterher. Das ergab keinen Sinn. Warum fuhren sie nicht zusammen? Eins war mir jedoch klar: Kiki und Nynke taten etwas Verbotenes.

Sollte ich einen der Lehrer informieren? Aber ich konnte mir Kikis höhnischen Ton schon vorstellen. Was ich mir dabei gedacht hätte, sie und Nynke zu verpfeifen? Wahrscheinlich hätte ich damit mein Todesurteil an der Schule unterzeichnet. Ich habe mich umgedreht und bin ins Bett gegangen.

Als wir heute früh die Exkursion in die Dünen machten, hatte ich den Vorfall schon fast vergessen. Bis Kikis Leiche in der Vogelbeobachtungshütte gefunden wurde. Zurück in De Vliehorst kapierte ich gar nichts mehr. Warum stand Nynke nicht auf? Warum sagte sie nicht, dass sie mit Kiki in die Dünen gegangen war? Sie hockte bloß da, an dem Tisch mit Juno, und heulte.

Vielleicht hätte ich heute Nachmittag der Polizei sagen sollen, dass Nynke mit Kiki zu den Dünen gefahren war. Aber das habe ich nicht getan. Ich kann mir einfach nicht vorstellen, dass Nynke etwas mit Kikis Tod zu tun hat. Was noch viel wichtiger ist, ich will nicht, dass mich die Polizei fragt, weshalb ich gestern Nacht einfach schlafen gegangen bin. Ich hätte jemanden von den Lehrern benachrichtigen müssen. Dann wäre Kiki jetzt nicht tot.

Es ist alles meine Schuld.

Mit einem Ruck schiebe ich meinen Stuhl zurück und stehe auf. Da hilft jetzt nur eins: lesen. Das beruhigt mich immer. Mit großen Schritten laufe ich aus dem Speisesaal und auf den Flur. Das nächste Kapitel in Stephen Hawkings Buch handelt von Neutrinos. Ich hab mich so darauf gefreut, vor allem nach der Studie in der Schweiz, bei der sich herausstellte, dass Neutrinos vielleicht schneller sind als das Licht. Ich hoffe, dass ich mich konzentrieren kann. Ich hoffe, dass ...

Der Aufprall ist so heftig, dass ich mich kaum aufrecht halten kann. Benommen lehne ich mich gegen die Wand.

»Verdammt noch mal, du blöde Kuh, mach doch die Augen auf«, schnaubt Milan. »Hier laufen auch noch andere Leute rum. Hast du Tomaten auf den Augen?«

»E-entschuldige, ich hab dich nicht gesehen.«

»Das habe ich gemerkt.«

Er will schon wieder weiterlaufen, aber da sehe ich es. Er hat einen großen Schnitt auf der Stirn.

»Wa-was ist denn mit deiner St-Stirn?«, stammele ich. »Ist das gerade eben passiert?«

»Stirn?«, fragt er verständnislos.

»Ja, dort.« Ich zeige auf die Stelle direkt über seiner rechten Augenbraue, wo ein tiefer dunkelvioletter Schnitt von bestimmt vier Zentimetern Länge verläuft.

Milan greift sich an die Stirn. Innerhalb weniger Sekunden huschen verschiedene Ausdrücke über sein Gesicht: Erstaunen, Angst, Wut. Ich sehe, wie sich seine Hände zu Fäusten ballen.

»Wo ist meine Basecap?«, zischt er.
»Deine Basecap?«, frage ich begriffsstutzig.
»Meine Basecap, ja!« Er klingt jetzt nicht bloß genervt, sondern richtig wütend. »Das Ding, das ich auf dem Kopf hatte, bevor du wie ein Ackergaul gegen mich gedonnert bist.«
Milan schaut mich an. Ich schaue ihn an. Ich fühle mich wieder wie ein außerirdisches Wesen, das sich auf einer vollkommen anderen Wellenlänge befindet. Mein Hals ist so zugeschnürt, dass ich nichts mehr sagen kann.
Er bückt sich und rafft ein dunkelblaues Ding vom Boden auf.
»Da ist sie«, schnaubt er und stülpt sich die Basecap über den Kopf. Der Schnitt verschwindet.
»Starr mich nicht so blöd an«, schnauzt Milan. »Hast du noch nie so ein Ding gesehen?«
»J-ja schon, aber ...«
»Wag es nicht, jemandem ...« Sein Mund klappt zu und er scheint es sich zu überlegen. Etwas freundlicher fährt er fort: »Ich habe mir den Kopf gestern am Etagenbett gestoßen. Davon ist der Schnitt, kapiert?«
»J-ja.«
Eine Stille tritt ein.
»Elefant«, murmelt Milan und geht weg.

# 19:56 Uhr

# Milan

Was für eine fette Kuh diese Anneke doch ist. Wie eine durchgeknallte Dampflok walzte sie um die Ecke. Was isst die Frau bloß? Fettgebackenes zum Frühstück? Frikadellenberge zu Mittag? Sie wiegt bestimmt hundert Kilo oder noch mehr. Pfeffert mir die Basecap vom Kopf, ohne dass ich es merke. Hoffentlich schluckt sie die Geschichte mit dem Etagenbett. War ja nicht gerade originell, aber so schnell fiel mir nichts anderes ein. Glotzt die mich mit ihren dummen, großen Kuhaugen an. Total nervös macht die mich. Ich muss besser aufpassen. Es darf keine Fragen mehr geben zu der Schnittwunde. Beim nächsten Mal bin ich dran.

Vorsichtig schiebe ich die Tür zu unserem Zimmer auf und spähe hinein. Es ist dunkel. Gut so, Floris und Tony sitzen noch im Speisesaal. Darauf hatte ich gehofft. Ich schalte das Licht ein. Was brauche ich? Saubere Kleidung. Und andere Schuhe, denn die Schuhe, die ich jetzt trage, sind voller Schlamm. Vielleicht sollte ich heute Abend lieber woanders schlafen. Bestimmt ist im Schlafsaal der Jungen noch ein Bett frei. Aber dann brauche ich auch meine Zahnbürste und ...

Ein Knarren.

Was ist das? Mein Kopf ruckt hin und her. Auf dem oberen Bett erhebt sich ein Schatten.

»Ach nein, Milan«, höre ich Tony sagen. »Was für eine Überraschung. Du auch hier?«

Scheiße, scheiße, scheiße. Tony ist hier. Warum sitzt der Typ nicht einfach mit den anderen beim Essen?

»Offensichtlich«, versuche ich möglichst lässig zu sagen, während ich fieberhaft denke: Wo sind meine Sachen, ich muss so schnell wie möglich hier weg.

»Du hast wohl gedacht, du hättest das Reich für dich allein? Dass du mal kurz in unser Zimmer rein- und wieder rausschleichen könntest?«

Ich ignoriere seine Bemerkung und suche weiter. Unter Floris' Bett finde ich meine Wochenendtasche.

»Wir haben dich heute vermisst.« In Tonys Stimme hängt ein schikanierender Unterton. »Was hast du angestellt? Erzähl es doch mal dem Onkel Tony.«

»Oh, nichts Besonderes«, sage ich, während ich eine Jeans und ein T-Shirt aus meiner Tasche zerre. »Ich bin ein wenig spazieren gewesen und habe ein paar Sachen im Dorf gekauft.«

»Ja, ja, ganz bestimmt.«

Meine Hände durchwühlen meine Sachen in der Tasche. Wo ist mein Kulturbeutel? Ich hab ihn am Morgen doch hineingelegt?

Tony schwingt die Beine über die Bettkante. In seinen braunen Augen liegt ein fieser Ausdruck.

Dann muss heute Abend eben eine Katzenwäsche reichen. »Ich geh dann mal wieder«, murmele ich. »Bis nachher.«

Im Bruchteil einer Sekunde geschieht es. Wie ein Gorilla springt Tony vom Bett auf mich. Wir fallen beide zu Boden. Tonys Gewicht presst alle Luft aus meinen Lungen.

»Bist du total verrückt geworden? Runter von mir, Mann«, keuche ich mit dünner Stimme.

Tony setzt sich rittlings auf mich. Seine linke Hand liegt locker auf meinem Hals.

»So besser?«, fragt er. Ein bösartiges Lächeln verzieht seinen Mund.

»Geh ... von ... mir ... runter!«

Er schüttelt den Kopf. »Ich denke nicht daran.«

Ich versuche, Tony von mir runterzuschieben, aber es klappt nicht. Es fühlt sich an, als würde ich in einem Schraubstock stecken.

»Idiot«, zische ich.

»Du und ich, wir müssen reden«, sagt er langsam.

»Worüber?«

»Oh, das weißt du genau. Gestern Abend.«

Mein Herz hämmert in meinen Ohren. Noch einmal versuche ich, Tony wegzuschieben. Wieder klappt es nicht. Der Griff um meinen Hals verstärkt sich. Er könnte mir einfach so die Luft abquetschen.

»Das war nicht nett von dir, was Kumpel?« Er spricht das letzte Wort mit einem feindseligen Klang aus. »Was dachtest du denn? Ich ficke Tony mal eben in den Arsch, du dreckiger Homo? Aber Tony lässt nicht mit sich spaßen, das müsstest du doch langsam mal wissen. Ich will, dass du dich entschuldigst.«

Schweigend schaue ich ihn an. Wenn ich könnte, würde ich ihm jetzt auf sein hässliches Maul schlagen. Aber ich kann mich nicht bewegen.

»Werden wir etwa zickig? Wie du willst.« Er grinst. »Aber dann muss ich der Polizei leider sagen, dass du heute Nacht erst gegen drei in De Vliehorst warst. Und dass du den Schnitt auf deiner Stirn sicher fünf Minuten lang am Waschbecken gesäubert hast. Bisschen verdächtig, was?«

Schweiß bricht mir aus, und mir wird schlecht. Woher weiß er das? Alle haben doch geschlafen, als ich zurückkam. Ich habe es sogar noch überprüft. Tonys Atmung war ruhig und regelmäßig. Er hat einfach so getan, als schliefe er, der Drecksack! Vor meinen Augen ziehen alle möglichen Szenarien entlang. Tony, der alles der Polizei erzählt. Handschellen, die sich um meine Gelenke schließen. Meine Mutter in Tränen. Das Gefängnis.

»Das gefällt dir gar nicht, was?«, höhnt er. »Aber, wenn du dich jetzt einfach entschuldigst, halte ich meinen Mund.«

Schnell fasse ich einen Entschluss. Ich tue besser, was Tony von mir verlangt, damit er mich nicht verrät.

»Es tut mir leid«, sage ich. »Gut so?«

»Für meine taube Oma vielleicht. Ich erwarte schon ein bisschen mehr von dir.«

Mein Kopf füllt sich mit Widerwillen gegen Tony. Ich meine, die glatten betrügerischen Züge seines Vaters in seinem Gesicht zu erkennen. Ich hätte es früher sehen müssen.

»Na, kommt da noch was?«

Ich schlucke meinen Stolz hinunter. »Es tut mir leid, echt. Ich hätte Kiki nicht küssen dürfen. Das war feige ... und gemein.«

»Und?«

»Und ich bin ein Arsch. Vergibst du mir, bitte?«

Stille. Ich spüre mein Herz, das jetzt wirklich rotiert.

»Na los, da geht noch mehr«, sagt er schließlich. »Sag, dass du mich nie wieder verpfeifst.«

»Ich werde dich nie wieder verpfeifen.« Ich würde es glatt sofort wieder machen, du Dreckskerl, aber das brauchst du nicht zu wissen.

»Hm, okay dann.«

Tony macht eine Bewegung, als würde er von mir absteigen. Ich spanne die Bauchmuskeln an und richte mich auf. Wie ein Gummiband federt Tony zurück, wodurch ich mit dem Kopf auf den Boden knalle. Ich sehe Sternchen.

»Verdammt ...!«, fluche ich. »Was ist denn jetzt schon wieder?«

»Ich habe noch etwas vergessen. Ich will Geld.«
»Geld?«
»Ja, ich will, dass du mir deinen Teil der Wette zahlst. Hundertfünfzig Euro, um genau zu sein.«
»Jetzt spinn mal nicht rum. Du hast doch nicht gewonnen.«
»Betrachte es als eine Art Schmerzensgeld für das Leid, das du mir zugefügt hast.«
Wut flammt in mir auf. »Leck mich.«
Er schaut auf seine Uhr. »Wenn ich mich beeile, erreiche ich den Bullen vielleicht noch und kann erzählen, was du heute Nacht gemacht hast.«
»Nein! Ich ...«
»Ja?«
»Ich gebe dir das Geld, wenn wir wieder in Amsterdam sind«, presse ich hervor.
»Nein, ich will es morgen haben. Vor sechs Uhr abends. Und keine Minute später. Du gehst schön hier auf Vlieland zum Geldautomaten. Verstanden?«
Tony hat mich in eine Sackgasse manövriert. Ich habe keine andere Wahl. »Verstanden«, sage ich heiser.
»Schön. Du und ich, wir verstehen uns.« Tony steht auf. »Bis nachher.«
Die Tür fällt zu und ich höre, wie sich Tonys Schritte über den Flur entfernen.
Zitternd bleibe ich auf dem Boden liegen. Scheiß Tony. Scheiß Leben. Scheiß Kiki.

# 21:27 Uhr

# Juno

Nynke liegt wie ein Baby zusammengerollt in ihren Bettdecken; ihre Augen sind zu. Ab und zu höre ich ein gedämpftes Schluchzen.

»Heulst du immer noch?«, frage ich.

Sie schlägt die Augen auf, wässrig und ängstlich wie die von Bambi.

»J-ja«, sagt Nynke und schluchzt heftiger. »Ich finde es so schlimm, so schlimm.«

»Das ist es auch«, sage ich, während ich checke, ob ich neue WhatsApp-Nachrichten habe.

»Ich kannte Kiki schon seit der sechsten Kla-hasse«, sagt sie schniefend. »Und jetzt ist sie nicht mehr da.«

»Hm, ja.« Ich sehe, dass ich in der letzten halben Stunde elf neue Mitteilungen bekommen habe. Offenbar wollen alle wissen, ob es etwas Neues über Kiki gibt.

»Musst du gar nicht weinen?«, fragt Nynke.

»Manchmal.« Ich lese den ersten Bericht, er ist von Megan aus meinem Hockeyteam. Auch sie hat schon von Kiki gehört. »Aber ich bin nicht so eine Heulsuse.«

»Ich vermisse Kiki soo-ho-hooo.« Noch ein hysterischer Schluchzer von Nynke.

Ich lege mein Telefon zur Seite und schaue sie an. Wenn sie so weitermacht, bricht sie noch zusammen. Oder ich, bei dem Gejammer!

»Nynke, jetzt hör mir mal zu«, sage ich. »Du machst dich doch nur selbst verrückt. Damit ist niemandem geholfen.«

Sie hört nicht zu. »Was mache ich denn bloß ohne sie?«, jammert sie weiter. »Was soll ich machen?«

»Hast du vielleicht vergessen, was Kiki gestern Abend getan hat?«, frage ich.

Stille tritt ein.

»H-hä?«, stottert sie, aber das Heulen hört auf.

Endlich.

»Du weißt schon, das mit Milan«, sage ich. »Sie hat sich einen Scheiß für deine Gefühle interessiert. Das macht man nicht als Freundin. Wenn ich du wäre, würde ich etwas weniger heftig heulen.«

»Juno ...« Nynke stockt. »Das kannst du doch nicht sagen?«

»Warum nicht?«, sage ich abschätzig. »Es ist doch so. Kiki hat nur an sich gedacht.«

Sie scheint zu schrumpfen. »Ich will nach Hause«, sagt sie leise.

»Das wollen wir alle.«

Nynke zieht die Decke bis zum Kinn. »Weißt du ...«

»Nein«, seufze ich. Was jetzt schon wieder?

»Gestern Nacht ...«

»Ja?«

»Ich habe ...«

»Ja?«

»Ich habe Kiki gestern Nacht in den Dünen gesehen.«

Es ist, als würde sie mir in den Magen schlagen. Ich schnappe nach Luft. »Was? Aber das kann doch gar nicht sein!«

»Wirklich wahr ...« Nynkes Schultern zucken schon wieder.
»Ach, schon gut ... Vergiss, was ich gesagt habe.«
»Nein!«, schnauze ich. »Nein! Du wirst mir jetzt genau erzählen, was du gesehen hast.«
Wie eine Auster klappt sie noch weiter zu. »Es ist alles meine Schuld«, keucht sie mit Tränen in den Augen. »Meine Schuld.«
Shit, so funktioniert das nicht. Ich muss anders vorgehen.
»Ach komm, Nynke, du kannst mir wirklich alles erzählen, das weißt du doch«, sage ich so freundlich wie möglich.
Sie nickt.
»Ich bin deine Freundin.«
Wieder ein Nicken.
»Freundinnen helfen einander. Lass mich dir helfen.«
Ein paar Sekunden lang passiert fast nichts. Nynke starrt mich geistesabwesend an. Es sieht aus, als würde sie alle Vor- und Nachteile im Kopf abwägen. Ich muss die Neigung unterdrücken, sie ins Gesicht zu schlagen. Jetzt erzähl es, in Gottes Namen, erzähl es mir! Ich muss es wissen!
»Es ist ... Ich ... Ich bin Kiki gefolgt«, flüstert sie.
Ich bekomme einen sauren Geschmack im Mund. »Gefolgt?«
»Ja«, schnieft Nynke. »Als ihr gestern Abend nach Hause gekommen seid, habe ich so getan, als würde ich schlafen.« Sie schlägt die Augen nieder. »Sorry, aber ich wollte echt nicht mit Kiki reden. Ich war so traurig, so wütend. Es hatte nichts mit dir zu tun, echt nicht.«
»Ja, ist egal, ich hätte wahrscheinlich genau dasselbe getan«, sage ich. Aber ich denke: Himmel, trödel doch nicht so, jetzt erzähl schon!
»Ihr habt euch ins Bett gelegt«, fährt Nynke fort. »Und dann ... dann ... nach einer Weile stand Kiki plötzlich auf und schlich sich raus. Ich bin ihr nach draußen gefolgt.«

»Warum?«, frage ich mit brüchiger Stimme.

»Ich hab gehofft, dass Kiki irgendwas Dummes anstellen würde, irgendetwas, und dann hätte ich es ihr heimgezahlt. Irgendwas, verstehst du?« Hilflos zuckt sie die Schultern, als könnte sie selbst nicht glauben, was sie getan hat. »Aber es war so dunkel, und es stürmte so sehr. Ich konnte kaum mit ihr mithalten auf dem Rad. Sie hat ihres bei irgendeinem Hotel abgestellt.«

»Und dann?«

»Dann ist sie in die Dünen gelaufen.«

»Und du?«

»Ich habe mich nicht weitergetraut. Ich hatte zu große Angst, mich zu verirren.«

»Bist du dann wieder hierher zurückgefahren?«

Sie schüttelt den Kopf. »Nicht sofort. Ich habe noch kurz gewartet. Ich dachte: Vielleicht kommt sie ja gleich zurück. Und dann kam plötzlich jemand anderes auf einem Fahrrad.«

»Was?« Es ist noch schlimmer, als ich dachte. Ich hole tief Luft. Jetzt muss ich ruhig bleiben. »Wer war es?«

»Ich ... ich ... ich konnte es nicht sehen. Ich habe mich hinter einer kleinen Mauer versteckt.«

Lügt sie? Das hier ist lebenswichtig. »Hast du echt nicht gesehen, wer es war?«, frage ich, schärfer als beabsichtigt.

Da ist er wieder, der ängstliche Bambiblick in ihren Augen.

»N-nein, blöd, w-was?«

Sie zieht die Nase hoch, und ich sehe eine Träne über ihre Wange kullern. Oh mein Gott, jetzt geht das schon wieder los. Sie darf jetzt nicht zusammenklappen. Schnell schalte ich zurück zur Ich-bin-ja-so-nett-Strategie.

Ich nehme ihre zitternden Hände. Hoffentlich merkt sie nicht, dass ich selbst auch zittere. »Natürlich konntest du nicht sehen, wer es war. Logisch. Es war mitten in der Nacht«, sage ich.

»J-ja.«

»Aber hast du vielleicht gesehen, ob es ein Mann oder eine Frau war?«

»N-nein.«

»Und war die Person groß, klein, dick oder dünn?«

»Daran kann ich mich auch nicht erinnern.«

»Du weißt also überhaupt nichts?«

»Tut mir leid.«

Fieberhaft denke ich nach. Nynkes Geständnis hat meinen Kopf in ein Trümmerfeld verwandelt, in dem ich nichts mehr deutlich erkennen kann.

»Was hast du der Polizei heute Nachmittag erzählt?«, frage ich schließlich.

»Nichts.«

»Nichts?«

»Ich hatte solche Angst, sie würden mir nicht glauben.« Sie schweigt kurz. »Sie würden bestimmt denken, ich hätte was mit Kikis Tod zu tun, vor allem, wenn sie auch Milans Geschichte noch hören.«

»Da ist was dran«, murmele ich.

»Juno, was soll ich denn jetzt machen? Hilf mir, bitte, hilf mir.«

Plötzlich fügen sich alle Puzzleteile zusammen. Es wird wieder klar in meinem Kopf. »Weißt du was? Das bleibt unser Geheimnis«, sage ich und lächele. »Niemand braucht etwas davon zu wissen. Das scheint mir am besten.«

Nynke nickt.

Scheinbar selbstsicher fahre ich fort: »Wahrscheinlich war es einfach jemand, der ein Stückchen spazieren gehen wollte, nichts Besonderes.«

»O-okay«, sagt sie.

»Ich bin froh, dass du mir das erzählt hast.« Ich stehe auf. Meine Beine fühlen sich ungelenk und steif an. »So. Dann hole ich dir jetzt mal eine schöne Tasse Tee.«

## 22:05 Uhr

## Anneke

Neutrinos haben keine elektrische Ladung, es sind subatomare Elementarteilchen. Das ist so ungefähr alles, was ich aus dem Kapitel behalten habe. Zum ersten Mal in meinem Leben konnte ich mich nicht völlig auf ein Buch konzentrieren. Es war, als würde Nynkes Name ständig durch die Zeilen tanzen. Ein Neutrino hat einen halben Spin und ist damit ein Fermion. Nynke. Neutrinos zeigen keine elektromagnetischen Interaktionen. Nynke. Es machte mich wahnsinnig.

Angenommen Nynke hat doch etwas mit Kikis Tod zu schaffen, und ich habe die Polizei nicht informiert ... Mit einem tiefen Seufzer lege ich das Buch zur Seite und stehe auf. Was hätte ich machen sollen? Ich weiß es nicht. Ich weiß nur, dass ich jetzt unmöglich schlafen gehen kann.

Die Flure in De Vliehorst sind dunkel, fast gespenstisch. An der Wand zittert und flackert ein Lämpchen, als würde es bald den Geist aufgeben. Ich gehe an den beiden Schlafsälen vorbei, dem Zimmer von Frau Aarsman und Frau Bruins und dem Zimmer von Herrn Rijsterbos und Herrn de Vries. Wieder biege ich um eine Ecke in einen Flur, der als Sackgasse endet, und gehe am Zimmer von

Floris, Tony und Milan vorbei. Und plötzlich stehe ich vor dem Zimmer von Nynke, Juno und Kiki. Ich starre auf die geschlossene Tür. Es ist eine ganz normale Tür, wie alle anderen Türen in De Vliehorst, aber trotzdem scheint sie anders. Als stünde in unsichtbaren Buchstaben darauf: HIER HAT JEMAND GESCHLAFEN, DER JETZT TOT IST.

Eigentlich will ich mich schon wieder umdrehen, als mein Blick plötzlich auf die Garderobe neben der Tür fällt. Sie hängen ordentlich nebeneinander; die rote Jacke von Juno und die kurze Jeansjacke von Nynke. Das war auch die Jacke, die Nynke gestern Abend getragen hat, als sie hinter Kiki her nach draußen lief.

**Stell dir vor, dass Nynke doch etwas mit Kikis Tod zu tun hat.**

Mühsam atme ich ein, schaue nach links, nach rechts. Vorsichtig lege ich ein Ohr an die Tür. Nichts, nur das kratzige Geräusch meines eigenen Atems. Wieder schaue ich zu Nynkes Jacke. Ich kriege die Vorstellung einfach nicht aus meinem Kopf. Ich fühle mich wie ein magnetischer Nordpol, der zu einem magnetischen Südpol gezogen wird. Und dann mache ich etwas, das ich nie für möglich gehalten habe: Ich lasse meine Hand in einer von Nynkes Jackentaschen verschwinden.

Blitzschnell durchsuchen meine Finger den Inhalt. Ich taste etwas Weiches, Klebriges, fühlt sich an wie ein alter Keks. Uninteressant. Dann finde ich zerknülltes Papier. Schnell ziehe ich es heraus. Ein Kassenzettel vom Supermarkt. Offensichtlich hat sie am Tag vor unserer Abfahrt nach Vlieland Tampons und ein Päckchen Kaugummi gekauft. Ich stopfe den Zettel in die Jackentasche zurück. Eigentlich will ich es schon aufgeben, schnell weitergehen, als ich plötzlich noch etwas fühle. Glatt, kalt und dünn.

Eine Welle der Übelkeit überrollt mich. Oh bitte, lass es nicht wahr sein! Wenn es das ist, was ich denke, dann ...

Auf einmal höre ich auf der anderen Türseite ein Geräusch, leise und schrappend, als würde jemand einen Stuhl verrücken.

Meine Hand schnellt wie ein Gummiband aus Nynkes Jackentasche. Sind Juno und Nynke da drin? Ich muss hier weg. Jetzt! Sofort! Aber ich kann nicht. Wie gelähmt bleibe ich stehen. Da ist etwas in der Jackentasche! Etwas, das nicht dort hineingehört! Ich warte noch ein paar Sekunden. Es bleibt totenstill. Vorsichtig schiebe ich meine Hand wieder in die Tasche. Meine Finger zittern so sehr, dass ich das glatte Metallding kaum festhalten kann. Ich ziehe es hoch. In meiner Hand halte ich ein goldenes Gliederarmband. Kikis Armband, das sie immer getragen hat.
 Ich wollte Gewissheit haben. Jetzt hab ich sie.
 Kikis Armband ist in Nynkes Jackentasche.
 Was soll ich machen? Was in Gottes Namen soll ich machen?
 »Was machst du hier?« Eine Stimme, laut und schrill, hinter mir.
 Es fühlt sich an, als wäre die Schwerkraft ausgefallen und als würde ich jeden Halt verlieren. Langsam, fast in Zeitlupe, drehe ich mich um.
 Juno schaut mich mit zusammengekniffenen Augen an. In den Händen trägt sie zwei Tassen Tee.
 Das hier passiert nicht wirklich, denke ich. Lass Juno nicht wirklich hier vor mir stehen.
 »Was machst du vor unserer Zimmertür?«, wiederholt sie ihre Frage.
 Am liebsten würde ich losheulen, wegrennen, mich verstecken. Was hat sie gesehen? Meine Finger umklammern das Armband.
 »Na, wird's bald? Ich hab nicht den ganzen Abend Zeit«, schnauzt sie.
 Irgendwo tief in mir weiß ich, dass ich etwas antworten muss. Irgendwas, Hauptsache eine Antwort.
 »I-ich habe mich verlaufen«, stammele ich.
 »Verlaufen?«, höhnt sie. »Hier in De Vliehorst?«
 Ich merke, dass sie mir nicht glaubt: Spinn nicht rum.

»J-ja, ich habe das Zimmer von ... von Herrn Rijsterbos gesucht«, erfinde ich.

»Warum?«

Ihr Blick brennt auf meinem Gesicht. Ich spüre, wie meine Wangen glühen.

»Ich m-muss ihn etwas fragen.«

Einen Moment bleibt es still. Ich starre auf die Teetassen in Junos Händen. Dampfwölkchen kringeln sich nach oben und lösen sich in der Luft auf. Könnte ich doch bloß auch so verschwinden. Könnte ich –

»Du musst da hinten hin«, sagt Juno.

»Was?« Erschrocken schaue ich auf.

»Das Zimmer von Rijsterbos, du Schlauberger«, schnauzt Juno. »Das ist da um die Ecke, erste Tür rechts.«

»Oh, äh, danke.«

Wie zwei Denkmäler stehen wir uns gegenüber. Dann zieht Juno eine Augenbraue hoch, als erwarte sie etwas. Plötzlich klingelt es bei mir. Sie erwartet natürlich, dass ich jetzt zu dem Lehrerzimmer gehe.

»Äh, also, dann g-gehe ich m-mal«, stottere ich.

»Das solltest du unbedingt.«

Steif drehe ich mich um und setze mich in Bewegung. Meine rechte Hand umklammert das Armband. Ich spüre, dass Juno mir nachschaut. Mein Nacken kribbelt, und ich habe überall Gänsehaut. Nicht umdrehen, nicht rennen. Ich muss ruhig bleiben, so tun, als wäre alles in Ordnung. Ich biege um die Ecke. Bei der Tür zum Zimmer der Lehrer bleibe ich stehen. Möglichst unauffällig werfe ich einen Blick über meine Schulter. Keine Juno. Mit wackeligen Knien gehe ich weiter. Wenn sie mich jetzt sieht, bin ich dran. Ich gehe schneller, wieder um eine Ecke, an den Schlafsälen entlang. Ich schnappe mir meine Jacke von der Garderobe und laufe zur Eingangshalle. Die Kokosmatte an der Eingangstür federt unter meinen Füßen. Ich drücke die Tür auf, und dann stehe ich draußen im Dunkeln. Der starke Wind schneidet mir ins Gesicht und lässt mich nach Luft schnappen. Endlich allein!

Vorsichtig lasse ich das Armband in meine Jackentasche gleiten. Das muss überhaupt nichts heißen. Vielleicht hat Nynke das Armband irgendwo gefunden und wollte es Kiki zurückgeben. Oder sie hat es sich bei ihr ausgeliehen.

Aber sie kann es ihr auch in den Dünen vom Arm gerissen haben.

Panik überfällt mich wieder, so stark, dass mir ganz übel wird. Ich fange an zu laufen. Solange ich in Bewegung bin, brauche ich nicht nachzudenken. Plötzlich stehe ich vor dem Ständer mit all den Mieträdern. Meins steht ganz hinten. Ich taste in meiner Jackentasche, da ist der Schlüssel. Mein Kopf dreht sich nach links; in die Richtung sind Nynke und Kiki gestern Abend gefahren. Ich sehe einen breiten, asphaltierten Radweg mit Laternenpfählen. Wie hat sich Kiki gestern Nacht wohl gefühlt? Sie hat hier im Dunkeln gestanden, wie ich, und hat sich dann aufs Rad gesetzt, ohne zu wissen, dass sie nie wieder zurückkehren würde. Nynke ist ihr gefolgt, und sie hat Kikis goldenes Armband.

Und nur ein einziger Mensch weiß das alles: ich.

Ich schaue zum pechschwarzen Himmel hinauf. Hinter den Wolken sind der Mond und die Sterne. Und irgendwo in diesem dunklen Weltall schwebt auch mein Planet. Aber er schien noch nie so unerreichbar. Wie ein Meteorit bin ich auf die Erde gestürzt. Es gibt keinen Weg mehr zurück.

Ich nehme meinen Fahrradschlüssel und gehe zu meinem Rad. Innerhalb weniger Sekunden ist mein Schloss offen, und ein paar Sekunden später fahre ich davon, einen Tag später Kiki und Nynke hinterher. Was stand da noch gleich in Hawkings Buch? Wenn man etwas findet, das sich schneller fortbewegt als ein Neutrino, dann kann man auch durch die Zeit reisen. Genau das bräuchte ich jetzt.

Ich stelle mir vor, dass ich mit Lichtgeschwindigkeit über den Radweg sause. Vlieland schießt vorbei. Kleine Häuser mit beleuchteten Fenstern, der Strand zu meiner Linken. Ich spüre das Prickeln auf meinen Wangen, und meine Haare wehen in alle Richtungen. Es gibt nichts mehr außer meinem Rad und dem Sturm. Um mich herum wird es ruhiger. Hin und wieder sehe ich noch ein Haus in den dunklen Umrissen der Dünen. Und plötzlich hört auch das auf, als hätten die Vlieländer keine Lust mehr gehabt, weiterzubauen. Die Finsternis verschluckt mich. Das Lichtbündel meines Scheinwerfers tanzt wie ein Glühwürmchen über den Radweg. Ich fahre schneller als das Licht! Ich bin –

Etwas schießt ganz dicht an meinem Vorderrad vorbei, groß und dunkel. Ich steige mit voller Kraft in die Bremse und komme schlingernd zum Stehen. Ich steige ab. Meine Hände zittern so heftig, dass sie den Lenker kaum halten können. Was war das? Ein Hund? Eine Katze? Eine Bisamratte? Das Dunkel fühlt sich auf einmal an wie eine schwere, erstickende Decke. Ich habe das Gefühl, von unzähligen Augenpaaren belauert zu werden. Ich warte eine halbe Minute, eine Minute. Das Tier kommt nicht zurück. Natürlich nicht, denke ich, es hat sich vor dir auch fast zu Tode erschreckt.

Etwas beruhigter schaue ich mich um. Wo bin ich? In der Ferne sehe ich eine leuchtende Kugel in der dunklen Luft. Moment mal. Das könnte das Hotel Posthuys sein, der Ort, von dem aus heute Morgen die Exkursion gestartet ist. Ich schwenke mein Vorderrad, um im Scheinwerferlicht sehen zu können, ob ich noch mehr Anhaltspunkte finde. Asphalt, Dünengras, Steinchen, und dann sehe ich plötzlich einen Wegweiser. Ich gehe näher heran und kann deutlich lesen:

Vogelbeobachtungshütte Dodemansbol
2,3 km
Der Pfeil mit dem wandernden Strichmännchen zeigt zum Dünenpfad. Vielleicht hat Kiki den auch genommen.

Was soll ich denn jetzt machen? Eine Hälfte von mir will nichts lieber als zurück. Aber was bin ich, wenn ich zurückgehe? Ein Feigling.

Also stelle ich mein Rad auf den Ständer, damit der Scheinwerfer den ersten Teil des Pfads beleuchtet. Nur ein kleines Stück, verspreche ich mir selbst. Bis oben zur Düne. Dann kehre ich um. Die Hände in den Taschen mache ich mich an den Aufstieg. Der Wind kommt von der Seite, und ich muss mich ganz schön anstrengen, nicht umzufallen. Der Pfad schlängelt sich nach oben. Die Fahrradbeleuchtung lässt mit jedem Meter nach, bis ich aus dem Lichtkreis trete und im Dunkeln weitergehe. Nur den knirschenden Muscheln im Pfad weiter folgen, halte ich mir vor, einfacher geht es doch gar nicht.

Plötzlich spüre ich etwas in meinem Rücken. Ein leichtes Prickeln, als würde mich jemand beobachten. Mein Herz klopft bis zum Hals, als ich mich umdrehe. Alles um mich herum ist schwarz. Unten an der Düne sehe ich mein Rad, das auf mich wartet, wie ein Leuchtturm. Ein paar Sekunden bleibe ich stocksteif stehen. Außer mir ist hier niemand, oder?

»Wer ist da?«, rufe ich sicherheitshalber, aber ich kann den Sturm kaum übertönen.

»Ist da jemand?«, rufe ich so laut, dass mein Hals schmerzt.

Keine Antwort.

Der Wind zerrt an meiner Kleidung, als wollte er sagen: Jetzt komm schon, geh weiter, es ist nur noch ein kleines Stück. Ich schiebe meine Angst zur Seite und gehe weiter in die Dunkelheit hinein.

# 23:06 Uhr

# Der Täter

Ich wusste es sofort, als ich Anneke vorhin auf dem Flur sah. Manche Leute können einfach nichts verborgen halten. Anneke ist so jemand. Es war die Art, wie sie sich die glatten, fettigen Haare hinter die Ohren strich. Nervös und ungeschickt. Und dann die viel zu großen Augen im weißen, dicken Gesicht, aus dem die Panik fast schon tropfte. Irgendwas hatte sie herausgefunden! Aber was? Das konnte ich von diesem schwammigen Gesicht leider nicht ablesen.

Mein Bauch sagte mir, ich müsse aufpassen. Es fühlte sich an, als hätte ich mir einen Splitter in den Finger gejagt. Ein klopfendes, ziehendes Gefühl, aber nichts Schlimmes. Zumindest noch nicht.

Ich bin ihr nach draußen gefolgt. Sie hat mich nicht gesehen, dafür habe ich gesorgt. Mein Weg führte über alle dunklen Schatten und Ecken von De Vliehorst. Die Dunkelheit war mein Versteck, meine Maske. Zu meiner Verblüffung nahm Anneke ihr Fahrrad. Ich hatte sie passiver eingeschätzt, viel passiver. Ich bin hinter ihr hergefahren. Mit Abstand und ohne Licht. Es war so leicht, ihr zu folgen. Das rote Rücklicht war wie ein Signalfeuer in der Finsternis. Dumme Anneke, dachte ich immer. Aber es klang fast liebevoll in meinem Kopf.

Und dann blieb sie plötzlich stehen. Mitten auf dem Radweg, im Stockfinsteren. Ich konnte gerade noch rechtzeitig bremsen. Sie stand einfach nur da, reglos. Machte mich ganz nervös. Was trieb sie da bloß? Sollte ich eingreifen? Meine Hände ballten sich in meinen Jackentaschen zu Fäusten. In wenigen Sekunden konnte ich bei ihr sein. In wenigen Sekunden ...

Anneke setzte sich wieder in Bewegung. Sie stellte ihr Fahrrad am Dünenrand ab und bog in einen Pfad ein, als wäre es helllichter Tag, und als wollte sie in aller Seelenruhe eine Dünenwanderung machen. Verdammt. Ich musste schnell nachdenken und handeln, sonst wäre sie gleich im Dunkeln verschwunden. Ich habe mein Rad ein Stück in die Dünen hineingezogen, damit zufällige Passanten es nicht gleich bemerken würden. Parallel zum Dünenpfad habe ich dann die Verfolgung aufgenommen. Das Dünengras pikste wie dünne Nadeln durch meine Kleidung. Es tat weh. Machte mich wütend. Wütend auf Anneke.

Mein Mund war vor lauter Spannung ganz trocken. So musste sich auch ein Löwe in der Natur fühlen. Konzentriert. Geschärft. Bereit zum Zuschlagen. Es gibt Jäger und es gibt Gejagte. Heute Abend war ich der Jäger. Anneke konnte mich nicht sehen. Gerade als ich dachte, ich sei unbesiegbar, blieb sie stehen. Ich sah, wie sich ihr Kopf in meine Richtung drehte, ihre Augen zu mir hinüberschauten.

Einen Moment war ich sicher, dass sie mich bemerkt hatte. Meine Muskeln spannten sich an. Aber da wurde mir klar, dass Anneke mich im Dunkeln unmöglich sehen konnte. Sie war blind. Aber eine Blinde mit einem guten Gehör, denn sie begann zu rufen: »Wer ist da?« Ich musste noch vorsichtiger sein, weniger Risiken eingehen. Reglos habe ich gewartet, dass Anneke ihren Weg nach oben fortsetzen würde. Und die ganze Zeit habe ich gedacht: Würde ich es wirklich noch einmal machen können? Würde ich wirklich noch einmal das Leben eines Anderen auslöschen können?

Ja, wenn es nicht anders ginge.

## 23:39 Uhr

## Anneke

Es ist wie im Traum. Ich weiß, dass ich oben an der Düne stehe, über und unter mir ist alles dunkel, als würde ich durch einen schwarzen Raum schweben. Ganz weit entfernt schlängelt sich ein silbernes Band wie ein Glühwürmchen. Das muss die Nordsee sein. Der starke Wind zerrt an meiner Kleidung und meinen Haaren. Ich kann kaum geradestehen.

Irgendwie erwarte ich, dass Kiki mit ihren blonden Haaren und ihrer Wildlederjacke gleich auf mich zukommt. Wahrscheinlich wäre sie nicht gerade erfreut, mich zu sehen. Verärgert würde sie mich fragen, warum ich mich um ihre Angelegenheiten kümmere. Kiki war immer sehr direkt. Aber sie kommt nicht. Ich bin allein mit der Finsternis und dem stürmischen Wind. Ich schließe die Augen und öffne sie wieder. Es bleibt dunkel. Ein paar Sekunden. Eine halbe Minute. Doch es geschieht nichts.

Vielleicht sollte ich zurückfahren. Was hatte ich eigentlich gehofft, hier zu finden? Ein Kleidungsstück von Nynke? Fußspuren? Ein geheimes Zeichen? Eine schöne Polizistin wäre ich. Meine Hand umklammert das Armband in meiner Jackentasche und zieht es heraus. Ich lasse es durch meine Finger gleiten. Was hast du in Nynkes Jacke gemacht? Vielleicht sollte ich Nynke morgen nach dem Armband fragen. Du wirst sehen, es gibt eine logische Erklärung dafür. Und dann fühle ich mich noch dümmer als jetzt schon. Selbst Schuld ...

Ein Rascheln.

Ein Schauder durchläuft mich. Was war das? Angespannt lausche ich: mein eigenes Atmen und der heulende Wind.

Und dann höre ich es plötzlich wieder! Das Rascheln ist so leise, dass es im Sturm kaum vernehmbar ist. Aber in meinem Kopf klingt es, als würde jemand einen Stapel Papier ordnen.

Ich drehe mich um, in die Richtung, aus der ich das Geräusch gehört habe. Meine Augen spähen in die Finsternis. Sehe ich dort einen dunklen Fleck durchs Schwarze schleichen? Die Angst verklumpt sich in meinem Bauch. Was habe ich getan? Ich bin ganz allein. Niemand hört mich, wenn ich um Hilfe rufe. So ist es Kiki vielleicht auch ergangen. *Eine* dumme Entscheidung und dein Leben ist vorbei! Aber niemand wird mich vermissen, wenn ich morgen nicht beim Frühstück auftauche.

Ganz langsam drehe ich mich wieder um. Ich weiß, dass ich ruhig bleiben, mich normal verhalten muss, aber es gelingt mir nicht. Die Angst ist zu groß. Meine Füße beginnen sich schnell zu bewegen, ich spüre, wie der Druck in meinen Muskeln ansteigt. Und dann plötzlich renne ich die Düne hinunter. Runter, runter, runter, ins Pechschwarze. Die Panik presst mir den Hals zu. Pfeifend hole ich Luft. Hilf mir, bitte, denke ich. Oh Gott, bitte hilf mir!

Stolpernd erreiche ich mein Fahrrad. Ich springe auf und spurte los. Meine Füße treten unaufhörlich in die Pedalen, immer fester und fester. Ich wage es nicht, über meine Schulter zu schauen, aus Angst vor dem, was ich sehen könnte. Es fühlt sich an, als würde sich das Dunkel hinter mir bewegen, wie ein Tsunami, der mich verschlingen will. Die ersten Laternen und Häuser tauchen auf. Ich spüre, wie mir die Tränen in die Augen steigen. Gott sei Dank, ich bin fast da. Meine Lungen tun weh vom Keuchen. Schweiß tröpfelt an meinen Schläfen hinunter. Und dann endlich, endlich, sehe ich De Vliehorst. Ich fahre auf das Gelände bis zum Fahrradständer. Zitternd steige ich ab und atme ein paar Mal tief ein. Es klingt, als hätte ich eine schwere Lungenentzündung. Ganz langsam spüre ich, wie sich mein Herzschlag beruhigt. Hier kann mir nichts geschehen. Hier bin ich sicher. Zum ersten Mal traue ich mich, einen Blick hinter mich zu werfen.

Niemand.

Die akute Angst verschwindet, aber wirklich beruhigt bin ich noch nicht. Da war wirklich etwas im Dunkeln. Ich stelle mein Rad in den Ständer und schließe es ab. Vielleicht sollte ich –

»Was machst du hier?«

Worte. Meine Ohren klingeln und mir wird übel. Hinter mir steht jemand!

»Na los, wird das heute noch was? Was machst du hier, mitten in der Nacht?«

Wieder diese Stimme. Das war's dann wohl, schießt mir durch den Kopf. Mit zitternden Knien drehe ich mich um.

Ein Mann starrt mich an. Es dauert ein paar Minuten, bevor ich unseren Sportlehrer erkenne, Rob de Vries. Wie kommt der Kerl hierher? Seine Wangen sind rot und seine Haare völlig zerzaust, als wäre er gerade eine Runde um De Vliehorst gejoggt.

»Hat es dir vielleicht die Sprache verschlagen?«, schnauzt er.

Ich öffne den Mund und will etwas sagen, aber ich bringe keinen Ton heraus, nur ein seltsames Keuchen.

Er verschränkt die Arme. »Du weißt doch, dass du nachts nicht raus darfst?!«

»Ich ... ich ... ich wollte ein bisschen frische Luft schnappen«, stammele ich.

»Frische Luft?« Seine Stimme zittert, klingt sogar ein wenig wütend. »Um die Zeit?«

»J-ja.«

»Geht es dir nicht gut?«, fragt er plötzlich. »Du wirkst ein wenig ... verängstigt.«

Er macht einen Schritt nach vorn, und ich kann nirgends hin ausweichen.

»Oh, es geht mir p-prima, ich bin nur ein wenig müde. Also, äh, ich gehe jetzt schlafen. Dürfte i-ich bitte vorbei?«

Mit seinem Gesicht geschieht etwas Seltsames. Seine Augen verengen sich und seine Zunge fährt über seine Lippen, als hätte er Hunger.

»Du wirst bestimmt müde sein«, sagt er, mit einer Stimme, die eine Oktave niedriger klingt als vorhin noch. »Wenn du so schnell ...«

Ein Geräusch. Es klingt, als würde eine Tür zufallen. Und dann ein Rattern.

Herr de Vries macht einen Schritt zurück, und sein Kopf schießt zur Seite.

»Personal«, murmelt er verächtlich. »Welcher Idiot stellt denn nachts um halb eins die Mülleimer raus?«

Ich schlüpfe an ihm vorbei.

»B-bis morgen«, murmele ich.

Ohne mich noch einmal umzuschauen, gehe ich zur Tür. Im Rücken spüre ich de Vries' Blick. Noch drei Schritte, noch zwei, noch einen ... Meine Hände greifen nach der Türklinke wie nach einer Rettungsboje. Neben dem Eingang steht ein junger Mann mit einer Schürze. Er lächelt mir zu, während er einen Müllsack in einen Container stopft. Ich lächele zittrig zurück und husche hinein.

Erst als die Tür hinter mir zufällt und ich in der Eingangshalle stehe, merke ich, dass ich am ganzen Körper zittere. Was um Himmels willen ist da gerade passiert? Mein Gehirn verweigert seinen Dienst. Es fühlt sich an, als hätte man mich ohne Sauerstoffmaske in einer Rakete zum Mars geschossen. Meine Hände verschwinden in meinen Jackentaschen. Fast automatisch suchen meine Finger nach dem glatten Metall von Kikis Armband.

Ein paar Sekunden oder vielleicht eine Minute vergesse ich zu atmen. Das Armband ist nicht mehr in meiner Tasche! Ich starre vor mich hin. Wie kann das sein? Am liebsten würde ich mich auf den Boden setzen und heulen.

**Denk nach, Anneke!**

Ich verberge mein Gesicht in den Händen und gehe in Gedanken zurück. Ich stand oben an der Düne. Es war dunkel. Ich hatte das Armband in der Hand. Und dann hörte ich plötzlich das Geräusch und bin losgerannt.

Die Erkenntnis kriecht wie Gänsehaut über meine Arme. Oh nein, so ein Mist, nein. Ich habe das Armband verloren. Es liegt irgendwo im Sand. Was soll ich jetzt machen?

# FREITAG

## 09:17 Uhr

## Pieter Vos

Benny Jongstra schaut mich erwartungsvoll an. Der Schreibtisch ist von Papieren übersät. Die haben mich gut eine Stunde gekostet. Und jetzt erwartet er offensichtlich eine Reaktion von mir.

»Tja, das ist ein ziemlicher Papierstapel, den du an einem Tag gesammelt hast«, sage ich grübelnd.

Enttäuschung flackert in seinem Blick auf. Ich kann nichts dafür, aber er erinnert mich an einen Welpen, der von seinem Herrchen abgewiesen wird.

»Da hast du dich ja wirklich ins Zeug gelegt«, sage ich deswegen. Braver Hund, denke ich.

Bennys Gesicht verzieht sich zu einem Lächeln. »Vielen Dank.«

»Mal sehen.« Ich trinke einen Schluck Kaffee. Zum Glück haben wir uns im Büro verabredet und nicht in De Vliehorst. Der Kaffee dort war gestern wirklich ungenießbar. »Was wissen wir alles?«

Ich nehme ein Blatt weißes Papier und teile es in fünf Felder auf. In das erste schreibe ich mit schwarzem Filzstift:
NYNKE VAN DER HEIDE

Und darunter, Punkt für Punkt.

- BEZIEHUNG ZU KIKI RECHERCHIEREN
- BEZIEHUNG ZU MILAN RECHERCHIEREN

»Habe ich etwas vergessen?«, frage ich, mehr der Form halber, als dass ich erwarte, dass er noch etwas hinzuzufügen hat.
Benny schüttelt den Kopf.
»Dann zum nächsten, Milan.« Ich schreibe seinen Namen in das zweite Feld, und darunter:

KÜSST KIKI IN DE OUDE STOEP

»Schau, das ist ein wichtiger Anknüpfungspunkt. Aber was ist danach passiert? Wir sind gestern aus Milan nicht viel schlauer geworden. Er sagte, er hätte Kiki nach der Knutscherei in De Oude Stoep nicht mehr gesehen, aber das würde ich mit einem Fragezeichen versehen.«
    Es kehrt Stille ein. »Hast du dich damit schon beschäftigt?«, frage ich dann.
    »Nein, wann hätte ich das denn noch tun sollen?«, fragt Benny. »Ich war gestern die ganze Zeit mit diesem ... diesem Kram hier zugange!« Er zeigt auf die Papiere auf dem Schreibtisch.
    »An deiner Stelle würde ich mich schleunigst darum kümmern, ja?«
    Bennys Kopf knickt wie eine verwelkte Blüte nach unten.
»Okay.«
    Schwungvoll schreibe ich den Namen FLORIS in die dritte Spalte. »Hier können wir uns kurzfassen. Der Junge ist eine Stange Dynamit mit einer schwelenden Zündschnur.«
    Ich blättere durch meine Aufzeichnungen. »Was hat einer seiner Lehrer gestern noch zu uns gesagt? Ah, hier steht es: *Floris ist*

vor zwei Jahren zu uns auf die Schule gekommen. Er steht unter Zwangsbehandlung eines Psychiaters, weil es auf seiner vorigen Schule ein paar Ausschreitungen gegeben hat. So hat er zum Beispiel ein Mädchen sexuell belästigt. Seine Eltern haben uns gebeten, das für uns zu behalten. Solange sein Verhalten auf unserer Schule dazu keinen Anlass gibt, halten wir uns daran. Benny schweigt. Offensichtlich schmollt er noch.

Mehr zu mir selbst als zu ihm murmele ich: »Irgendwas im Kopf dieses Jungen scheint nicht ganz in Ordnung.«

In das vierte Feld schreibe ich:

FAHRRAD + GELD

»Das müssen wir so schnell wie möglich recherchieren. Von wem ist das Mietrad, das gestern Mittag beim Hotel Posthuys gefunden wurde? Und warum hatte Kiki 300 Euro im Geldbeutel? Das ist außergewöhnlich viel Geld für eine Siebzehnjährige.«

»Ich werde das Geld so schnell wie möglich nach Den Helder schicken lassen, damit sie es auf Fingerabdrücke untersuchen«, sagt Benny.

»Sehr gut. Und das Fahrrad? Was machen wir damit?«

»Wir können gleich in De Vliehorst fragen, ob dort jemand ein Rad vermisst. Und sonst müssen wir bei der Fahrradvermietung nachfragen, wem dieses Rad gehört.«

»Ausgezeichnet«, nicke ich.

Das letzte Feld versehe ich mit einem großen Fragezeichen.

»Das ist meiner Ansicht nach das wichtigste Feld.«

»Ein Fragezeichen? Wieso?« Benny gibt sich keinerlei Mühe, das Erstaunen in seiner Stimme zu verbergen.

»Ich habe so eine Ahnung, dass wir den goldenen Fingerzeig noch nicht bekommen haben«, sage ich bedächtig.

»Aber warum nicht? Wir haben eine ganze Reihe von Anknüpfungspunkten.«

»Hör zu, Benny, wenn du so lange im Beruf bist wie ich, entwickelst du dafür eine Art Intuition. Irgendwas stimmt bei diesem Fall nicht. Wenn ich mich am Tatort umschaue, entdecke ich keinerlei Kampfspuren. Entweder hat der Täter Kiki überfallen, oder sie hat ihn dort erwartet, weswegen sie keinen Verdacht schöpfte.«

»Wen um Himmels willen erwartete sie mitten in der Nacht in den Dünen?«

»Wenn wir die Antwort auf diese Frage finden, haben wir den Täter.«

»Gut möglich, dass sie mit diesem Milan in die Dünen gezogen ist, und sie sich dort gestritten haben.«

Ob er es wohl irgendwann lernen wird? »Fakten, Benny«, sage ich und seufze. »Wir müssen uns erst auf die Suche nach mehr Fakten machen.«

Der Klingelton eines altmodischen Telefons.

»Das ist meins, Entschuldigung.« Ich ziehe mein Handy aus der Jackentasche, ein mindestens fünfzehn Jahre altes Nokia, mit dem heute keiner mehr rumläuft.

»Ja?«, sage ich.

Ich lausche der Stimme am anderen Ende. Ab und zu murmele ich zustimmend. Es ist ein kurzes und klares Telefonat, wie ich es liebe.

»Dann machen wir das so«, sage ich und beende das Gespräch.

»Wer war das?«, fragt Benny.

Das geht dich nichts an, will ich sagen, aber ich halte mich zurück. Es geht ihn schon etwas an.

»Den Helder«, sage ich. »Sie erwarten, dass der Sturm im Laufe der Nacht abflaut. Morgen früh wird Kikis Leiche mit einem Hubschrauber aufs Festland gebracht. Ihre Eltern werden sie dann in Den Helder zu Gesicht bekommen.«

»Die Armen.«

»Ja.« Ich schiebe meinen Stuhl zurück. »Zieh deine Jacke an, wir gehen nach De Vliehorst. Jetzt können wir noch mit den Leuten reden. Sobald die Fähren morgen wieder fahren, stehen wir hier mit leeren Händen.«

# 10:46 Uhr

# Anneke

Ich kann meine Augen kaum offen halten, so müde bin ich. Stundenlang habe ich wach gelegen und über Kikis Armband nachgegrübelt. Wie konnte ich nur so dumm sein, es zu verlieren? Ohne Armband kein Beweis. Soll ich zurückgehen und es suchen? Aber das traue ich mich nicht. Da war etwas im Dunkeln. Etwas, dem ich nicht noch einmal begegnen wollte.

Nach dem Frühstück bin ich mit meinem Buch im Speisesaal sitzen geblieben. Zum Glück sind alle weggegangen, sodass ich jetzt ganz allein bin. Trotzdem schaffe ich es nicht, das Kapitel über die Neutrinos zu Ende zu lesen. Ich starre auf das gläserne Teelicht, das vor mir auf dem Tisch steht. Zum ersten Mal im Leben denke ich: Ich wünschte, es gäbe dieses verdammte Weltall nicht. Ich wünschte, es gäbe mich nicht.

In der Ferne höre ich Geräusche. Eine Tür, die zuschlägt, Schritte auf dem Flur. Als die Schritte näher kommen, höre ich ihre Stimmen, ein Junge und ein Mädchen.

»Du hast mir nachspioniert!«, ruft das Mädchen.

»Hör zu, für die Scheiße, in der du hockst, bist du ganz allein verantwortlich«, sagt der Junge.

Mir wird kalt. Worüber reden die? Kurz bleibt es still, als hätten die beiden beschlossen, woanders weiterzureden. Aber dann kommen die Stimmen wie ein Bumerang zurück, viel lauter und härter als zuvor. Durch den Türspalt sehe ich zwei Silhouetten. Ich setze mich aufrecht hin. Lotte und Tony! Lottes Gesicht ist knallrot und beißt sich mit ihrem orangefarben Pulli, eine Erdbeere auf einer Apfelsine. Tony hat die Arme vor der Brust verschränkt. Ich will es nicht, zumindest nicht wirklich, aber ich tue es doch: Ich belausche ihr Gespräch.

»Du Arschloch!«, höre ich Lotte sagen. Sie klingt völlig überdreht.

»An deiner Stelle würde ich aufpassen«, antwortet Tony.

Ein unterdrückter Laut, als würde Lotte ersticken. »Das ist so was von abgrundtief gemein. Wie kannst du nur?«

»Ach, krieg ich auf einmal die Schuld? Hast du vielleicht vergessen, wie das kam? Wer hat denn ...«

»Ich werde dich echt nicht bezahlen«, fällt Lotte ihm ins Wort.

»Wie du willst. Aber dann gehe ich augenblicklich zu dem Bullen und erzähl ihm alles.«

Mein Herz setzt ein paar Schläge aus. *Bulle. Alles erzählen.* Eins ist mir jetzt sehr klar: Ich belausche hier ein Gespräch, das ich bestimmt nicht hören sollte.

»Die Vereinbarung ist doch simpel«, schnauzt Tony. »Wenn du mir vierhundert Euro gibst, halte ich die Klappe.«

»Warum so viel? Du ... du ... du ...« Lottes Stimme überschlägt sich.

»Ja, was? Sag's ruhig! Was hast du mit mir vor? Muss ich mir Sorgen machen?«

Meine Handflächen sind klatschnass. Ich knete die Tischdecke zwischen meinen Fingern.

»Heute Abend will ich das Geld«, fährt er fort. »In 50-Euro-Scheinen. Wenn ich es um sechs Uhr noch nicht habe, bist du dran.«

»Warum tust du das?«, ruft Lotte.

»Hör zu, Lotte, du solltest die Dinge nicht umdrehen. Die Frage ist: Warum hast du das getan?«

Da stimmt was nicht. Da stimmt etwas absolut nicht. Ich knülle die Tischdecke noch fester zusammen. Und dann passiert es. Der gläserne Teelichthalter rutscht vom Tisch und zerspringt am Boden in tausend Splitter. Es klingt, als würde ein Stapel Teller aus dem zehnten Stock fallen.

Das Gespräch bricht ab. Lotte und Tony drehen sich um. Ich versuche, mich so klein wie möglich zu machen. Es hat keinen Sinn, die Tür schwenkt auf.

»Ach nee«, sagt Tony. »Wen haben wir denn da? Unsere liebe Anneke. Was für eine Überraschung.«

»H-hallo«, stammele ich.

»Was machst du hier?«, zischt Lotte. »Hast du uns vielleicht belauscht?«

»W-wovon redest du?«, frage ich und hoffe, dass meine Wangen nicht so rot sind, wie sie sich anfühlen.

»Jetzt entspann dich mal«, sagt Tony zu Lotte. Und zu mir: »Lotte ist ganz schön mitgenommen von Kikis Tod. Sie meint es nicht so. Aber jetzt mal ohne Quatsch: Was machst du hier?«

»N-nichts. Ich habe nur gelesen.« Ich zeige auf das Buch von Stephen Hawking, das vor mir liegt. »Über Neutrinos.«

»Neutrinos?«

»Ungeladene, subatomare Elementarteilchen, du weißt schon«, murmele ich.

Tony schüttelt den Kopf. »Noch nie von gehört.«

»Du hast also hier die ganze Zeit über diese Neutrodinger gelesen, während wir draußen auf dem Flur geredet haben?« Lottes stechender Blick ist hart und gemein. Das ist nicht die schüchterne Lotte, die ich aus unserer Klasse kenne. »Du willst mir doch nicht erzählen, dass du nichts gehört hast«, schnauzt sie.

Ich krümme mich zusammen.

»Lotte, hör auf. Warum sollte Anneke lügen?« Tony legt ihr die Hand auf den Arm. »Wir reden draußen weiter. Dann kann Anneke in Ruhe weiterlesen.«

Lotte schüttelt seine Hand von ihrem Arm, als wäre es eine Wespe. »Lass mich los«, sagt sie. »Ich finde schon alleine raus.«

Mit großen Schritten geht sie in Richting Flur. Tony folgt ihr mit ein paar Metern Abstand. Zum Glück, denke ich. Fast bin ich wieder allein. Aber dann dreht Tony sich plötzlich um.

»Weißt du was, Anneke«, sagt er nachdenklich.

In der eintretenden Stille kann ich meinen Herzschlag in den Ohren hören.

»Darf ich mir das Buch mal ausleihen, wenn du es aus hast? Scheint mir wahnsinnig spannend.«

Am Ton seiner Stimme kann ich nicht ausmachen, ob er das ernst meint.

»N-natürlich«, sage ich.

»Danke dir!« Tony zwinkert mir zu und verschwindet Richtung Flur.

Erst nach ein paar Minuten wage ich es, mich zu bewegen. Steif stehe ich auf und gehe zur Tür.

# 11:07 Uhr

## Der Täter

Anneke kommt aus dem Speisesaal. Schultern eingefallen, Kopf gesenkt, Buch unterm Arm. Sie schlurft durch den Flur, als wäre sie schwer krank. Warum mischt sie sich ständig ein? Ich dachte, ich hätte ihr gestern genügend Angst eingejagt, aber leider ist sie wie ein Pitbull, der sich festgebissen hat. Das gefällt mir gar nicht an ihr. Und auch an mir nicht. Ich habe sie falsch eingeschätzt. Vielleicht weiß sie nichts, aber davon darf ich nicht ausgehen.
 Panik breitet sich in meiner Brust aus, ich kriege kaum noch Luft. Wenn sie zur Polizei geht, kann ich es vergessen. Die Gefahr lauert in unverhofften Ecken, sagt meine Mutter immer. Sie hat recht. Ich muss Anneke im Auge behalten, ihr Schatten werden, mit ihr aufstehen und ins Bett gehen. Und wenn sie auch nur einen falschen Schritt macht, greife ich ein. Sofort. Sonst ist alles umsonst gewesen.

# 11:13 Uhr

## Anneke

Der Flur ist verlassen. Dennoch fürchte ich bei jedem Schritt, Lotte und Tony zu begegnen. Hätte ich ihr Gespräch bloß nicht gehört. Aber du hast es gehört. Und jetzt musst du dir überlegen, was du damit anfängst.
Tränen steigen in meinen Augen auf, aber ich schlucke sie runter. Mit einer Runde Heulen ist auch niemandem geholfen. Am besten sollte ich ...
Ein Luftzug hinter mir, kaum wahrnehmbar. Aber es reicht, um alle Härchen in meinem Nacken zum Stehen zu bringen.
Mit einem Ruck drehe ich mich um. Huscht da ein Schatten davon? Bewegt sich dort etwas?
Reglos bleibe ich stehen. Der Flur ist wie ausgestorben. Trotzdem kann ich das Gefühl nicht abschütteln, dass gerade noch jemand hinter mir stand.

# 15:25 Uhr

# Rob de Vries

Meine Schmerztabletten sind fast aufgebraucht. Wie treue Freunde haben sie mich durch die letzten vierundzwanzig Stunden begleitet. Ich drücke die beiden letzten blauen Pillen aus der Verpackung und spüle sie mit einem Schluck Wasser hinunter. Im Spiegel sehe ich ein Gesicht, das auch schon mal besser ausgesehen hat. Meine Bräune ist zu einem aschgrauen Teint verblasst. Meine Wangen sind eingefallen, und unter meinen Augen sind Falten zu sehen. Ich sehe um Jahre älter aus als gestern.

Aber nun ja, wie auch sonst? Ich habe heute Nacht kein Auge zugemacht. Die ganze Zeit musste ich an die Schlampe denken und was sie mir angetan hat. Kein Wunder, dass ich ausgerastet bin. Und klar, nachher wird man mir an allem die Schuld geben. Es fühlt sich an, als säße ich total in der Klemme und könnte nirgends mehr hin. Die Kopfschmerzen schießen wieder wie Blitze durch mein Hirn und bringen mich zum Würgen.

Ruhig bleiben, Rob. Lass dich nicht verrückt machen. Niemand weiß etwas.

Könnte ich doch nur mal ein Auge zubekommen. Ein *power nap* von einer halben Stunde würde ja schon reichen, um alles wieder etwas klarer zu sehen. Aber nein, gerade ist dieser Schlaumeier Thomas hereinspaziert. Ich kann ihn ja schlecht aus seinem eigenen Zimmer scheuchen, aber ich habe das so dermaßen satt! Also habe ich mich in unserem Bad eingeschlossen.

Ein Klopfen. Zweimal hintereinander. Jemand steht vor unserer Zimmertür. Ich warte ein paar Sekunden, aber es passiert nichts. Warum macht Thomas, dieser Wichser, nicht auf? Wieder klopft es, jetzt etwas lauter. Ja, ja, denke ich, ich komm ja schon. Verärgert werfe ich die Badezimmertür auf. Thomas liegt mit geschlossenen Augen und seinem iPad auf dem Bett, als hätte er Urlaub. Laut stampfend gehe ich an ihm vorbei zu Tür.

Ich reiße sie auf.

Zu meiner Überraschung steht Juno in der Tür. Meine schöne Juno, die immer so formvollendete Räder schlägt. Manchmal trägt sie eine sehr kurze Sporthose, wodurch ich ein Stückchen ihres Slips sehen kann. Normalerweise hätte ich mir ausgiebig Zeit für sie genommen. Aber mein Kopf schmerzt jetzt so heftig, dass ich mich kaum dazu bringen kann, überhaupt etwas zu sagen.

»Was ist?«, frage ich.

»Mein Fahrrad ist weg.«

»Fahrrad?«

»Ja, Sie wissen schon, mein Mietrad. Ich wollte mit Nynke ins Dorf fahren. Aber irgend so ein Arsch hat mein Rad geklaut.« Sie schaut mich an, als würde sie mir persönlich die Schuld dafür geben.

»Hattest du es vielleicht nicht abgesperrt?«, frage ich.

»Doch, natürlich.« Sie schaut noch wütender.

»Was sagt sie?«, höre ich Thomas hinter mir rufen.

Herr, lass diesen nervigen Kerl doch einmal sein Maul halten.

»Ihr Rad wurde geklaut«, wiederhole ich Junos Worte. »Weißt

du«, sage ich zu Juno. »Das taucht schon wieder auf. Spring doch jetzt einfach bei Nynke hinten auf.« Aber geh mir damit nicht mehr auf die Nerven, denke ich.

Ich will die Tür schon wieder zuwerfen, als Thomas plötzlich neben mir steht.

»Moment, nicht so schnell«, sagt er in einem Ton, als würde er mit einem Sechsjährigen reden.

Auf einmal habe ich große Lust, ihm eine Kopfnuss zu verpassen oder eine in die Fresse zu schlagen.

Halt dich zurück, du hast schon genug Probleme.

»Vielleicht müssen wir Anzeige erstatten bei der Polizei«, sagt Thomas.

»Anzeige?« Junos Augen werden groß.

»Wegen einem Mietrad?«, sage ich im selben irritierenden Ton wie er. »Die Polizei hat momentan wirklich Besseres zu tun, denke ich.«

Thomas seufzt. »Juno, hast du einen Moment Zeit? Ich muss mal kurz etwas mit Herrn de Vries besprechen.«

Er drückt die Tür mit einem Gesicht zu, als wüsste er wie immer alles besser.

»Ja?«, sage ich, während ich die Arme verschränke.

»Hast du vielleicht vergessen, was der Hauptkommissar heute Morgen zu uns gesagt hat?«, fragt er.

Mist. Das kurze Gespräch mit Hauptkommissar Vos um zehn. Ich hatte es tatsächlich so gut wie vergessen, so schlimm wie meine Kopfschmerzen da schon waren. Ich versuche, das Gespräch in Gedanken zu rekonstruieren, aber es kommt tatsächlich so gut wie nichts dabei raus.

»Er sagte etwas von einem Hubschrauber, der Kiki morgen abholt«, sage ich langsam. »Und über, äh ...« Ich zucke die Schultern.

»Über ein Mietfahrrad, das am Hotel Posthuys gefunden wurde.

Und dass wir ihn informieren sollten, wenn wir mehr darüber wüssten. Dämmert's?«, schnauzt er.

Nein, denke ich, aber ich nicke.

Thomas schaut auf seine Uhr. »Ich glaube, sie sind vor einer halben Stunde zur Polizeiwache zurück. Ich gehe mal mit Juno dort vorbei.«

Scheinheiliger Thomas. Speichellecker. Arschkriecher.

»Von mir aus.« Ich lasse mich auf mein Bett fallen und schließe die Augen. »Schöne Grüße.«

Ich höre, wie Thomas die Tür öffnet und in herrischem Ton zu Juno sagt: »Ich fürchte, das müssen wir der Polizei melden. Würdest du mich zur Wache begleiten?«

# 16:17 Uhr

# Juno

Mit trockenem Mund und klammen Hände gehe ich neben Thomas Rijsterbos über die Straße. Es fühlt sich an, als würde er mich dem Richter vorführen. Hör auf zu spinnen, Juno, rede ich mir selbst gut zu. Schultern entspannen, ruhig atmen, lässiger Blick. Aber es klappt nicht. In meinem Körper ist alles verkrampft. Hätte ich doch bloß meinen Mund gehalten mit dem Rad. Ich habe die ganze Zeit darüber nachgedacht, ob ich was sagen sollte oder lieber nicht. Aber ich ahnte schon die Donnerwolken über mir, wenn ich es nicht erzählen würde. Dann hätte ich für dieses Scheißrad wahrscheinlich auch noch bezahlen müssen.

Thomas Rijsterbos geht mit starrem Gesicht neben mir.

Ich versuche, einen Scherz zu machen und die Spannung zu lösen. »Und ich dachte, nur in Amsterdam würden Räder geklaut«, sage ich mit viel zu hoher Stimme. »Aber unter Vlieländern gibt es offenbar auch Kleinkriminelle.«

Rijsterbos schaut mich von der Seite an. Er bringt kein Lächeln zustande, nicht mal ein ganz kleines.

»Überall in den Niederlanden werden Räder gestohlen«, sagt er kühl. »Das sollte dich nicht überraschen.«

Oh Gott, das ging nach hinten los. Durch seine Worte hindurch höre ich: schuldig, schuldig, schuldig! Meine Augen füllen sich mit Tränen. Wenn ich nicht aufpasse, fange ich gleich an zu heulen. Aber ich will nicht, dass Rijsterbos mich weinen sieht. Was würde er dann wohl von mir denken?

Wir biegen in die Lutine Allee ein und bleiben vor einem Backsteingebäude mit gelben Fensterrahmen stehen: *Polizeiwache*, lese ich über der Tür. Am liebsten würde ich wegrennen. Aber Rijsterbos behält mich wie ein Habicht im Auge.

»Nach dir«, sagt er und hält mir die Tür auf.

Ich mache einen Schritt über die Schwelle. Es ist, als würden wir ein Krankenhaus betreten, so unpersönlich wirkt es. Drinnen ein Geruch nach Reinigungsmitteln und Schweiß, der in mir Übelkeit auslöst.

Eine Frau hinter dem Schalter fragt: »Wie kann ich helfen?«

»Wir wollen zu Hauptkommissar Vos«, sagt Rijsterbos.

»Haben Sie einen Termin?«

»Nein, aber ich bin sicher, er nimmt sich für uns Zeit«, sagt Rijsterbos, als wäre er der Chef.

»Herr Vos ist zurzeit sehr beschäftigt«, sagt die Frau. »Vielleicht können Sie besser in einer Stunde oder so zurück ...«

»Es ist dringend«, unterbricht Rijsterbos sie.

Dringend. Ich krümme mich zusammen.

»Es geht um den Fall Kiki Fabius«, fährt er fort. »Wir haben wichtige Informationen für Herrn Vos. Er selbst hat uns gebeten, uns zu melden, sobald es Neuigkeiten gibt.«

»Nun«, sagt sie unschlüssig. »Wenn das so ist, kann ich ihn ja mal kurz anrufen. Wen darf ich melden?«

»Thomas Rijsterbos und Juno Simonsen von De Vliehorst«, antwortet Rijsterbos.

»Sie können dort hinten warten.« Sie zeigt auf eine Reihe von Klappstühlen und greift zum Hörer.

Ich drücke die Daumen und setze mich. Bitte nicht drangehen.

»Hier ist Janet«, höre ich sie sagen. »Da sind zwei Leute für dich, ein Thomas Rijsterbos und eine Juno Simonsen. Sie sagen, sie hätten wichtige Informationen zu Kiki Fabius.«

*Oh please*, lass ihn zu beschäftigt sein.

»Okay, ich sage es ihnen.«

Sie legt den Hörer auf und lächelt uns zu. »Er steht in wenigen Minuten zur Verfügung.«

Shit, shit, shit.

»Schön«, murmelt Rijsterbos und nimmt sich eine Fußballzeitschrift, als würde er beim Friseur warten.

Ich höre meinen eigenen Atem, die Uhr an der Wand tickt unaufhörlich. Schnell, viel schneller als erwartet, kommt Hauptkommissar Vos aus einer der Türen.

Rijsterbos springt auf. »Schön, dass Sie da sind.«

Ich stehe ebenfalls auf. Weil ich nicht weiß, wohin mit meinen Armen, verschränke ich sie. Ich darf jetzt keine Schwäche zeigen.

»Womit kann ich helfen?«, brummt Vos.

»Wir haben ein kleines Problem«, sagt Rijsterbos bedächtig. Den Ton kenne ich; den hat er auch immer in der Klasse, wenn er etwas Wichtiges zu erzählen hat. »Junos Mietrad ist weg.«

Ich versuche, ein gleichgültiges Gesicht aufzusetzen, aber innerlich bin ich total verkrampft.

»Oh, das kann passieren. Wenn Sie ein Formular beim Fahrradverleih ausfüllen, deckt die Versicherung den Schaden vermutlich.« Vos lächelt mir freundlich zu.

Keine Handschellen? Keine Verhaftung? Kein Gefängnis? Die Erleichterung überspült mich. Ich könnte ihn glatt küssen!

»Ich verstehe das nicht«, sagt Thomas. »Heute Morgen haben Sie doch gesagt, das Rad sei wichtig?«

»Korrekt.« Vos nickt. »Aber in den letzten Stunden haben sich die Untersuchungen in diesem Fall rasant beschleunigt. Wir verhören gerade einen jungen Mann, der Mittwochnacht gegen Viertel nach zwölf bei De Vliehorst gesehen wurde. Eine Küchenhilfe, die noch den Müll nach draußen brachte, hat ihn dort herumlungern sehen. Heute Nachmittag kam sie zu uns, weil sie der Sache nicht so recht traute. Zum Glück wusste sie, wer der junge Mann war. Vlieland ist eine kleine Gemeinschaft.«

Er räuspert sich.

Wie auf ein Zeichen öffnet sich eine Tür auf dem Flur. Der junge Polizist mit den blonden Haaren, der auch bei den Gesprächen auf De Vliehorst dabei war, kommt mit einem Jungen heraus. Ich erhasche einen Blick auf sein Gesicht, bevor er mir den Rücken zudreht und von mir weggeht.

In meinem Kopf passiert etwas Seltsames: Ich sehe Bilder von ihm, die ich nicht zuordnen kann. Wo habe ich ihn nur schon einmal gesehen?

»Ich ... ich kenne den Jungen«, stammele ich.

Vos schaut mich an, als sei ich nicht ganz dicht. »Welchen Jungen?«

Ich zeige in den Flur. »Den da hinten.«

»Woher kennst du Sjoerd Kiemstra? Das musst du mir erklären.« Seine Stimme klingt scharf.

Langsam, als würde er aus dem Nebel auftauchen, kommt der Junge deutlicher ins Bild: Er steht am Rand der Tanzfläche in De Oude Stoep, in einer engen, gebleichten Jeans. Sein Hemd steckt in der Hose. Er schaut zu Kiki. Oder nein, eigentlich belauert er sie, das trifft es eher. Neben ihm steht ein Mädchen mit langen, dunkelblonden Haaren in einem Kleid. Ihr scheint es gar nicht zu gefallen, dass er Kiki so anstarrt. Sie zieht ihn am Arm. Dann kippt das Bild weg und ich sehe wieder Kiki. Sie sagt, ich müsse die erste Runde ausgeben. Den Jungen habe ich den gesamten restlichen Abend nicht mehr gesehen.

»Er ... er ...«, fange ich an. »Er war am Mittwochabend auch in De Oude Stoep.«

»Bist du dir sicher?«

»Ja, es war auch noch ein Mädchen bei ihm mit dunkelblonden Haaren.«

»Seine Freundin Sara.« Vos nickt. »Mit ihr haben wir auch schon gesprochen. Sie hatte gestern Geburtstag. Sara hat uns erzählt, dass sie ihn dort gefeiert haben. Das scheint also zu stimmen, wenn du Sjoerd auch dort gesehen hast. Wir glauben ...«

»Aber warum sollte dieser Junge Kiki etwas angetan haben?«, fällt Rijsterbos ihm ins Wort. »Ich meine ... wo ist die Verbindung zwischen ihnen?«

»Kiki war offensichtlich vor zwei Jahren schon einmal mit ein paar Freundinnen auf Vlieland«, sagt Vos. »Während dieser Ferien hat Kiki mit jemandem herumgeknutscht. Dreimal dürfen Sie raten, mit wem.«

»Mit diesem Jungen«, sagt Rijsterbos langsam.

»Genau. Sjoerd hat sofort gestanden, als wir ihn fragten, ob er Kiki kannte. Seine Version der Geschichte ist, dass er Kiki vor zwei Jahren geküsst und ihr hundert Euro geliehen hat, in der Annahme, er würde sie am nächsten Tag zurückbekommen. Aber dazu kam es nie. Am nächsten Morgen ist Kiki mit der Fähre verschwunden. Gegen Mitternacht haben Sjoerd und Sara De Oude Stoep verlassen. Sara ist nach Hause gegangen, denn ihr Vater hatte gesagt, sie müsse um Mitternacht zu Hause sein. Sjoerd hat gewartet, bis Kiki rauskam, und ist ihr dann bis De Vliehorst gefolgt. Er behauptet, danach sei er nach Hause gegangen, mit dem Plan, Kiki am nächsten Tag nach dem Geld zu fragen.« Vos seufzt. »Diese Geschichte stimmt natürlich hinten und vorne nicht. Sjoerd hat kein Alibi für die Nacht von Mittwoch auf Donnerstag. Niemand kann bestätigen, dass er tatsächlich gegen halb eins nach Hause gegangen ist. Seine Eltern sind diese Woche im Urlaub.«

Vos wendet sich mir zu. »Warst du vor zwei Jahren auch mit Kiki hier?«

»Nein.« Ich schüttele den Kopf.

Vage erinnere ich mich, dass Kiki mal von Vlieland erzählt hat; ein Wochenende mit viel Regen und noch mehr Alkohol. Aber mit wem war sie damals hier gewesen? Plötzlich fällt es mir ein. »Kiki war mit ein paar Mädchen hier, die sie noch vom Sommerlager kannte!«, rufe ich aus.

»Hm, dann müssen wir die Damen wohl mal aufsuchen«, sagt Vos. »Sie werden uns höchstwahrscheinlich mehr über Kiki und diesen jungen Mann erzählen können.«

Ich muss an all die Jungen denken, die Kiki geküsst hat. Es sind unzählige. Aber sie hat mir immer alles erzählt. Dachte ich.

»Aber warum hat sie uns Mittwochabend nicht erzählt, dass sie den Jungen kannte?«, frage ich mehr mich selbst als Vos.

»Tja, wer weiß das schon«, brummt Vos. »Vielleicht hat sie ihn nicht mehr erkannt.«

»Aber er wusste offenbar sehr genau, wer Kiki ist«, sagt Rijsterbos grübelnd. »Und dann ist eine Sicherung bei ihm durchgebrannt.«

»Ja, so könnte es gewesen sein.«

»Und seine Freundin ist nicht verdächtig?«

»Nein, sie hat ein Alibi. Ihr Vater, der Fährkapitän ist bei der Reederei Doeksen, hat sie gegen zwölf nach Hause kommen hören. Danach sind sie schlafen gegangen.«

»Mein Gott.« Rijsterbos schüttelt den Kopf, als könne er es noch immer nicht glauben.

»Juno, von dir hätte ich noch gern eine offizielle Aussage zu gestern Abend«, sagt Vos.

Ich nicke. »Äh, ja, natürlich, kein Problem.«

Nicht schlecht, zur Kronzeugin befördert, statt verdächtigt zu werden.

»Noch etwas«, sagt Rijsterbos. »Haben Sie irgendeine Idee, wann wir wieder nach Amsterdam zurückkönnen? Wir gehen alle auf dem Zahnfleisch.«

»Morgen fahren die Fähren wieder, habe ich gehört. Wir haben alle Daten von Ihnen, also können wir uns melden, wenn es nötig sein sollte.«

»Das sind gute Neuigkeiten.«

»Es tut mir sehr leid, dass Sie ohne Kiki nach Hause fahren müssen«, sagt Vos. »Ich wünschte, das wäre anders gelaufen.«

Rijsterbos' Gesichtsausdruck ist bedrückt. »Ich auch. Aber ich bin froh, dass der Fall so angemessen gelöst wurde.«

Sie schütteln sich die Hände.

Vos reicht auch mir die Hand. »Wir kommen morgen früh gegen neun vorbei, um deine Aussage aufzunehmen. Alles Gute!«

Er winkt zum Abschied.

Ich gehe hinter Rijsterbos hinaus. Wir stehen mitten in einer anderen Welt: stürmisch, grau, kalt. Trotz meiner Jacke habe ich eine Gänsehaut. Laut Vos ist Kiki also tot, weil irgendein kurzfristiger Ex ausgeflippt ist. Wenn Kiki neben mir stünde, würden wir uns vor Lachen wegschmeißen. Der Typ hat so trottelig gewirkt. Wahrscheinlich war sie sturzbesoffen, als sie mit ihm rummachte, das kann gar nicht anders sein. Wir hätten ihn lächerlich gemacht, ihn gedemütigt. Aber sie ist tot. Und er ist kein Trottel, sondern ein Mörder.

»Juno?«, höre ich Rijsterbos auf einmal sagen.

Ich schaue ihn an.

Er hat die Hände in den Taschen und starrt mich an.

»Weißt du«, sagt er und seufzt, »vielleicht hätte ich Vos besser anrufen sollen, statt mit dir zur Wache zu gehen. Aber ich dachte, dieses Rad sei wichtig.«

Eine Stille tritt ein.

»Sorry«, sagt er dann. Es klingt, als würde es ihn große Anstrengung kosten.

»Egal«, sage ich. Aber ich denke: Dreckskerl! Meine Wut ist so groß, dass ich es nicht seltsam fände, stünde sie auf meiner Stirn geschrieben. Dreckskerl! Dreckskerl! Dreckskerl!

Rijsterbos merkt es nicht. Er lächelt mir zu, mit seinem bekannten Mir-kannst-du-alles-sagen-ich-bin-dein-Freund-Lächeln. Das ist das Lächeln, weshalb in der Schule alle verrückt nach ihm sind. Ich auch. Aber plötzlich kann ich mir nicht mehr vorstellen, dass er mal mein Lieblingslehrer war.

Lieber bin ich noch mal auf der Fähre bei Windstärke 12 als in der Nähe dieses Typen.

# 18:12 Uhr

## Der Täter

Es ist vorbei. Schluss, *finito*, Ende der Vorstellung. Ich kann aufhören mit der Maskerade.

# SAMSTAG

# 01:49 Uhr

## Anneke

Ich gehe durch die dämmrigen Flure von De Vliehorst, mein Buch unter den Arm geklemmt. Meine Schritte klingen hohl, und ihr Echo hallt durch die stillen Räume. Es ist so eine Nacht, in der man meinen könnte, man sei die einzige lebende Seele auf Erden. Aber das bin ich nicht. Hinter jeder geschlossenen Tür, an der ich vorbeikomme, schlafen Menschen.

Warum können alle schlafen nur ich nicht? Als wir am späten Nachmittag in den Speisesaal gerufen wurden, und Herr Rijsterbos erzählte, man hätte einen Jungen von der Insel verhaftet, der unter Verdacht steht, Kiki ermordet zu haben, konnte ich das unangenehme Gefühl nicht von mir abschütteln, dass da was nicht stimmte. Aber meine Mitschüler störte offensichtlich nichts.

Das Getratsche nahm kein Ende. Plötzlich hörte es sich so an, als sei Kiki selbst schuld, dass sie tot war.

»Hast du es schon gehört?«
»Was?«
»Wer Kiki wahrscheinlich ermordet hat. Ihr Ex!«
»Ihr Ex?«

»Ja, ein Junge, mit dem sie früher mal auf Vlieland herumgeknutscht hat.«

»*Oh my God*. Das hat man davon, wenn man mit der halben Welt rummacht.«

Kiki und der Junge wurden in einem Atemzug verurteilt. Ich konnte es nicht mehr mit anhören und habe das Abendessen ausfallen lassen.

Ich biege um die Ecke. An der Garderobe hängen Dutzende Jacken wie reglose Gespenster. Darunter stehen Schuhe und Stiefel, dreckig vom Vlieländer Schlamm. Geh zurück, Anneke, rede ich mir gut zu, geh ins Bett. Lass los. Aber es ist, als hätten meine Füße ihren eigenen Willen. Und dass ich nicht ...

Abrupt bleibe ich stehen. Ich weiß nicht so genau, warum. Als hätte mein Unterbewusstsein die Notbremse gezogen. Ein wenig unbehaglich schaue ich mich um. Eine Zimmertür, Jacken, ein paar Sportschuhe, grüne Gummistiefel mit Schlamm, Grashalmen und Blättchen. Ich blinzele und schaue noch einmal genauer hin. Grüne Gummistiefel mit Schlamm, Grashalmen und ... violetten Blütenblättern!

Es ist, als würde ich aus dieser Welt driften und zwei Tage in der Zeit zurückgehen. Plötzlich stehe ich wieder bei der Vogelbeobachtungshütte in den Dünen und höre dem Mann von der Forstverwaltung zu. Begeistert erzählte er, dass auf diesem Feld das sehr seltene Sumpf-Läusekraut wachse. Wir sollten uns die Blüten mal genau anschauen. Und das habe ich getan. So gut sogar, dass ich mir hundert Prozent sicher bin, dass es sich bei den violetten Blütenblättern auf diesen Stiefeln um die violetten Blütenblätter des Sumpf-Läusekrauts handelt.

Sollte jemand aus meiner Morgengruppe nicht aufgepasst haben und mitten durch die Pflanzen gelatscht sein? Eine Stimme in meinem Kopf sagt: Geh weiter. Was kümmert es dich, dass jemand diese Pflänzchen platt getreten hat? Aber irgendwas stimmt

nicht. Es summt in meinen Gedanken, wie eine Fliege, die raus möchte. Ich gehe zu den Stiefeln und lese den Namen, der mit schwarzem Filzstift auf dem Innenfutter steht. Plötzlich bekomme ich keine Luft mehr. Diese Stiefel gehören niemandem aus der Morgengruppe, das sind die Stiefel einer Person, die in der Nachmittagsgruppe hätte sein sollen, wenn die nicht wegen Kikis Tod gestrichen worden wäre. Die Blütenblättchen dürfen also gar nicht an diesen Stiefeln kleben, es sei denn ...
Ein Knarren. Ein kalter Luftzug an meinem Nacken. Blitzschnell drehe ich mich um. Im Bruchteil einer Sekunde wird mir klar, dass ich besser die Flucht ergriffen hätte. Ein schwarzer Schatten springt auf mich zu. Etwas Hartes trifft meinen Kopf, ein stechender Schmerz. Und dann wird alles schwarz.

## 02:10 Uhr

## Hauptkommissar Pieter Vos

Die Nacht lastet schwer auf mir, ich kann einfach nicht einschlafen. Stille Zeugen sind die roten Ziffern meines Radioweckers: 02:10 Uhr steht auf dem Display. Seufzend drehe ich mich auf die rechte Seite. Es fühlt sich an, als hätte ich eine Abschlussprüfung abgelegt, wüsste aber noch nicht, ob ich bestanden habe. Und ich habe keine Ahnung, woher dieses Gefühl kommt. Ich müsste Gott auf bloßen Knien dafür danken, dass wir innerhalb von zwei Tagen einen Verdächtigen für den Mord an dem armen Mädchen verhaftet haben. Das ist wirklich ungewöhnlich schnell. Einen schöneren Abschluss für meine Pensionierung hätte ich mir kaum vorstellen können. Aber woher kommt dann diese Unruhe?

Die Ziffern springen auf 02:11. Ich setze mich auf und schwinge die Beine über die Bettkante. Vielleicht sollte ich unten Zeitung lesen oder mir einen Becher heiße Milch machen. Ich schlüpfe in meine Pantoffel und gehe zur Küche. Die Flamme des Durchlauferhitzers leuchtet blau im Dunkeln. Ich knipse das Lämpchen über dem Küchentisch an und setze mich. Das Kühlschrankbrummen gerät ein paarmal ins Stocken, als würde das Gerät den Atem anhalten.

Würde meine Frau noch leben, wäre ich neben ihr im Bett geblieben. Dann hätte ich meine Nase in ihren Haaren vergraben und ihren Duft eingeatmet. Gott, ich vermisse sie so. Meine Hände nehmen das schwarze Notizbuch, das vor mir auf dem Tisch liegt. Ich lasse die vollgeschriebenen Seiten durch die Finger rascheln, die Arbeit von zwei Tagen. Mein Blick huscht über die Aufzeichnungen. Der Fund von Kikis Leiche in den Dünen, die Gespräche mit den Schülern, Bennys stümperhafte Nachforschungen – meine Güte, was muss der Junge noch viel lernen –, das Verhör von Sjoerd Kiemstra, das Gespräch mit Sara, das abrundende ...

Mein Gott. Die Magensäure brennt auf einmal hinten in meiner Kehle. Stand das wirklich da, oder nicht? Schnell blättere ich zurück. Meine Finger zittern, als ich die Aufzeichnungen des Gesprächs mit Sara noch einmal lese. »Wir haben meinen Geburtstag in De Oude Stoep gefeiert ... Sjoerd hat mir Havaianas-Flipflops geschenkt, die goldfarbenen, die wollte ich gerne haben ...«

Ich scanne ein paar Sätze weiter. Wo stand es denn jetzt? Wo habe ich es gesehen? Und plötzlich ist es wieder da. Ein hingekritzeltes Wort, fast nicht lesbar. Während des Gesprächs mit Sara hatte ich nicht darauf geachtet. Es ist überhaupt ein Wunder, dass ich es notiert habe.

»Zu Hause. Wir haben geschlafen ...«

Das sagte Sara, als ich sie fragte, wo sie in der Nacht von Kikis Tod war.

Wir ...

Es hatte mich nicht aufhorchen lassen, ich hatte gedacht, sie meinte ihren Vater, der auch zu Hause war.

Überprüfe immer die Tatsachen, hätte ich zu Benny gesagt. Aber warum habe ich das selbst nicht getan? Sie ist sechzehn. Und sechzehnjährige Mädchen beschränken sich mit ihren Freunden nur selten auf küssen. Also kann das »Wir« auch eine ganz andere

Bedeutung haben. Eine Bedeutung, die alles ändern würde. Warum bin ich so dumm gewesen?

Aber dann hätte Sjoerd doch auch einfach sagen können, dass er bei Sara geschlafen hat?

Nein, du Dummkopf, kapierst du es denn immer noch nicht? Sein Mädchen hätte doch sonst Ärger mit ihrem Vater bekommen. Das Kind ist gerade sechzehn geworden. Wahrscheinlich ist Sjoerd sofort nach seinem Abstecher bei De Vliehorst zu Saras Haus gelaufen. Sie hat ihn heimlich reingelassen.

Das ist ein Alibi, das Sjoerd von jeglichem Mordverdacht gegen Kiki freisprechen würde! Die Magensäure steigt wieder in meinem Hals auf. Ich schlucke. Es muss aber auch nicht stimmen, denke ich. Mit »wir« können noch immer Sara und ihr Vater gemeint sein.

Aber meine Intuition sagt mir, dass ich mich selbst zum Narren halte.

# 02:23 Uhr

# Anneke

Schmerz. Alles in meinem Kopf tut weh. Ich kann den Schmerz sogar sehen; weiße Lichter schießen vor meinen Augenlidern vorbei, als würde es in meinem Hirn blitzen. Warum habe ich solche Schmerzen? Ich kann nicht klar denken. Etwas Warmes streicht über mein Gesicht. Es kitzelt. Aber dann kneift das »Etwas« in meine Wangen und schüttelt meinen Kopf hin und her. Noch mehr Schmerz. Er rollt von vorn nach hinten in meinem Schädel. Ich will mich vor dem Schmerz verstecken, wegrennen.

»Ich weiß, dass du wach bist«, höre ich eine Stimme irgendwo ganz weit weg.

Stille. Hat da wirklich jemand was zu mir gesagt? Oder werde ich gerade verrückt? Der Schmerz kreiselt in meinem Kopf. Ich spüre, dass ich mitgesogen werde.

Und dann ist das »Etwas« wieder da. Es umfasst mein Gesicht und zieht mich aus diesem Strudel aus Schmerz.

»Mach die Augen auf, Anneke. Jetzt!«

Anneke, ja, so heiße ich. Ganz langsam füllt sich mein Kopf mit anderen Erinnerungen. Vlieland. Die Klassenfahrt. Oh nein,

Kiki! Das Wissen um ihren Tod durchfährt mich wieder wie ein Messer. Ein verlassener, dämmriger Flur taucht in meinen Gedanken auf. Warum bin ich dort? Oh ja, ich konnte nicht schlafen. Ich sehe mich, wie ich ein Paar grüne Gummistiefel festhalte. Innen steht ein Name.

Oh mein Gott.

Meine Augenlider klappen auf. Ein grelles Licht brennt auf meine Netzhaut. In einem Reflex will ich meine Augen mit meinen Händen abschirmen, aber das gelingt nicht. Ich sitze auf einem Stuhl und meine Arme sind an die Lehne gefesselt.

OH MEIN GOTT!

Ein schwarzer Schatten erscheint im Licht, wie ein Schemen, der aus dem Nebel auftaucht. Das hier passiert nicht wirklich, denke ich. Es muss ein Traum sein. Gleich werde ich wach, und dann liege ich in meinem Bett. Der Schatten kommt näher. Das grelle Licht verschwindet dahinter und ein Gesicht kommt zum Vorschein. Das Gesicht von Thomas Rijsterbos.

Es waren seine Stiefel!

Ich drehe meinen Kopf weg und presse den Rücken gegen die Stuhllehne.

»Es tut mir leid, Anneke, dass es so laufen muss«, sagt er. »Hast du große Schmerzen?«

Es gelingt mir nicht zu antworten, ich habe zu viel Angst.

»Mir wäre es anders auch lieber gewesen«, spricht er weiter. »Aber du hast immer weitergemacht. Ich musste eingreifen, verstehst du das?«

Ein seltsames Geräusch kommt aus meiner Kehle.

Rijsterbos beugt sich zu mir. Sein Kopf ist nur wenige Zentimeter von meinem Gesicht entfernt. Das Weiß seiner Augen ist fast rosa wegen der vielen geplatzten Äderchen und aus seinem Mund kommt ein säuerlicher Alkoholdunst.

»Es tut mir leid«, sagt er noch einmal.

All meine Muskeln beginnen zu zittern, und mein Magen wird zu einem knallharten Ball.

»H-hilfe«, rufe ich heiser.

Er lächelt. »Das hat keinen Sinn.«

Zittrig atme ich tief ein und schreie so laut ich kann. »Hilfe! Hilfe! Oh, bitte helft mir!«

»Hier hört dich keiner«, sagt er, noch immer lächelnd. »Ich habe dich im Putzraum eingeschlossen, gegenüber von meinem Zimmer. De Vries hat so viel getrunken, dass er im Koma liegt. Und die anderen Zimmer sind zu weit weg von hier.«

»B-bitte«, keuche ich. »Lassen Sie mich gehen.«

»Es tut mir leid, Anneke. Du weißt zu viel. Ich habe eine Familie, an die ich denken muss. Meine Jungs müssen mit ihrem Vater aufwachsen. Weißt du, wie alt sie sind?«

»N-nein.«

»Vier und sieben. Sie bewundern mich. Ich bin die wichtigste Person in ihrem Leben und umgekehrt. Ich habe einfach keine andere Wahl. Sieh es einfach als ein Opfer, das du für einen höheren Zweck bringen musst.«

Opfer? Mein Mageninhalt schwappt in einer Welle nach oben.

»Nein! B-bitte, nein! Ich will nicht s-sterben.«

»Es tut nicht weh, das verspreche ich dir«, sagt er freundlich, als würde er mir einen Riesengefallen tun.

»I-ich werde nichts sagen. Wirklich nicht«, flehe ich. »Lassen Sie mich gehen, bitte.«

Rijsterbos zieht eine Augenbraue hoch. Ich glaube dir kein Wort, sagt sein Blick.

»Anneke, Anneke, du bist doch ein schlaues Mädchen. Glaubst du wirklich, darauf falle ich herein? Ich hätte dich für klüger gehalten.« Er seufzt und schaut auf seine Armbanduhr. »Es hat lange genug gedauert. Ich habe nicht die ganze Nacht Zeit.«

Er dreht sich um. »Mal schauen, was könnte ich benutzen?«

Wie gelähmt starre ich auf seinen Rücken. Er wird mich umbringen! Ich werde sterben!

Rijsterbos kramt in den Reinigungsmitteln herum. Sein Kopf ist hinter einem Schrank verschwunden. Er achtet nicht auf mich. Das ist meine Chance! Mit aller Kraft, die ich noch in mir habe, zerre ich an meinen Armen. Das Seil schneidet tief in meine Handgelenke ein. Etwas Warmes läuft an den Fingern meiner rechten Hand entlang. Blut. Tränen füllen meine Augen, aber ich darf nicht aufgeben. Jetzt oder nie! Ich spanne alle Muskeln an und hänge mich mit vollem Gewicht an meine Arme. Der Schmerz brennt sich durch meine Haut. Aber das Seil gibt keinen Millimeter nach.

Ich lasse den Kopf hängen. Tränen tropfen an meiner Nase entlang und fallen zu Boden. Vor meinen Augen ziehen Bilder vorüber, von früher, als ich noch klein war, von meinen Eltern. Sie waren so stolz, dass ich letztes Jahr bei der Physik-Olympiade mitmachen durfte.

Ich will nicht sterben.

Plötzlich spüre ich, wie sich eine große Ruhe über mich legt, als träte ich aus meinem Körper heraus. Das Chaos in meinem Kopf versickert, meine Angst tritt in den Hintergrund. Ganz langsam steigt eine Idee auf.

Du musst Zeit gewinnen.

Ja, das ist es! Ich muss Zeit schinden, ihm Fragen stellen. Solange er redet, lebe ich noch. Irgendwann muss doch jemand an diesem Putzraum vorbeikommen und dann rufe ich wieder um Hilfe.

»W-warum ist Kiki tot?«, frage ich mit rauer Stimme.

Rijsterbos kommt hinter dem Schrank vor. »Was? Kiki? Was ist mit Kiki?« Er klingt verärgert.

»W-warum ist Kiki tot?«, wiederhole ich meine Frage.

Ein Anflug von Wut zieht über sein Gesicht. »Ist das wichtig?«

Ich zucke die Schultern.

»Kiki ist zu weit gegangen«, schnauzt er. »Sie ist selbst schuld, dass sie jetzt tot ist.«

»Was ist denn passiert?«

Er runzelt die Stirn, und der Blick in seinen Augen wird ein wenig weicher. »Willst du das wirklich wissen?«

»J-ja.«

Bitte, flehe ich ihn in Gedanken an, erzähl es mir. Erzähl mir alles.

Aber dann flammt die Wut in seinem Gesicht wieder auf. »Das werde ich dir nun wirklich nicht auf die Nase binden. Frag Kiki doch selbst, wenn du gleich bei ihr bist.«

# 02:46 Uhr

# Thomas Rijsterbos

Annekes Nasenflügel zittern im schnellen Rhythmus von jemandem, der hyperventiliert. Sie hat Angst. Todesangst. Ich kann ihre Angst sogar riechen, säuerlich, wie alter Hering. Irgendwie empfinde ich Mitleid. Warum ist sie nicht einfach schlafen gegangen, wie alle anderen auch?

Gott sei Dank habe ich Anneke heute Nacht im Auge behalten. Ich hatte also den richtigen Riecher. Oder Glück. Was es auch war, es hat mir jedenfalls Kopf und Kragen gerettet. Um zwölf Uhr kam Anneke aus dem Schlafsaal, das idiotische Buch unterm Arm, mit dem sie schon während der ganzen Klassenfahrt rumläuft. Als wäre sie damit verheiratet. Ich bin ihr in sicherem Abstand gefolgt. Erst hat sie sich zum Lesen in den Speisesaal gesetzt. Nach einer halben Stunde ist sie wieder aufgestanden und fing an, durch De Vliehorst zu laufen. Ziellos, wie es schien. Und dann ist sie plötzlich vor meinem Zimmer stehengeblieben. Lauf weiter, dachte ich, lauf weiter. Aber sie ging schnurstracks auf meine Gummistiefel zu, wie ein Hund auf einen Knochen.

In meinem Kopf begann es zu rauschen, und meine Hände wurden klamm. Was wollte Anneke denn um Himmels willen mit meinen Stiefeln? Ich verstand es nicht. Und dann schaute sie in meinen rechten Stiefel, genau dorthin, wo mein Name steht. In ihrer Haltung veränderte sich etwas. Ihre Schultern krümmten sich, ihr Kopf schoss nervös von links nach rechts. Es war, als könnte ich auf einmal Annekes Gedanken lesen: Sie wusste, dass ich Kiki getötet hatte! Frag mich nicht, warum, aber sie wusste es!

Ein paar Sekunden stand ich wie gelähmt da und starrte ihren Rücken an. Das war's also. Sie läuft sofort zu Rob, Harriet oder Ella, und die rufen die Polizei. Vor meinen Augen sah ich die kleinen Köpfe von Mats und Jesse, ihre Tränen, wenn sie hören würden, dass ich etwas sehr Schlimmes getan habe. Ich konnte ihren Schmerz fast spüren. Und da lebte mein Kampfeswille wieder auf. Nein, es war noch nicht vorbei. Ich konnte immer noch eingreifen. Aber dann musste ich das jetzt schnell und geräuschlos tun. Einen Schlag von hinten auf den Kopf. Sie würde es nicht einmal merken. Und noch wichtiger: Niemand in De Vliehorst würde etwas hören.

Aber jetzt. Jetzt sitzt sie mit großen, angstvollen Augen vor mir, wie ein Reh, das aus Versehen auf der Autobahn gelandet ist und in die Scheinwerfer eines heranbrausenden Lastwagens starrt. Gefühlsmäßig liegt die Sache bei Anneke schon anders als bei Kiki. Kiki hat den Tod verdient. Anneke hat mir eigentlich nichts getan. Noch schlimmer: Ich mag sie sogar. Sie ist eine meiner besten Schülerinnen in der Klasse. Ihr letzter Aufsatz über die Wirtschaftskrise in Griechenland war wirklich außergewöhnlich gut.

Hätte ich doch nie etwas mit Kiki angefangen.

Von dem Moment an, als Kiki in meinen Unterricht kam, habe ich sie nicht mehr aus dem Kopf bekommen. Ihren wunderbaren Körper, diese vollen Lippen. Sie war ein Mädchen in einem Frauenkörper. Eine Lolita. Ich habe Fantasien von ihr gehabt, von ihr geträumt, aber mehr konnte ich mir natürlich nicht erlauben. Im

Unterricht war ich sogar besonders streng zu ihr. Das war ein Ausweg, eine Flucht. Kiki durfte nicht hinter meine Gefühle kommen, koste es, was es wolle. Ich glaube, dass jeder Lehrer in seiner Laufbahn mal eine Schwäche für eine Schülerin entwickelt. Die meisten wahrscheinlich mehr als einmal. Lehrer sind auch nur Menschen. Die Kunst liegt darin, diese Gefühle nicht zuzulassen.

Hätte ich das doch bloß nicht getan.

Es muss ungefähr ein halbes Jahr her sein, dass Kiki nach dem Unterricht plötzlich zu mir kam. Ich tat so, als wäre ich wahnsinnig beschäftigt, aber aus den Augenwinkeln sah ich, wie ihre Brüste sich bei jedem Atemzug unter ihrem engen Pullover hoben und senkten.

»Was gibt's?«, fragte ich so neutral wie möglich.

Ein paar Sekunden blieb es still. Und dann sagte sie mit ihrer heiseren, etwas schweren Stimme: »Könnten Sie mir nach dem Unterricht vielleicht Nachhilfe geben? Ich will so gern runter von dieser bescheuerten Fünf in Niederländisch.«

Sie stellte sich noch etwas dichter neben mich. »Wissen Sie ...« Stille. »Wissen Sie, ich würde wirklich alles dafür tun.«

Alles.

Ich hätte natürlich Nein sagen müssen. Ich hätte sie mit einem Scherz wegschicken müssen. Aber das tat ich nicht. Ich machte mir vor, es sei sehr mutig von ihr, mich um Hilfe zu bitten. Und dass ich ihr wirklich helfen wollte. Die Schulleitung gestattet es Lehrpersonen nicht, die Schuleinrichtungen nach dem Unterricht für Privatzwecke zu nutzen, worunter auch Nachhilfe fällt. *Lucky me.* Also habe ich mich mit Kiki bei mir zu Hause getroffen. An einem Tag, an dem meine Frau in der Stadt war und Mats und Jesse in der Nachmittagsbetreuung.

Ich erinnere mich noch an jede Einzelheit dieses Nachmittags. Die Kleidung, die Kiki anhatte, die Ohrringe, die sie trug, der süße Duft, der sie umgab. Wir haben erst eine halbe Stunde Textanalyse geübt. Während Kiki sich abmühte, konnte ich sie heimlich betrachten. Sie war so unwahrscheinlich schön, wie sie da an unserem Küchentisch saß, die langen blonden Haare wie ein Schleier vor ihrem Gesicht.

Nach einer halben Stunde legte ich eine Pause ein. Ein Glas Wasser wollte sie, also ging ich, es ihr zu holen. Ich hatte nicht mitbekommen, dass sie sich hinter mich stellte. Als ich mich von der Anrichte umdrehte, stießen wir zusammen. Ich weiß nicht mehr, wer wen zuerst küsste. Aber wir waren nicht mehr zu halten, wie Sekt, der aus der Flasche sprudelt, wenn der Korken herausknallt.

Wir sind in mein Zimmer gegangen, halb küssend, halb über die Stufen stolpernd. Mein Gott, was hatte sie für einen herrlichen Körper. Und sie war schamlos, so ganz anders als meine Frau. Annabel und ich sind sicher schon ein paar Jahre nicht mehr miteinander intim gewesen. Ihre Stimmungsschwankungen ersticken jede Form von Leidenschaft. Ich hatte mich in mein Schicksal gefügt, mich der Situation angepasst, wie eine Pflanze, die zu wenig Wasser bekommt zum Wachsen, aber zu viel zum Sterben.

Mit Kiki blühte ich wieder auf. Ich sog ihre sprühende Persönlichkeit ein, ihre Energie, ihre Jugend. Ich fühlte mich wieder wie zwanzig. Irgendwo im Hinterkopf wusste ich, dass ich mich zu weit mitreißen ließ, dass ich mit dem Feuer spielte. Aber Kiki machte süchtig. Das Gefühl, wieder zu leben, machte süchtig. Nach diesem ersten Nachmittag sahen wir uns bestimmt zweimal die Woche.

Und dann war es auf einmal vorbei. Vor zwei Wochen hat Kiki mir einfach so mitgeteilt, sie wolle mich nach der Schule nicht mehr sehen. Sie hätte andere Prioritäten, so formulierte sie es. Und sie fand, auf körperlicher Ebene passten wir nicht zusammen. Wie einen miesen Junkie behandelte sie mich. Aber das war noch nicht das Schlimmste. Sie sagte auch, sie würde alles meiner

Frau erzählen. Der Blick in ihren Augen war eiskalt. Es machte ihr gar nichts aus, überhaupt nichts! Wie konnte sie nur. Das wäre der Gnadenstoß für meine Ehe, das Ende meines Familienlebens mit Mats und Jesse gewesen. Mir war, als sähe ich zum ersten Mal die echte Kiki. Eine Schlange in einem wunderschönen Körper. Eine Hexe. Eine Teufelin.

Ich geriet in Panik, als läge eine Schlinge um meinen Hals, und ich bekäme keine Luft mehr. Ich habe Kiki angefleht, es meiner Frau nicht zu sagen. Ich würde alles dafür tun. Was sie nur wollte. Wie eine professionelle Schauspielerin mit einem perfekten Timing ließ sie mich ein paar Sekunden zappeln. In diesen paar Sekunden sah ich mein Leben in sich zusammenfallen. Und dann zog Kiki die Schlinge um meinen Hals noch fester. Sie werde ihren Mund halten, sagte sie, unter einer Bedingung: dass ich ihr am nächsten Tag 400 Euro gäbe. Ich habe bezahlt, was sollte ich sonst machen?

Eine Woche blieb es ruhig. Ich wagte wieder freier zu atmen, glaubte mit einem blauen Auge davongekommen zu sein. Bis ich letzte Woche eine SMS von Kiki bekam. Sie wollte mehr Geld. 5000 Euro dieses Mal. Ich sollte es nach Vlieland mitnehmen. Da wurde mir klar, dass ich Kiki nie wieder loswerden würde, dass ich den dümmsten Fehler meines Lebens begangen hatte. Ich war zu Kikis Marionette geworden, und sie konnte so fest an den Schnüren ziehen, wie sie nur wollte.

Ich bin zur Bank gegangen und habe 5000 Euro von meinem Sparbuch abgehoben. Das Geld war für die Ausbildung von Mats und Jesse gedacht. Schon seit Jahren spare ich für meine Jungs. Und jetzt musste ich fast alles auf einmal abheben. Tschüss Erspartes. Tschüss Zukunft. Gott sei Dank regele ich bei uns zu Hause die Finanzen, die Wahrscheinlichkeit, dass meine Frau je dahinterkäme, war also gering.

Auf der Fähre nach Vlieland bekam ich wieder eine SMS von

Kiki. Sie wollte das Geld schon an diesem Abend haben. Ich sollte es ihr um zwei Uhr nachts in einem geschlossenen Umschlag geben. Sie würde am Eingang von De Vliehorst stehen. Die Situation entglitt mir. Was, wenn jemand uns dort sähe? Ein Schüler – oder noch schlimmer: ein Lehrer! Dann konnte ich es echt vergessen. Auf Google Maps suchte ich nach einem anderen Treffpunkt. Ganz Vlieland habe ich mir von oben angeschaut. Bis ich auf dem Satellitenfoto ein kleines Gebäude in den Dünen fand, weit weg von allem und jedem. Die Vogelbeobachtungshütte Dodemansbol. Das war der perfekte Ort. Ich habe Kiki eine SMS geschickt, in der ich sie um ein Treffen dort bat. Erst wollte sie nicht, die Schlampe. Erst als ich ihr simste, sie würde vermutlich von der Schule fliegen, wenn uns jemand sähe, stimmte sie zu. Gott sei Dank.

In dieser Nacht habe ich gewartet, bis es in De Vliehorst ruhig wurde. Erst kamen die Schüler einer nach dem anderen aus dem Dorf zurück. Danach stolperte ein total besoffener Rob in unser Zimmer. Ich hatte ihn draußen mit Ella gesehen. Er hatte versucht, sie zu küssen und ihre Brüste anzufassen. Aber das war ihr ganz offensichtlich gegen den Strich gegangen. Sie hatte ihn geschlagen und gekratzt, bis er endlich aufhörte. Wenn ich selbst nicht so in Schwierigkeiten gesteckt hätte, hätte ich darüber lachen können. Idiot. Der Zwischenfall kann ihn seine Karriere kosten. Bleibt zu hoffen, dass Ella den Mund hält.

Als alle schliefen, habe ich mich rausgeschlichen. Rob lag zum Glück noch im Saufkoma. Es war gar nicht mal so leicht, an einen Fahrradschlüssel zu kommen. Mein eigener Schlüssel steckte nämlich in der Hosentasche meiner Jeans, aber die konnte ich im Dunkeln nicht finden. Und natürlich konnte ich kein Licht anmachen, sonst wäre Rob wach geworden. Zum Glück lag der große Umschlag mit den Reserveschlüsseln auf dem Schreibtisch. Nach ein paar Minuten Suchen dachte ich, meine eigene Schlüsselnummer gefunden zu haben. Draußen stellte sich heraus, dass das nicht stimmte. Ich hatte keine Lust mehr, noch einmal zurückzugehen. Dann musste eben das Rad von jemand anderem herhalten. Und wen störte es schon? In einer Stunde würde es doch wieder an seinem Platz stehen. Zumindest dachte ich das zu dem Zeitpunkt noch ...

An die Fahrt durch die Dünen kann ich mich kaum erinnern. Ich weiß nur noch, dass ich gegen einen stürmischen Wind kämpfen musste, der mir knallhart ins Gesicht blies und mir den Atem nahm. Erst bei der Vogelbeobachtungshütte sind meine Erinnerungen wieder glasklar. Ich hatte mich verspätet, Kiki war schon da. Sie stand mit dem Rücken zu mir. Weil der Wind so brüllte, konnte sie mich nicht hören. An ihrer Haltung konnte ich erkennen, dass sie verärgert war, wahrscheinlich, weil ich ein paar Minuten zu spät dran war. Ich glaube, das war der Moment, in dem eine Sicherung bei mir durchbrannte.

Eine seltsame Ruhe überkam mich. Alles Rauschen in meinem Kopf stoppte. Nur ein Gedanke blieb übrig: Ohne Kiki sind all meine Probleme gelöst. Ich spürte, wie meine Muskeln sich anspannten und mein Atem sich beschleunigte. **Ohne Kiki sind all meine Probleme gelöst.** Meine Beine bewegten sich wie von selbst, und meine Hände taten etwas, was ich nie für möglich gehalten hätte: Sie schlossen sich um Kikis Hals. Ich war ein Zuschauer, der mit ansah, wie Kiki um ihr Leben kämpfte. Und es verlor. Innerhalb weniger Sekunden war es vorbei.

Ich schaue zu Anneke. Derselbe Gedanke wie bei Kiki steigt auf: **Ohne Anneke sind all meine Probleme gelöst.** Plötzlich sehe ich nicht mehr das Mädchen aus meinem Unterricht vor mir. Ich sehe nur noch ein Hindernis, das zwischen mir und meinen Jungs steht. Schade, aber an dieser Stelle wird es für Anneke zu Ende gehen.

## 02:52 Uhr

## Hauptkommissar Vos

De Vliehorst ist ein dunkler Bunker. Nirgendwo brennt Licht. Ich läute. Die Klingel heult wie eine Polizeisirene: ohrenbetäubend. Ich warte eine Minute. Keiner kommt.
Natürlich kommt keiner, es ist zehn vor drei mitten in der Nacht.
Ich wische mir die Regentropfen aus dem Gesicht. Verdammt, was mache ich hier eigentlich? Ich bin wohl verrückt hierherzukommen, im Schlafanzug und einer schnell übergestreiften Regenjacke. Aber mein Bauchgefühl sagte mir, ich hätte keine Zeit zu verlieren.
Und jetzt? Ich schaue mich um. Mein Blick fällt auf einen großen Stein im Gras. Wenn der Berg nicht zum Propheten kommt, muss der Prophet zum Berg gehen.
Mit großen Schritten laufe ich zum Rasen.

# 02:53 Uhr

# Anneke

Plötzlich verändert sich etwas in Rijsterbos' Blick. Seine Pupillen werden kleiner, das Braun seiner Iris wird fast schwarz. Sein Blick huscht hungrig über mich.

Das ist der Blick eines Mörders. Von Kikis Mörder.

Angst beißt sich in meinem Körper fest. Ich fange an zu zittern, als wäre mir plötzlich furchtbar kalt.

»Neeeeeiiiin!«, rufe ich so laut, dass es mir fast die Stimmbänder zerreißt.

»Psssst!«, sagt Rijsterbos lächelnd. Er kommt auf mich zu, ganz ruhig.

»Du brauchst keine Angst zu haben.« Mit einer Hand hält er meinen Hinterkopf.

»Nein! Nein! Nein!« Ich versuche, meinen Kopf frei zu bekommen, aber es ist, als steckte ich in einem Schraubstock.

Rijsterbos' Finger streicheln durch meine Haare. »Du wirst fast nichts davon merken«, sagt er beschwichtigend. »Und weißt du, Anneke, wirklich glücklich warst du auch nicht in der Schule. Es ist besser so. Für alle.«

»Bitte«, keuche ich. »Bitte.«

Er legt seine andere Hand über meinen Mund und meine Nasenlöcher. Voller Panik öffnet sich mein Mund und will atmen, aber das gelingt nicht. Rijsterbos presst seine Hand nur noch fester auf mein Gesicht. Meine Zunge klebt an seiner Hand.

»Ich sorge dafür, dass du eine schöne Gedenkfeier bekommst«, sagt Rijsterbos. »Das verspreche ich dir.«

Verzweifelt reiße ich an dem Seil an meinen Armen. Gott, bitte, bitte, lass mich nicht sterben!

»Aber Mädchen«, sagt er fast liebkosend. »Es geht schneller, wenn du mitarbeitest.«

Alles in meinem Körper schreit nach Sauerstoff. Ich habe überall Schmerzen. Schreckliche Schmerzen, scharf wie Stacheldraht.

»Gut so«, höre ich ihn murmeln. »Entspann dich nur.«

Meine Muskeln beginnen unkontrolliert zu zucken. Mein Körper unternimmt noch einen letzten verzweifelten Versuch, krampft sich ein letztes Mal zusammen, um an Sauerstoff zu gelangen. Um diesen furchtbaren Schmerz loszuwerden.

Ein seltsamer Laut.

Bin ich das?

Und dann ist der Schmerz auf einmal weg.

## 02:56 Uhr

## Tony

Ein schrilles Klingeln. Ich federe hoch. Orientierungslos spähe ich ins Stockdunkel. Wo bin ich? Mein Herz schlägt bis zum Hals, und ich habe einen trockenen Mund. Dann weiß ich es plötzlich wieder. Ich liege in einem Etagenbett. Auf Vlieland. In De Vliehorst. Aber woher kam dann dieses Geräusch? Es klang, als würde Glas zerbrechen. Ich lausche angespannt, aber jetzt herrscht wieder Totenstille. Ich höre überhaupt nichts, bis auf die ruhigen Atemzüge von Floris.
 Na toll. Jetzt bin ich hellwach, als hätte ich eine Linie geschnupft. Ich schwinge die Beine über die Bettkante. Es gibt zwei Möglichkeiten: Entweder ich rauche draußen eine Kippe oder ich klaue ein paar Bierchen aus dem Lehrerkühlschrank. Oder du machst beides.
 Rücklings klettere ich die Leiter hinunter. Ich komme mir vor wie ein Opa mit Rheuma, so steif fühlen sich meine Beine an. Tastend suche ich nach meinem Trainingsanzug und den Turnschuhen. Schnell ziehe ich alles an und fühle über die Tasche meiner Jacke. Kippen, okay. Handy, okay.
 Ich schlüpfe auf den Flur. Was für ein geiler Klassenausflug. Ich

habe mehr Lappen verdient als nach einer Woche Arbeit bei meinem Vater. Lotte hat mir das Geld heute Mittag gegeben. An ihren Augen sah ich, dass sie stinksauer war. Sie versuchte noch, mich umzustimmen und an mein Mitgefühl zu appellieren. Sie hätte den Geldbeutel gestohlen, weil sie das Geld so dringend bräuchte, sie wollte sich neue Kleidung dafür kaufen, und das wäre so wichtig, weil sie sonst nicht dazugehörte, blabla. Ich verstehe das schon. Lotte sieht immer aus wie eine plumpe Bäuerin. Aber dann hätte sie eben besser aufpassen müssen, als sie Floris' Geldbeutel klaute. Regel Nummer eins, wenn du Dinge stiehlst: Sorge dafür, dass dich keiner dabei sieht. Und nun hatte sie auch noch Pech, dass ich es war, der es zufällig sah. Pech für Lotte. Gut für mich.

Und außerdem – Mitleid brauche ich nun wirklich nicht mit Lotte zu haben. Sie ist selbst ein Miststück. Als ich Mittwochnacht von De Oude Stoep nach De Vliehorst zurückkam, hörte ich zufällig, wie sie draußen mit ihrem Vater telefonierte. Sie war total außer sich. Mann, ich dachte, sie würde ersticken, so sehr heulte sie. Natürlich habe ich kurz gelauscht, worum das Gespräch ging. Es hatte irgendwas mit einem Musical zu tun. Und dass Kiki die Rolle nicht mehr haben dürfte. Wenn ich es richtig verstanden hatte, wollte Lotte, dass ihr Vater Kiki aus der Musicalgruppe warf. Ja, vor Onkel Tony gibt es keine Geheimnisse.

Jetzt muss ich nur noch dafür sorgen, dass Milan löhnt. Er hätte mir vor sechs Uhr heute Abend das Geld geben sollen. Aber ich habe noch keinen Cent gesehen. Er wird mich doch nicht ein zweites Mal verarschen wollen? Vielleicht sollte ich Milan morgen kurz daran erinnern, dass es ernst ist. Er muss kapieren, dass man mich nicht aufs Kreuz legt.

Ich biege rechts ab, in Richtung Außentür und Speisesaal. Wie viele Flaschen kann ich wohl aus dem Kühlschrank mitgehen lassen, ohne ... He, warte mal. Was liegt da, dort, etwas weiter hinten im Flur? Ich kneife meine Augen zu Schlitzen zusammen.

Es ist rechteckig und nicht allzu groß. Aber es ist zu dunkel, um sehen zu können, was es ist.

Neugierig gehe ich weiter. Vielleicht ist es eine Tasche. Oder ein Laptop. Einen Laptop könnte ich verkaufen. Mit ein bisschen Glück bekäme ich 150 Euro dafür. Es ist fast eine Enttäuschung, als ich sehe, dass es ein Buch ist. Ich bücke mich und hebe es auf. *Eine kurze Geschichte der Zeit* von Stephen Hawking. Ist das nicht das Buch über die Neutrinodinger, das Anneke gerade liest? Aber warum liegt es hier? Ich schaue mich um, als würde ich erwarten, dass Anneke hier irgendwo steht. Doch der Flur ist verlassen. Ich zucke die Schultern und stecke mir das Buch hinter das Gummiband meiner Trainingshose. Anneke bekommt es morgen zurück.

Ich will weitergehen, als ich plötzlich etwas Seltsames sehe: Einen Lichtstreifen unter einer Tür, auf dem mit Klebebuchstaben PUTZRAUM steht. Ob jemand vergessen hat, das Licht auszumachen? Aber dann höre ich etwas. Einen komischen, röchelnden Laut, als würde jemand mit Wasser gurgeln. Bingo! In dem Raum sind Leute, ganz sicher! Vielleicht fickt da drin jemand heimlich? In meinem Kopf nimmt die Idee Gestalt an. Ich sehe Bilder von Rob de Vries, der Ella von hinten nimmt. Ich habe gesehen, wie er sie belauert. Ich lächele. Was für ein Glück, dass ich hier zufällig vorbeigekommen bin, was für ein Wink des Schicksals. Wo heimlich gebumst wird, ist Geld zu verdienen. Schweigegeld.

Ich angele mein Handy aus der Tasche, halte es vor mich und schalte schon mal die Kamera ein.

»Klappe, die erste«, murmele ich und reiße die Tür auf.

## 02:59 Uhr

## Anneke

Sterne. Überall sind Sterne. Ich kann sie fast anfassen, so nah sind sie. Das Dunkel, das mich umgibt, ist weich wie Samt. Es fühlt sich an, als wäre ich endlich zu Hause. Hier gehöre ich hin. Irgendwo, ganz weit weg, erinnere ich mich noch an Fetzen von einem schrecklichen Schmerz. Ich konnte nicht mehr atmen ...
Pssst, beschwichtige ich mich selbst, nicht daran denken, es ist nicht mehr wichtig.
Die Schwärze zieht mich an, nimmt mich mit. Erinnerungen fallen aus meinem Kopf wie Bücher aus einem Regal. Gleich weiß ich nichts mehr. Das ist eine Erleichterung. Der Strom wird stärker. Ich werde immer schneller. Die Sterne bewegen sich mit mir.
Schließlich haben wir alle dasselbe Ziel.
Und dann gellt plötzlich eine laute Stimme durch die Finsternis.
»Anneke!«
Der Weltraum bricht auf. Die Sterne zerfallen. Ich beginne zu fallen. Verzweifelt versuche ich, mich irgendwo festzuklammern. Ich will hier nicht weg! Ich will hierbleiben!
Ein fester Schlag.
Ich schnappe nach Luft.

## 03:04 Uhr

## Tony

Die vergangenen Minuten waren die seltsamsten in meinem bisherigen Leben. Ich hatte die Tür zu diesem Putzraum aufgerissen – und was ich dann sah ... Mann, meine Beine zittern noch immer. Ein Horrorfilm ist nichts dagegen.

Thomas Rijsterbos stand über Anneke gebeugt. Erst verstand ich es nicht. Hatten Rijsterbos und Anneke was miteinander? Ein Schauer lief mir über den Rücken, so fies fand ich die Vorstellung. Aber dann sah ich Dinge, die nicht stimmten. Annekes Körper hing so komisch schlaff. Und es sah so aus, als wären ihre Arme hinter ihrem Rücken festgebunden.

*What the fuck?*

Rijsterbos ließ Anneke los. Wie bei einer Stoffpuppe klappte ihr Oberkörper vornüber.

»So, so, Tony, es ist bestimmt besser, wenn du mir dein Handy gibst.« Er kam auf mich zu.

Ich blieb einfach nur dort stehen, wie eine Salzsäule. Es war, als hätte ich einen Kurzschluss im Gehirn. Er hätte mich auch ermorden können.

Und dann tauchte plötzlich Vos neben mir auf, im Schlafanzug und einer Regenjacke. Träumte ich? Oder passierte das wirklich? Vos sprang nach vorn und verpasste Rijsterbos einen Haken mitten ins Gesicht. Der war k. o.

»Setz dich neben ihn und behalte ihn im Auge«, herrschte Vos mich an, während er zu Anneke stürzte. Und da hocke ich jetzt.

Ich traue mich nicht, Rijsterbos anzufassen. Ich kann nur hinschauen. Schauen, wie er mit blutender Nase am Boden liegt. Und wie Vos wie ein Irrer auf Annekes Brustkasten herumdrückt.

Ob es viel hilft, weiß ich nicht. Annekes Augen sind zum Himmel gedreht, und auf ihren Lippen ist Schaum. Beim Metzger habe ich mal den Kopf einer toten Kuh hängen sehen, der sah genauso aus. Mein Magen dreht sich um.

Vos schlägt Anneke ins Gesicht. »Anneke!«, brüllt er. »Verdammt, Anneke! Bitte!«

Schnell schaue ich in eine andere Richtung. Ich atme tief ein und wieder aus. Luft strömt in meine Lungen, drückt meinen Mageninhalt wieder in die Speiseröhre hinunter.

»Ruf 112 an!«, bellt Vos plötzlich.

Ich starre ihn an, als wäre ich besoffen. Vos' Worte kommen von ganz weit weg. Ich gebe mir große Mühe, ihn zu verstehen.

»112?«, frage ich heiser.

»Ja, verdammt, 112! Den Notruf! Jetzt!«

»Aber ... Aber ... Aber, ist sie tot?«

»Nein, sie lebt noch.«

# DIENSTAG

## 10:37 Uhr

## Anneke

Die Sonne scheint durch die Lamellen der Jalousie und wirft lange, gestreifte Schatten auf den Boden, wie Gitterstäbe in einem Gefängnis. Um halb zwölf kommen meine Eltern mich abholen, und dann darf ich nach Hause. Drei Tage habe ich hier gelegen.

Von der Reise ins Krankenhaus habe ich nur Bruchstücke in Erinnerung. Das Geräusch der Rotorblätter, Vos, der rief: »Halt die Ohren steif!« Auf einer Trage wurde ich in den Hubschrauber gehoben. Und dann flogen wir los, in den tiefschwarzen Himmel hinein. Ich weiß noch, wie verzweifelt ich mich danach sehnte, die Sterne wiederzusehen. Aber sie waren hinter einer dicken, schwarzen Wolkendecke verborgen. Der Hubschrauber landete auf dem Krankenhausdach. Ich wurde herausgetragen. Überall waren Menschen. Ich schaute sie an, ich sah sie, aber doch fühlte ich mich einsamer als je zuvor.

Die Dinge, an die ich mich noch von der restlichen Nacht erinnere: meine Eltern, die weinend auf mich warteten. Eine Infusion. Die kühlen Laken im Krankenhausbett. Ein Arzt, der auf meiner Bettkante saß und sagte, ich sei ein paar Minuten ohne Sauerstoff gewesen, aber wahrscheinlich werde es keine bleibenden Schäden geben. »Du hast unglaubliches Glück gehabt«, sagte er. Aber warum fühlt es sich dann nicht so an?

Heute Morgen wurde ich um sieben Uhr von einer Krankenschwester geweckt, die meinen Blutdruck und die Temperatur maß. »Gleich darfst du nach Hause«, sagte sie lächelnd. »Freust du dich nicht?« Sie klang wie eine Reiseleiterin. Nein, wollte ich sagen, ich freue mich nicht. Ich habe schreckliche Albträume. Panikattacken. Aber die Krankenschwester eilte schon wieder weiter, bevor ich auch nur ein Wort herausbringen konnte.

Nynke hat mich besucht, als Einzige aus der Klasse. Sie wollte wissen, wie es mir ging. Ich sah ihr an, dass sie es ehrlich meinte. Die Scham kroch von meinen Zehen bis ganz nach oben. Dass ich ausgerechnet Nynke verdächtigt hatte. Ich habe ihr alles gebeichtet. Sie musste weinen, als ich ihr das von Kikis Armband erzählte.

»Ich habe es ihr aus dem Kulturbeutel gestohlen, an dem Abend, als sie mit Milan rumgemacht hat«, sagte Nynke. »Ich war so furchtbar wütend auf sie. Und ich wusste, wie wichtig dieses goldene Armband für sie war. Zufällig hatte sie es an diesem Abend nicht umgelegt, weil es nicht so gut zu ihrem silbernen Top passte.«

So viele Geheimnisse. Es scheint, als wäre der Aufenthalt auf Vlieland eine einzige große Lüge gewesen. Nynke erzählte auch noch, sie hätte gehört, dass Milan und Kiki zusammen rausgegangen wären, nachdem sie sich geküsst hatten in de Oude Stoep. Milan dachte, Kiki fände ihn wirklich nett. Aber Kiki wollte nur das Geld, das er ihr versprochen hatte. Als er sie wieder küssen wollte, hat sie ihm mit einem Ast eins übergezogen. Das erklärte auch den Schnitt auf seiner Stirn, den ich gesehen habe. Kiki ist danach wieder reingegangen, um Juno zu suchen, und dann sind sie zusammen zu De Vliehorst zurückgelaufen. Milan traute sich nicht, dort aufzukreuzen, und hat sich erst gegen drei wieder ins Haus geschlichen. Rob de Vries war so betrunken, dass er Milans Fehlen nicht bemerkt hatte.

»Weißt du«, vertraute Nynke mir an. »Ich wünsche, Kiki hätte ihn wirklich nett gefunden. Aber sie hat es nur wegen des Geldes getan. Für 75 Euro hat sie mich ...« Sie zögerte kurz. »Hat sie mich eiskalt fallen lassen.«

Nynke erzählte mir auch noch, dass Thomas Rijsterbos alles gestanden hat. Offenbar ist er *das* Gesprächsthema an der Schule. Kaum einer kann glauben, dass er Kiki ermordet und danach auch noch versucht hat, mich umzubringen.

Nach einer halben Stunde stand Nynke auf. »Bis bald, ja? Wir sehen uns in der Schule.«

»Ja«, murmelte ich und schaute schnell in eine andere Richtung.

Ich gehe nicht mehr zurück in diese Schule. Ich habe mich dort nie wohl gefühlt. Wahrscheinlich weiß keiner, dass ich dort nie wieder auftauchen werde. Ich wusste zwar, dass ich anders war, aber das habe ich noch nie so stark empfunden wie in den letzten Tagen.

Ein Piepen. Ich nehme mein Handy vom Nachtschränkchen. Wahrscheinlich eine SMS von meiner Mutter. Ich bin sechzehn, und die Einzige, die mir eine SMS schickt, ist meine Mutter. Ich hätte genauso gut sterben können. Auf dem Display meines Handys sehe ich eine SMS von einer unbekannten Nummer. Ich öffne die Nachricht.

Hi Anneke, ich habe noch dein Buch über die Neutrinodinger. Soll ich es dir heute Abend zur Besuchszeit mitbringen?
Tony

Ein paar Sekunden lang starre ich auf das Display. Eine SMS von Tony? In der Schule hat er noch nie ein Wort mit mir gewechselt.

Das verwirrt mich. Ganz kurz weiß ich nicht, was ich machen soll. Dann fange ich an zu lachen. Es ist bestimmt eine Woche her, seit ich mein eigenes Lachen gehört habe.

Okay, simse ich schnell zurück, bevor ich es mir anders überlege.

# Wer ist wer?
## Eine Übersicht der Hauptpersonen

### Die Mädchen

Kiki, 17 Jahre
Das bekannteste Mädchen der Schule. Befreundet mit Nynke und Juno. Wegen ihrer großen Klappe und ihres rücksichtslosen Verhaltens nicht bei jedem beliebt.

Juno, 17 Jahre
Will nach der Abschlussprüfung zur Schauspielschule. Hat zu ihrer großen Enttäuschung nicht die Hauptrolle im Schulmusical bekommen.

Nynke, 17 Jahre
Ist schon seit Jahren in Milan verliebt, aber diese Liebe ist bislang unerwidert geblieben.

Lotte, 16 Jahre
Kürzlich erst nach Amsterdam gezogen. Wurde auf ihrer alten Schule gemobbt. Möchte unbedingt, dass Kiki ihre Freundin bleibt.

Anneke, 16 Jahre
Einzelgängerin, hat Schwierigkeiten, in der Klasse Anschluss zu finden. Liest viel und ist an allem interessiert, was mit dem Weltraum zu tun hat.

## Die Jungen

Floris, 17 Jahre
Hat reiche Eltern. Hat auf Vlieland seinen Geldbeutel mit 300 Euro verloren.

Milan, 17 Jahre
Schläft mit Tony und Floris in einem Zimmer. Schließt am ersten Abend auf Vlieland mit Tony eine Wette ab: Wer Kiki abschleppen kann, kriegt 150 Euro.

Tony, 17 Jahre
Typ Straßengangster. Will um jeden Preis die Wette mit Milan gewinnen.

## Die Lehrer

Rob de Vries, 44 Jahre
Sportlehrer. Unverheiratet. Sehr an Frauen interessiert.

Ella Bruins, 31 Jahre
Englischlehrerin. Unverheiratet. Hat erst vor Kurzem an dieser Schule angefangen.

Harriet Aarsman, 56 Jahre
Biologielehrerin. Wohnt auf einem Bauernhof in Amsterdam-Nord.

Thomas Rijsterbos, 38 Jahre
Niederländischlehrer. Verheiratet mit Annabel, 2 Kinder: Jesse und Mats

## Die Inselbewohner

Frank Berendschot, 47 Jahre
Fährkapitän bei der Rederei Doeksen. Witwer. Hat eine Tochter, Sara.

Pieter Vos, 64 Jahre
Hauptkommissar der Polizei Vlieland. Witwer und fast pensioniert.

Benny Jongstra, 24 Jahre
Frisch von der Polizeischule und Polizist bei der Polizei Vlieland.

# Nachwort

Ich bin selbst ein einziges Mal auf Vlieland gewesen. Die Überfahrt zur Insel war grässlich: Es stürmte, und wie Juno dachte ich, die Fähre würde kentern. Das ist (natürlich) nicht passiert, aber die Angst, die ich damals verspürt habe, wurde zum Anfang von *Schnick, schnack, tot*. Alle anderen Ereignisse und Personen in dieser Geschichte sind frei erfunden. De Vliehorst und De Oude Stoep gibt es wirklich, aber ich bin noch nie dort gewesen. Wahrscheinlich sind beide Örtlichkeiten in Wirklichkeit um einiges netter!

**Mel Wallis de Vries**, geboren 1973, ist in den Niederlanden eine sehr bekannte Autorin, deren Bücher sich nicht nur regelmäßig auf den Bestsellerlisten wiederfinden, sondern die auch immer wieder mit Preisen ausgezeichnet werden. *Da waren's nur noch zwei* und *Schnick, schnack, tot* wurden die Auszeichnungen der Jungen Jury als das »Beste Buch der Niederlande« 2012 bzw. 2014 verliehen. Die spannenden Romane der Autorin werden von Jugendlichen wie Erwachsenen gleichermaßen gern gelesen.

## Wer ist der Typ mit dem Krähentattoo? Inci ermittelt

Brigitte Glaser
KRÄHENSOMMER
Incis erster Fall
256 Seiten
ISBN 978-3-8466-0008-5

Vor Jahren hat Inci Mo, ihren ehemals besten Freund, aus den Augen verloren.
Mo, der sich genau wie sie das Tattoo einer Krähe stechen ließ, als Erinnerung an einen ganz besonderen Sommer.
Schwarze Tinte unter blasser Haut. Auf einem Fahndungsfoto begegnet Inci dem Krähentattoo wieder. Es ist der erste Tag ihrer Ausbildung zur Kommissarin. Ihr großer Traum ist es, Kriminelle zu jagen. Doch was tun, wenn man den Verdacht hat, dass der ehemalige Freund nun ein brutaler Dieb ist? Inci fängt an, auf eigene Faust zu ermitteln ...

one by Lübbe

# Vier Freundinnen – eingeschneit und abgeschnitten

Mel Wallis de Vries
DA WAREN'S NUR NOCH ZWEI
Thriller
Aus dem Niederländischen von
Verena Kiefer
288 Seiten
ISBN 978-3-8466-0016-0

Kurz vor Weihnachten: Die vier Freundinnen Kim, Feline, Abby und Pippa möchten zusammen ein paar Tage Urlaub machen. Doch kaum sind sie in dem einsam gelegenen Ferienhaus angekommen, fängt es an zu schneien – und hört nicht mehr auf. Die vier sitzen fest, das nächste Ferienhaus ist kilometerweit entfernt und das Mobilfunknetz funktioniert nicht mehr. Auf engstem Raum werden die Spannungen zwischen den Mädchen immer deutlicher, denn jede von ihnen hat etwas zu verbergen. Als sie Spuren im Schnee entdecken, kommt die Angst auf, dass jemand sie beobachten könnte. Dann verschwindet die erste von ihnen ...

one by Lübbe

*Wem kann man trauen, wenn nicht der besten Freundin?*

Elizabeth Woods
BÖSE, BÖSE
256 Seiten
ISBN 978-3-8466-0026-9

Cara hat es nicht leicht. In der Schule ist sie eine Außenseiterin. Besonders Sydney und Alexis haben es auf sie abgesehen. Umso schmerzlicher vermisst Cara ihre ehemals beste Freundin Zoe, die weggezogen ist. Doch plötzlich steht Zoe wieder vor ihrer Tür – und stellt mit ihrer Energie Caras Leben komplett auf den Kopf! Sie verpasst ihr einen neuen Look, gibt ihr neues Selbstbewusstsein – endlich hat Cara wieder jemanden, dem sie ihr Herz ausschütten kann. Aber dann stirbt plötzlich ihre Erzfeindin. und Cara beschleicht ein unheimlicher Verdacht ...

one by Lübbe